大鱼

有爱的青春陪伴者

琢磨

Zhuo Mo

吃草的老猫 · 著

四川文艺出版社

图书在版编目（CIP）数据

琢磨 / 吃草的老猫著 . -- 成都：四川文艺出版社，
2023.10
ISBN 978-7-5411-6719-5

Ⅰ . ①琢… Ⅱ . ①吃… Ⅲ . ①长篇小说 – 中国 – 当代
Ⅳ . ① I247.5

中国国家版本馆 CIP 数据核字 (2023) 第 130177 号

ZHUO MO
琢磨

吃草的老猫 著

出 品 人	谭清洁
责任编辑	陈雪媛
特约编辑	裴欣怡
装帧设计	Insect　唐卉婷
责任校对	段　敏

出版发行	四川文艺出版社（成都市锦江区三色路 238 号）
网　址	www.scwys.com
电　话	0731-89743446（发行部）　028-86361781（编辑部）

排　版	长沙大鱼文化传媒有限公司		
印　刷	长沙鸿发印务实业有限公司		
成品尺寸	145mm×210mm	开 本	32 开
印　张	8.5	字 数	200 千字
版　次	2023 年 10 月第一版	印 次	2023 年 10 月第一次印刷
书　号	ISBN 978-7-5411-6719-5		
定　价	42.80 元		

目
录
C
O
N
T
E
N
T
S

目 录

C
O
N
T
E
N
T
S

/ 第一章 /

最懂他的人

　　季秋进门的时候，设置着恒温系统的空间里传来一股淡淡的松软木香。她看了一眼窗外的白扦，这月份树上已经结了不少球果，传进来的气味清冽好闻。

　　季秋闻了片刻觉得有点冷，最后还是走过去把不知何时打开的窗户关上。

　　整幢别墅静悄悄的。别墅本来就处于幽静地带，四周又被偌大的庭院以及人工湖包围，季秋哈了一口气，再努力也只能听见自己的呼吸声。

　　不过她对此也习以为常了，轻车熟路地走上二楼，脚踩上柔软的地毯，连脚步声都听不到。

　　二层的空间被利用到极致，书房和卧室打通，卧室的侧门通向衣帽间，三个空间奢侈地各占楼层的三分之一，完全根据主人的喜好设计。

　　季秋先去书房转了一圈，熟练地把桌上散开但已经签好的文件整理好，再直接从书房去了卧室。

入冬后多是雾霾天，厚重的窗帘把四九城仅剩不多的阳光都给挡了个严严实实。屋内开着暖气，和一楼不一样，二楼的房间被地暖烤得暖烘烘的。放眼看去，大得有些夸张的床上有一块不显眼的隆起。

季秋看了一眼手机，见还有点时间，也不着急先叫他，走到窗前"唰"地把窗帘全打开。

床上传来一丝细微的响动，季秋没回头，目光落在窗台的一角。那里是与整个房间的风格最不搭调也是被整理得最细致的一处，十几盆种类不一的兰花被细心栽种，长得极好，有的甚至到了这个季节还在开花，足见主人的用心。

季秋看了好几眼，才掉头去衣帽间给秦琢配今天出门要穿的衣服。

西装、大衣，以及从头到脚的琐碎配饰，季秋一一挑好放在一处后正想出去叫人起床，才发现人已经起了，穿着单薄的睡衣站在窗台前低头打量。

"这盆红柱兰怎么了？"

刚起床，秦琢的声音有点哑。

季秋走到他身边去看那盆红柱兰，仔细端详后才说："应该是室内暖气太高，加上这里朝阳，它休眠了。"

秦琢垂着眼看着有点蔫的叶子，用手拨弄了会儿，才双手捧起那盆状态有点不好的红柱兰，看着季秋问："放哪儿？"

季秋想了想："放楼下餐边柜吧。"

一层没有二层暖和，因为这少爷总是忘记随手关窗，管家算不准他什么心思，通常都不敢随意帮他关上，那个位置经常晒不到太阳，红柱兰应该会喜欢。

她没去接那盆红柱兰，也没提醒他要抓紧时间出门，站在原地等着秦琢自己踩着拖鞋把花放到楼下再上来洗漱。她知道他一向喜欢亲力亲为照顾这些花。

秦琢醒来后，原本寂静无人的别墅开始陆陆续续出现几个年长的用人，她们都是秦家派过来照顾秦琢的老仆人。秦琢喜静，她们基本不出现在主屋，照顾秦琢的日常起居也是分外注意，尽量降低自己的存在感。

整个别墅群算上私人保镖，住着六七十号人，听着数量挺多，但季秋觉得对于这么大的地方来说还是少了些，她每次踏进这里都觉得格外冷清。

等秦琢穿戴整齐后，季秋跟着他到楼下吃早饭，方姨在一旁招呼季秋到桌前用饭。

季秋没动。

秦琢坐下后说了一句"一起吃"，季秋才跟着坐下，礼貌地谢过方姨，打开随身的平板电脑开始汇报秦琢今天紧密的安排。

秦琢刚从美国回来，紧锣密鼓的市场汇报和董事会议接连不断。

四年前他被派出去开发海外业务，没人能想象到实体经济持续下滑的今天，他会带着如此巨大的成果回国，不仅把海外市场部的产值拉到了秦氏第一，组建了出色的技术团队，且还带回来一系列企业改革体制，刚落地就开始施展拳脚。

有家族背景，有真才实干，加上父兄鼎力支持，因此秦琢刚回国就受到各圈人物的关注，然而本人却始终没有正式进入社交场合，始终两点一线地处理着企业改革制度架构的事，不着急露面。

划掉了几个秦琢明确回绝的邀约，季秋放下平板电脑，平静地把早餐吃完。

放下碗筷没多久，秦琢的手机响了起来。秦琢边上车边接通，大多是听多应少，挂了电话之后他对身旁的季秋说："今晚回老宅。"

季秋记下："需要准备什么吗？"

秦琢的手指缓缓敲着西裤，动作间露出手腕，腕表下露出一小截红色编织手绳。季秋见状，有了些心理准备。

果然，下一秒秦琢说："老太太的镯子，还有大哥大嫂的礼物。"

这是秦琢回国后第一次回老宅那边，和父亲兄长都是在公司见面。知道他忙，父兄也没着急让他回家，今晚叫他回去看来是老太太的意思。

季秋应了声，到公司后就着手把该准备的准备好。

下班后，司机载着秦琢回老宅，季秋下班待命。

季秋回到家后，闺蜜蔡敏坐在沙发上瞪大眼睛，不可思议地问："什么情况？你怎么那么早下班？"

季秋看了眼时间："八点，不早了。"

蔡敏嗤了声："这几年你十点前下班的次数屈指可数好嘛！我怀疑没了你，秦琢连鞋带都不懂得怎么系。"

"还是知道的，他又不是弱智。"

"所以他今天为什么那么早放你回家？"

季秋把绷紧的胸前扣子解掉，高跟鞋换成平底拖鞋，倒在沙发上开始看备忘录，一边回答好友："老夫人召见。"

闻言，蔡敏一副很是好奇的模样："哇……不过他也是够大胆的，回国都一礼拜了才回去，也幸亏他们秦家兄弟和睦，不然……啧啧。"

蔡敏家虽说是传统制造业起家，但根深路广，还是知道秦家不少事的，加上蔡敏毕业后一直做走在潮流最前沿的工作，如今名媛圈里她也算是能说得上话，自然也有门路收集更多情报。

当年季秋好歹也算是和蔡敏一个圈子里的人，有好多人都觉得这些富二代通常不学无术，随便混个文凭出来挥霍家里资源到老到死就完事儿，其实并不尽然。

对于他们这些真正的二代来说，手里握着最好的资源，不踩着大多数人的肩膀长大实在说不过去。这个圈内的学霸也是很多的，季秋算是其中一个，当初她也是秦琢的大学同窗。

当年季秋一毕业就选择跟秦琢在外头闯荡这事儿在圈内也引起过一阵讨论，大多数人猜季秋对秦琢有非分之想，但秦琢那是什么人，四九城里没有一个女人不肖想，也没有一个女人敢想。他读书的时候就是无人能接近的高岭之花，毕业后凭着雷霆手段稳扎稳打一再往上爬。

越是这个圈子里的人越能分辨人和人的不同。

有的人哪怕家财万贯，能力也不差，对于普通人来说是可望而不可即，但在这圈子里也顶多只属于第二阶层，而有的人是天生就要往那为数不多的几个位置上坐的，秦琢就是后者。

只是今晚回老宅，秦氏如今的当家——秦琢的大哥秦肃也在，还有……

那个人也在。

季秋看着窗外走神。

司机把车一直开到大门前才停下。秦琢下来之后，司机已经打开了车后备厢，有用人上前小心翼翼地把里面的东西收拾出来，都是些小件儿，然后低着头安静地跟着秦琢进门。

跟了老太太多年的秦姨年轻的时候嫁给了秦家的老司机，后来丈夫去世，她也一直跟在老太太身边，所以秦家的晚辈对秦姨的态度也添了些不同。

见秦琢进来，秦姨一边替他脱下大衣，一边笑着说："外面冷吧？快来炉子边暖暖。"

秦琢礼貌地叫了声"秦姨"，然后走到客厅的壁炉前，接过用人手里的盒子，在摇椅前半跪下，喊了声："奶奶。"

老太太原本正在打盹，被孙儿的这一声唤醒也没有惊着，眼睛都没睁开就先拍了拍秦琢放在膝盖毯子上的手，点点头，唤了秦姨："把汤婆子给他，这手凉的，还往我这儿窜。"

她话虽这么说，但手却一直没拿开。直到秦姨把汤婆子拿来，老太太把它塞到秦琢手里，才把手收回去。秦琢递过来的盒子她也没看，让人接过后放在一边。

"哥呢？"

老太太戴上老花镜，闻言说："佳楠去协会了，你哥去接人，应该也快了。"

秦姨："是快了，刚打电话已经进园了。"

话音刚落，门口就响起了开门的动静。

秦琢面色不改，站起来，面向走来的一男一女。

秦肃和秦琢两兄弟长得很像，都是标正而又棱角分明的一张脸。秦肃比秦琢大五岁，眼窝比秦琢要深一点，看起来成熟稳重许多。

他们两兄弟取名也有讲究，一个是"鸿雁于飞，肃肃其羽"，一个是"如切如磋，如琢如磨"，长大后的气质倒是都随了名字七八分。比起秦琢，秦肃的确长得更有一家之主的气质，用人们对待他的态度更加小心翼翼。

但秦琢不怕大哥，两兄弟见面一个简单的拥抱就能说明关系好。松开后，秦琢的目光才移向一旁盈盈看着他们兄弟俩的女人，嘴角牵起一抹恰到好处的弧度，既不亲密，又少了生疏："嫂子。"

被唤作嫂子，夏佳楠轻笑出声。她今天要去艺术家协会，因此穿得很素雅，但也掩盖不住她原本就生得姣好动人的容貌。

"四年没见了，秦琢。"

秦琢礼貌地走过去，和夏佳楠贴面。夏佳楠拍拍他的背："欢迎回家。"

秦琢松开她，再笑时只嘴角牵着，眼神不变："给你们带了礼物。"

夏佳楠接过用人递过来的盒子，当面打开，是一株用黄色琥珀冻住的兰花花株。

夏佳楠惊喜地拿给秦肃看，秦肃也笑了："有心了。"

秦琢笑了笑："偶然看见的，季秋提醒我，我才想起嫂子喜欢。"

说到季秋，秦肃也点了点头："好久没见那丫头了，刚好下周周家孙子满月，以我们两家的交情是得去的，正好见见她。"

秦琢点头，两个男人很快就把话题转到了生意上。

晚上，季秋收到了秦琢的电话。

"周家满月宴是什么时候？"

季秋："下周六，之前跟你提过的，当时你没有决定。"

回到家的秦琢脱了外套，轻揉眉心："准备好礼物。"大概是私人时间，他对她的语气少了职场上的板正，添了些放松，"大哥想见见你。"

闻言，季秋的语气也跟着松动了些："好，我知道了。"

对方还没挂电话，季秋在默默等待着，知道他还有话要说。

果然过了四五秒，秦琢缓缓道："礼物她很喜欢，我说是你挑的。"

季秋自觉心里无波无澜，笑了笑："明白，她喜欢就好。你……还好吧？"

偌大而空旷的房间里，秦琢躺在床上，窗帘还是早晨她打开的状态。

他把手搭在额头上，听到季秋的问句，望着此时灰蒙蒙的天空，找回了自己的声音："四年了，但好像一切都没变，你说奇不奇怪？"

他喃喃自语，就像这四年里，他有时也像现在这样忍不住会跟她说起那个人。

季秋想说，一点都不奇怪。

那个人虽然四年没见，但一直在他心里未曾离开，他日日夜夜都想起她，再见时自然不会陌生。

她早就劝过他，避而不见对他而言是于事无补。

外面的人都说秦琢为了扩充自己的商业版图能做到多么冷酷无情，不管是竞争对手还是合作伙伴，要找到他的喜好和弱点简直难于登天，但季秋知道那是因为不会有人知道他早就把自己的弱点藏了心底最隐晦的地方，她太知道他爱上一个人的时候是什么模样。

季秋不止一次地羡慕过，那个人能得到秦琢的朝思暮想。

得不到回答也不在意，半晌后，他笑了笑和季秋道别。季秋看着窗外，听见自己如同以往每一次般对他说："明天会好的，好梦。"

一周后，季秋作为助理及女伴随秦琢出席周家的满月宴。

这些年，秦琢身边的女伴一直没换过人。他所处的位置会遇到多少诱惑，季秋再清楚不过了，但秦琢就是这样的男人，相比起圈内人在私底下夸他是真君子，风评好得不行，倒不如说这个人的骄傲是嵌在骨子里的，不屑于沾染乌烟瘴气。

这些年他在圈外其实也一直很低调，再有背景的八卦杂志都不敢私登他的照片，秦氏的公关在这方面态度一直很强硬，因此许多人只知道秦氏有一位年轻有为的二少爷，除此一无所知。

季秋作为秦琢的固定女伴，所得到的关注比她是季夏的女儿多出许多。虽然季家在四九城里也算是响当当的家族，但毕竟圈子不同，季家属于文人圈里的正统世家，不肯下"地"沾染铜臭，且作为老派家族，季家人不经商，自然只能空得一个"上流"的名号。

说起来季秋和秦家关系好，也是因为夏佳楠。当年夏佳楠希望成为季秋母亲的学生，但那会儿季母已经收了关门弟子，便回绝了她，但夏佳楠也并没有因此觉得被下了面子，反倒是在协会里对季母更加谦恭有加，季母因此很赞赏她。

当年……因为秦琢的关系，季秋老往画展跑，一来二去地，慢慢和夏佳楠结交上，秦肃也是因此才和季秋熟稔起来。

由于宴会性质不一样，季秋特意装扮了一番。不管怎么说，她的存在关乎秦琢的脸面。

她今天做了造型，换下刻板的白衬衣、包臀裙，一身一字肩贴身高定衬得人格外高挑，中长发烫成大波浪柔软地垂在胸前，半遮半掩地挡住一片瓷白肌肤。她一路挽着秦琢的手臂，获得不少艳赞目光。

两人走到宴会的主人面前，这边秦肃和夏佳楠已经到了，正在逗弄宝宝。

秦肃仍旧是不苟言笑，但看着夏佳楠和宝宝说话的表情比平日里要柔和。

周家这位儿媳妇是大家闺秀，和夏佳楠算是关系不错的朋友，两人不时低头说着话，有时候对方会用带着暗示性的目光瞥一眼秦肃，夏佳楠只是笑笑。

"来了。"

见到秦琢后，秦肃先领着他打了一圈招呼。秦琢虽然这几年不在国内，但在海外也和周家谈过合作，自然不陌生。

周家现在的话事人是周峰，和秦肃、秦琢是一辈，也算是少年老成，年纪轻轻就继承家业，给老周家长了不少脸。

男人们只要一聚在一起，不出三句话就会牵扯到生意上的事，季秋不露痕迹地退开来。

下一秒，她身边传来让人觉得十分舒服的香水味——听说秦肃当年为了夏佳楠，特意收购了一家法国老牌香水厂，这么多年来相关团队一直专门为一个人配不同的香，当中最有名的一个产品叫"幽梦空兰"。

夏佳楠爱兰花，这事在圈内并不是秘密。

还没转过头，季秋就扬起了笑容，礼貌地叫了声："佳楠姐。"

夏佳楠刚逗完孩子，脸红红的，她不怎么化浓妆，清水出芙蓉，因而脸一红就有些明显。

"回去见过季老师了吗？"

夏佳楠递给季秋一杯香槟。

季秋接过，转移话题："佳楠姐很喜欢孩子啊？"

夏佳楠嗔了她一眼："好好回答我的问题。"

季秋见没躲过，苦笑着说："不敢回去，怕被撵出来。"

"不会的，其实这些年季老师也很想你。"夏佳楠看着不远处的兄弟俩，轻轻叹了一口气，"当年让你和季老师好好沟通，也不至于弄成现在这样。其实我一直不明白，当年我和季老师一样，以为你是想接手画廊的。"

"我对画只是感兴趣。"

"那对现在的工作呢？是热爱吗？"

夏佳楠似乎只是随口一问，但季秋的目光不由自主落在那人身上，然后在夏佳楠看过来之前，她端起酒杯喝了一口，移开了目光："是啊。"

夏佳楠摇摇头："不明白你们这些年轻人的心思。"

"聊什么？"

秦肃和秦琢并肩走过来，秦肃看着夏佳楠问。

都是自己人，夏佳楠调皮地耸耸肩，看着季秋笑："在聊年轻女孩的热爱。"

闻言，两位男士的目光都落在季秋的身上。

尤其是秦琢，在别人看不见的角度挑了挑眉。

季秋的脸有些发烫，但好歹多年历练下来，她还是能勉强维持住面不改色。

秦肃似乎被她这副模样逗笑了，一向严肃的嘴角牵了牵，对季秋说："我还记得当年你说过喜欢吴彦祖，在明家的生日宴会上求着明家的小儿子给你要签名，把季老师气得转身就走。"

夏佳楠笑出声，拍了秦肃一下。秦琢喝了一口红酒，但是熟悉他的季秋早就看见了他藏在酒杯后的笑意。

想起昨晚男人自嘲的语气，再看着现在他笑而不自知，季秋心底似有些滚烫，连被调侃也无所谓了，对秦肃说："秦肃哥，我都管您叫哥了，以前的事儿能不能翻篇呢？"

季秋好歹跟了秦琢多年，早就不是当年笨手笨脚应酬各方的女孩了，她三言两语逗得夏佳楠忍不住挽着秦肃的手臂笑弯了腰，还不忘说了些这几年的有趣见闻，言谈举止间不再青涩，而是落落大方，又依旧俏皮可爱。

秦琢把季秋带走，走之前秦肃对季秋点点头，说："看来这些年，是我该谢谢你，把秦琢照顾得很好。"

听见这话的时候秦琢的手正礼貌地搭在季秋的腰上，季秋被这话说得有点不好意思，正想回一句，头顶忽然传来秦琢的低沉嗓音，酥酥麻麻地进了她耳朵里——

"她板起脸的时候我也要听她的。"

腰间被触碰的地方温度似乎在上升。

走远后，秦琢自然地松开了季秋的腰。季秋跟在他身后见了好几拨人，心跳才慢慢稳定下来。

——真是太没出息了。

季秋表面笑语盈盈，心里暗恼自己。

这么多年她其实一点都没长进。

他的每次突然亲近，都能让她觉得这些年自己只是白长了年纪。

这种感觉让季秋一边觉得挫败，一边也让她久违地感受到了慢刀割肉般的难受。

酒过三巡，他们在一旁歇息。季秋借着酒意对秦琢说："我想休息几天。"

他们离得很近，秦琢低头看她。

被这样的目光注视着，几乎一瞬间，季秋就动摇了。

她是不是忘了，比起女伴和朋友，她和他也是严谨的工作伙伴关系？

但季秋不知道的是，她说这话的时候秦琢是有点走神的。

大概是今晚他们和秦肃、夏佳楠聊了会儿家常，季秋语气里的放松让秦琢久违地反省起了自己。

这些年季秋一直是他的助理，为他处理一些工作上和生活上的事情，但他对季秋其实有一种超越朋友的信赖。

今天来宴会的很多女性和季秋年纪相仿，他知道季秋本该也是那个圈子里的一员，以她的玲珑，肯定能混得风生水起，然而在他身边，她却收敛着光芒，时刻都在工作状态。

这些年他把她拴得太紧了。

这样一想，望着眼里有醉意的季秋，秦琢不由得心底微软，点头应允："好。"

季秋愣住了。

她以为自己听错了。

她抬起眼睛下意识想要观察他，却被男人宽大的手盖住了眼睛——当年他们刚踏进名利场，每次受挫或疲惫，他都会做这个动作安抚她，哪怕他自己也很疲惫。

这个动作他已经很多年都没有做过了。

"给你放三天假。"

大概是酒精的缘故，季秋觉得喉咙有点涩。

但最后她还是点头，说了"谢谢"。

久违的假期里，季秋对于自己要干些什么没有多少头绪。

她自毕业之后就一直跟着秦琢，一开始只是打打下手处理杂事，随后和秦琢一起到美国，几乎可以说是从新手村一路升级，还是速成的那种，基本没有什么个人时间，那时候他们忙得脚不沾地，甚至还会一起睡在公司，放在现在来看简直是不可能的事，回望那几年最艰难的时光，居然眨眼就过去了，感觉还有点不真实。

不过有蔡敏在，季秋这些闲暇时间被她安排得明明白白。

下午蔡敏预约了城东有名的温泉会所。这家温泉会所是会员制，入会门槛很高，并且只有高级会员才有带同行人来的资格。

　　蔡敏是这里的常客，得知季秋难得有了假期，特意带她过来做个全身SPA（水疗）。用蔡敏的话来说，以季秋这样的工作强度，再不保养，等到了三十岁就会快速衰老，季秋听了以后哭笑不得。

　　吃过午饭，她俩去到温泉会所，到了之后先去池子里泡了半个小时，等浑身都泡软了才裹上浴巾去往按摩室。

　　室内是恒温的，两人一点都不觉得冷，边聊天边按摩。美容师先给她们做脸部SPA。全程只有季秋和蔡敏两人聊天的声音。

　　按摩室是隔间的，过了会儿，外头似乎走来几个人，说说笑笑地往另一个按摩室去，因为之前蔡敏嫌闷没有把门关严，所以外头的声音就这么传了进来。

　　蔡敏在名媛圈里交际很广，而且经常来这个会所的无非就是那几个人，听声音就能辨别出来对方是谁。

　　那几个人本来聊着各自的男友，突然话题一转就转到了秦家，最近秦琢风头正盛，多少人在打听，她们自然也不例外。

　　季秋听着听着，片刻后，她们居然就聊到了她身上。

　　季秋当年背着家里跟秦琢去美国的事只要八卦一下就能打听出来，而且当时传了好几个版本，外头的人显然是热衷于不大好听的一版，边说边嘲弄出声，无非就是说季秋上赶着，秦琢看不上之类的话。

　　季秋听了没发火，反倒是蔡敏憋出来一肚子火，扔了手机就要去骂外面的人，把两个美容师吓得战战兢兢。

　　季秋拉住了蔡敏。老实说，这样的话她不是第一次听到，更过分的说法都有，蔡敏要是听多了估计也能像她一样免疫。

　　蔡敏又生气又不解："你都不生气吗？你还是不是当年那个

睚眦必报的季秋了？"

季秋安抚了炸毛的蔡敏，披上浴袍走了出去。

能来这个温泉会所的客人家里要么有钱要么有权，但并不是所有人都惹不起。

上流社会也分圈子，一旦有了圈子便有了上下之分。这家温泉会所服务的是名媛圈里的女性，其中有很多就是眼前这种某某家二叔的外甥女这样的偏房亲戚。越是彰显姓氏的家族越注重亲疏远近，在外头但凡需要强调前缀主家姓氏的一般都是家族中的边缘人。

季秋跟在秦琢身边之后长进了许多，进入交际圈首先学会的就是只需要记住对自己有价值的人，而眼前这些人显然不在此范围内，因此她无须忌惮，更不需要顾及对方脸面。

但她们刚才有一句话说得挺对的，她季秋就是狐假虎威，有秦琢给她撑腰，她便有了肆意妄为的资本。

只能算她们倒霉，平时也就算了，但她和秦琢刚回国，踩她的脸就是踩秦琢的脸，现成的下马威摆在面前，季秋当然不会放过这个机会。

季秋出了按摩室的门，那几个人就闭上了嘴，眼神不安地游移着。

气氛一时僵住了。

旁边的经理注意到了这边的情况，快步走上前低声询问季秋是否需要帮助。

季秋也没再看那几个人，对经理说："她们太吵了。"

经理点头表示明白，先把季秋和随即跟来的蔡敏送到按摩室，然后再礼貌地把那几个嚼舌根的请走了。

知道这件事的时候秦琢刚开完会，人还没离开座位，许助就低头对他说了什么。秦琢眼睛都没抬，似乎是早就预料到季秋不会在这些小事上吃亏，只问了句："哪家汤池？"

　　许助是副手，与季秋一起跟着秦琢，也算是季秋的下属。他是名校高才生，人帅心细，平时有一些女士不方便的应酬都是他出面。

　　闻言，许助说："陈铭陈总旗下的'子月初'，是去年年初才开的主题温泉，在城东那边口碑一直不错。"

　　"会员制？"

　　许助点头："和季秋姐一起去的是蔡敏。"

　　秦琢想了一会儿才想起来这个蔡敏好像是季秋的朋友，点点头表示知道了。他边起身往办公室走边说："还'子月初'，是'驾幸温泉日，严霜子月初'吗？陈铭什么时候也学会卖弄风雅了。"

　　许助听出来他只是随口一句，便没有接话。

　　大概是这几天连轴转，股东大会那边对于他就任的事情争吵不休，秦琢久违地感觉有些头疼。

　　回到办公室，他看了眼空荡荡的办公桌，揉了揉眉心，对许助吩咐："给我一杯黑咖。"

　　许助点头，退了出去。

　　这事儿一直都是季秋来做的。

　　说来也很奇怪，他从没有说过每次会议后想喝黑咖提神，但很久之前季秋就注意到了，每回从大大小小的会议上下来，季秋都会提前准备好一杯黑咖，他一回办公室就能喝上。

　　这些年来，不管是他原本的习惯还是后来养成的毛病，季秋都会针对性地处理好，安排得妥妥帖帖。思及此，秦琢牵了牵嘴角，不由自主就想起当年她手忙脚乱的模样。

有一回他高强度工作大半个月，每天只吃一餐，喝黑咖啡熬，终于有一天熬不住，胃出血倒在了公司，醒来的时候，季秋蓬头垢面地趴在病床边。看到他醒了，她鼻子一抽，哭得眼泪鼻涕糊一脸还不忘着急地叫医生过来。

明明她也同样忙活了大半个月，刘海都油油的，还自责没有注意到他的身体状况，说完又咬牙切齿地保证再也不会让这种情况发生。

不过的确如她所说，一直到现在，他的身体再也没有出现过像那次一样严重的情况，除了偶尔胃痛的老毛病，他被季秋照顾得很好。

说起来季秋也只有在他的身体健康管理这方面显得尤其严格，每次做定期检查的时候她就一点都不像助理了，又变回当年那个固执又强硬的女孩。

过了一会儿，许助端着黑咖进来，秦琢这才收回思绪，喝了一口后低头继续处理文件。

"浪"了一个白天回到家，季秋打开微信询问许助今天秦琢的情况。

许助对季秋休假也不忘关注上司的行为表示十分钦佩，然后把今天的事情和季秋说了说，主要还是关于股东会议的事。

现在公司的管理层和股东基本上是秦琢父亲那一辈的老人，当年秦肃接任公司负责人的位置算是子承父业，公司的大班子不动，因而也没多少人反对，加上秦肃虽然处事雷厉风行，不大好相处，但他尊敬公司里的老人，虽然陆续进行了一些制度改革，但对他们采取了避重就轻的态度，所以他在股东那里收获了不少支持。

这些老人和秦肃的关系就像用一条绳索维系着平衡，只要绳索两边施力，他们就不会有太大的逆反心态，大部分时候也愿意唯命是从。

但秦琢不一样，他在海外发展业务几年后回到总部，且一回来就带来一系列改革措施，还要重整技术部门，其雷厉风行的作风颇有当年他爷爷的风范。

这一刀切下来刀刀是肉，因此秦肃把秦琢安排到管理层位置上这个决议遭到了很多人的反对。

如今是两边僵持，没有一边退让。

季秋听完了今天的会议纪要，许助见她不说话，便小心开口："季秋姐……"

季秋的手指缓慢而无声地敲着膝盖，过了一会儿，她才说："别担心，做好该做的事。这几天天气冷，注意不要让他饿着，备好胃药。"

许助："知道了。"

挂了电话后，季秋点开秦琢的微信聊天框，想了很久，终究还是退了出来，关上屏幕倒在床上。

第二天季秋很早就醒了，赖床一天足够了，她一直很自律，这会儿也再躺不下去，换好衣服去了森林公园跑步。

雾霾严重，季秋戴了口罩，跑了一圈下来有点闷，她缓缓停下来调整呼吸，准备把口罩摘了。

就在这时身后传来一声"戴着"，她愣了愣，回头一看，有点意外。

秦肃应该也是刚跑完，这会儿身上出了薄汗。见季秋惊讶地看着他，他才缓缓道："这两天公司加班，我住外边。"

季秋了然地点了点头。

秦肃有两套房子，除去大院那边，为了工作方便，他在外头还购置了一套高空大跃层，印象中是离她家不远。

秦肃也戴着口罩，两人走了一会儿又继续开始慢跑，季秋感叹了一句："几年没回来，这里有很大的变化，但只有这空气质量没怎么变。"

秦肃配合着季秋调整着自己的步伐，边跑边说："比以前好多了，你和秦琢上大学的时候还有沙尘暴呢，现在只有雾霾和柳絮需要忍耐。"

听秦肃这么一说，季秋才想起还真的有那么一回事。

秦肃是个长情的人，不管是对人还是对居住的城市，他当年明明有那么多机会可以离开四九城，但他哪儿都没去，爱这个城市，连同它的优点缺点一起爱。

难怪能爱佳楠姐那么多年。

季秋看着前方，不禁想。

跑完三圈，秦肃邀请季秋去吃早饭，季秋想着没什么事，就答应了。

于是秦肃开车带着季秋七拐八绕地带她来到一条深巷里。离开多年，季秋对这座城市的变化还是挺敏感的，但到了这里就隐隐约约感觉到了一种久违的熟悉。

最后秦肃揭开了谜底，他边停车边对季秋说："大二那年秦琢的生日就是在这里办的。"

季秋这才想起来，这里好像是有一家老牌会所，藏得很深。

她虽然出身季家这样的家族，但因为长辈的关系，对这些骄奢的玩乐场所接触并不多。之前也听朋友说过这些地方，原本以为会让人很不舒服，可没想到当时第一次来这里参加秦琢的生日宴会，给她的感觉却和想象中完全不同。

不过秦家祖辈历来根正苗红，教育出来的子孙比外头的纨绔子弟有把门，当时季秋就在想，他们兄弟俩的性格一定程度上遗传了祖父那一辈，骨子里都不卑不亢，坚毅刚正。

"我们家以前就住这附近，这块是我们长大的地方。"

秦肃带着季秋慢慢往里走，没过多久就来到一家早餐店，店牌上是"老李馄饨"四个大字，牌子老旧得都掉漆了，看得出有些年份了。

两人找了张空桌坐下。

季秋打量了一下环境，才说："我听秦琢提起过这一块。"

当年那个生日宴会上恰好有人问起，秦琢随口说的。

秦肃笑笑，他浅笑的模样和秦琢是最像的，他们都是不爱笑的性格，因此每次低眉浅笑都显得很吸引人。

"那他估计只会说到这儿了。"

季秋用眼神询问是什么意思。

秦肃缓缓道："我们的母亲就是在这边去世的。"

季秋安静地听着，她知道秦琢的母亲去世得挺早，但具体的并不了解。

而秦肃此刻不知为何，就像是触景生情，进入了一个说故事的角色，缓缓和季秋说着一些秦琢可能一辈子都不会告诉别人的事。

这样想着，季秋觉得秦肃和秦琢还是有很大区别的。

秦肃是外冷内热，对于心爱的人，他能放柔目光，陪伴呵护；对于朋友，他成熟稳重，可以交心，可以为知己。

而秦琢，这些年他虽变圆滑许多，但其实他才是浑身是壳的那个，就算是身边的亲人，有时也摸不透他的想法，因为他能把真正的念想藏起来，一藏就藏很多年。

"当年我父亲刚接手秦氏的时候，公司情况很糟糕，他为了公司业务经常走南闯北，几个月回不了家是常事。他决定接手家族企业的时候就不得不放弃其他东西，我爷爷也不能真正帮到他什么，很多事都只能他亲自来，他也只能靠自己。那个年代还很乱，做生意做得丢了性命也是有可能的，现在秦氏那些老一辈只服我父亲也是因为我父亲的确值得，以至于后来整个企业改朝换代都没有经历太多波折。"

热茶放在质朴的木桌上，茶烟袅袅，模糊了秦肃深邃的轮廓，让他的嗓音变得无比清晰："不过那会儿秦琢很小，估计不理解。因为母亲的恶性肿瘤一天天恶化，他不肯去上学，请了很多天假陪在床前，所以母亲去世的那天只有秦琢在她身边，我和父亲都是半个月之后才赶回来的。那次见面秦琢一句话都没有说，我曾经问过他，母亲去世的时候有没有留下什么话，他说没有。"

明明是那么平静的语气，却让季秋的心一点点揪了起来。

"所以……秦琢和父亲的关系……"

闻言，秦肃摇摇头："其实还好。一开始我也担心这件事，后来他长大了，比一般孩子要早熟，对父亲的态度也软化了，但……你也知道，他性格就是这样，很多时候我也不是很明白他在想什么。后来我们搬了家，和佳楠认识了之后他才慢慢与人多了交流。我一直在想，是不是母亲去世得太早对他产生了影响，他那会儿对其他陌生人都很防备，唯独对佳楠不会，这让我父亲一度怀疑他是否需要一个新的母亲。"

说到夏佳楠，秦肃的眼底就像平静的湖面荡开一层涟漪。

季秋觉得嘴里有点发苦，拿起热茶喝了一口。

原来，是这样的契机。

"为什么……会跟我说这些？"季秋喃喃问出声。

秦肃看着有些茫然的季秋。

那一刻季秋看出来了，他不是在以"秦肃"的身份和她聊天，而是以"秦琢的哥哥"在对她说——

"季秋，我年长你五岁，看到的东西或许比你多许多……我只是想，这么多年秦琢身边一直只有你一个人，在某种程度上说，你们的关系甚至比我和他更亲近。我不知道这些年他在外面会不会觉得寂寞，但我和父亲一直都希望能有一个合适的人在他身边，我对你说这些是因为我想让你更了解他，不是被冠以他人目光和头衔的他，而是原原本本的他，哪怕是出于对朋友的怜爱，当他需要你时——我希望你能接纳他。"

季秋的脸慢慢发烫。

这一瞬间，她有种被完全看穿的感觉。

但随之而来的是苦涩。

秦肃是个好哥哥，但他或许永远也不会知道，秦琢需要的拥抱不来自其他人。

正因为她一直在他身边，看着最真实的他，所以才懂得。

/ 第二章 /

心痛的感觉

秦琢今天出门戴了口罩，和一群技术主管开会时频繁咳嗽。

散会的时候，和他一起从美国调回来的负责人工智能系统的技术总监许文星问了句："秦总，身体还好吧？最近流感严重，注意身体。"

秦琢当年刚到美国的时候，从人才市场中筛选和培养了一群与他年纪相仿的年轻人，后来陆陆续续地把他们放到了重要岗位。

这也是秦琢能坐稳海外市场部的原因之一，他的团队在国外可以说是声名赫赫。

许文星是技术部的核心成员，同样也是由秦琢一手培养提拔，因此和秦琢之间少了大部分上司与下属会有的距离感。

秦琢摆摆手表示没事，走出会议室后，许助拿着热水和药跟进办公室，对秦琢说："秦总，已经约了钟医生，是直接去医院还是到家里？"

这个季节是流感高发期，秦琢算是身强体健的，在国外也没怎么生病，一回来却中了招，大概是因为前些日子一直在忙，免疫力下降了。

他翻了下日程表，心里叹了口气，揉着眉心说："到家里吧。"

吃完药，胃部酸胀的情况缓和了一些，秦琢正准备继续工作，就被告知秦肃秦总下来了。

这些天秦肃也一直在和几个大股东开会，两兄弟在一个公司却见不上几面。

秦肃进门后秦琢重新把口罩戴上，被秦肃看了好几眼。

"季秋不在你就生病，该学学人家早上起来去跑跑步，我看季秋身体比你好多了。"

秦琢刚想站起来，闻言有一刹那怔忪，随即问："你碰到她了？"

秦肃在沙发上坐了下来："早上跑步的时候遇到了，还带她去老街吃了早饭。"

"……"

秦琢沉默片刻，才走到他对面坐下："有事？"

"来看看你准备到什么程度。"

秦琢点头："差不多了，放心。"

"我本来也不担心，是爸不想来问你，怕给你压力，所以让我来。"

秦琢平静地看着兄长："他不反对？"

要动的那些人都曾是父亲的伙伴。

秦肃也回望秦琢，不知不觉间，他们兄弟两人已经到了可以并肩奋斗的年纪。

"公司不仅是父亲的心血，也是母亲的。做生意讲究时机，以前我不能做的事，现在你可以放手去做，这是我和父亲为你攒下的资本，之后就要靠你自己。"秦肃挺直脊梁，如同一棵大树，他的语气沉稳有力，虽平淡却不容置疑，"秦琢，秦氏不是父亲的，也不是我的，是我们的。"

过了许久，秦琢低下头，喝了一口热茶。

"我知道。"

傍晚的时候，季秋接到许助的电话，对方告诉了她秦琢生病的事情。

果不其然，都没等许助说完，季秋已经挂了电话，匆忙开车去了秦琢家。

从庭院直接开到大门，管家都还没反应过来，季秋就已经利落地从驾驶座下来，把钥匙交给管家，然后直奔二楼。

这时候钟医生刚给秦琢量完体温，季秋快步走过去问："钟医生，怎么样？"

钟医生先看了一眼体温测量仪，才回答："是流感症状。已经发热了，今天好像还吹了风，晚上估计要烧起来。"

季秋皱紧眉头，刚想说什么，就被秦琢一连串咳嗽打断了。

"怎么会吹风？"

季秋边说着话边走到床边。

见秦琢扫了自己一眼没说话，季秋把他的手揣回被子里，再把被子披好，看了眼输液管的速度，随后才眼睛一扫，看向一旁不敢搭腔的许助。

许助惴惴不安，也不敢反驳，只能小声说："下午去西边了，会议室里烟味儿太大，秦总去了阳台……"

秦琢适当开口解救："行了，没多大事。麻烦钟医生跑一趟了。"

得到秦琢的暗示，许助如临大赦，急忙请钟医生出去，还亲自送到楼下，都没让管家代劳。

季秋有点生气，但一句话也没说，皱着眉头就去检查窗户关严实了没，路过兰花堆的时候余光都没给一下，随后走进浴室去洗毛巾。

等许助战战兢兢地回来，季秋吩咐他下楼拿冰块，先用防水袋裹好，再隔着一层毛巾搭在秦琢的头上，从头到尾没有和秦琢说一句话。

大概是生病的缘故，秦琢的神色有些怏怏，他懒懒看了一眼在调整毛巾位置的季秋，半晌才开口："吃早饭吃得高兴吗？"

闻言季秋愣了愣，脑子没转过来："什么？"

等低头看到秦琢的眼神，季秋才反应过来，收回手说："刚好碰到了，就一起吃了顿早饭。"

她的说法和秦肃一样。秦琢别开目光，说："嗯，还专门跑到老街那边吃。"

季秋搞不懂他突如其来的情绪，忍了忍便把话题转回到他的病上："告诉过你多少次这季节少吹风，平时总忘记关窗也就算了，烟味儿大不会开净化器？"

许助看气氛有点微妙，硬着头皮低声道歉："是我没考虑到。"

季秋眼睛都没挪开，继续说道："胃药的量也不对，你是不是想……"

没等季秋说完，秦琢扫了许助一眼，开口打断了她，对许助说："你先回去。"

许助应了一声，临走前还不忘小心翼翼地问："那明天……"

季秋这才回头瞪了许助一眼："明天我过来，你直接去公司准备。"

"好的！"

许助赶紧溜之大吉。

放三天假果然都是奢望，季秋这就被迫提前上班了。

等许助离开，秦琢才彻底躺下去，除还在吊瓶的手放在被子外，他把脸整个都蒙进被子里。

季秋见状也来了点脾气，但听见他忍耐的咳嗽声，最后还是把话憋了回去，下楼去让管家熬一锅汤。

等上楼的时候秦琢已经睡着了，半张脸露出来，白皙的脸衬在深色被褥间。因为生着病，他的脸色白中透着点青，眼下还有淡淡的黑眼圈。

季秋自然知道公司最近都是什么情况，也知道秦琢在忙什么。他做事一贯这样，对外表现得越云淡风轻，背后做的准备肯定越多。为了让对手翻不了身，他对自己都能狠下心来，也无法懈怠。

她知道这是他回国的第一仗，他必须打赢。

他这样的性格，很容易让熟悉他的人心软。最后季秋叹了一口气，调整了输液管的速度后，抽了把椅子在床边坐了下来。

秦琢醒来的时候已经过了两个多小时，睁眼正好看见管家小心翼翼地靠近床边，尽管他已经努力放轻了手脚，但秦琢对气味比较敏感，门一开，带着药材的味道就钻了进来。

管家原本上楼来是准备询问季秋是否要把汤热第三遍，前两次的时候季秋还醒着，这会儿季秋已经靠在椅背上睡着了。

管家正想叫醒她，被秦琢制止了。

秦琢让管家把汤再热一遍端上来，然后缓缓从床上坐起来。

因为睡了一觉，嗓子有点干，他忍住咳嗽，咽了几下喉咙，才看向季秋。

她手臂里抱了一本书，是从他书房里拿的，头垂着，睡得挺安稳。

这个模样的季秋，秦琢见过很多次。

他睡之前心里有点闷，看到这一幕不知为何又消气了。

又看了一会儿，他才轻咳几声。果不其然，季秋的脑袋晃了几下，倏然转醒。

大概是还在迷瞪，她看到他醒来后下意识就先伸手去探他的额头。秦琢一动不动，双眸注视着她的一举一动，听见她小声说："不烧了……我去换毛巾……"

秦琢这才看到枕头旁搭了一条洗过的毛巾，难怪身上有点黏黏的，但感觉清爽不少。

"我烧了？"

听到他的声音，季秋这才彻底醒过来，点点头："反复烧了两次，你再不退烧我又要叫钟医生过来给你开吊瓶了，不过钟医生说这几天你会烧好几次，我会盯着你吃药。"

这时候管家端着两碗热汤上来，放下又退了出去。

季秋端起一碗，习惯性地问："你自己喝？"

秦琢面无表情，声音难得有气无力："没力气。"

季秋虽然这么问了，但对回答早有预料。她点点头，一手拿勺一手端碗去喂他，如同之前无数次，他生病了她都会这么照顾他。

这种默契让空荡的房间少了许多冷清，季秋虽然竭力控制，但看着低头倾身的秦琢，心里那一块变得更软了。

汤快喝到底的时候，秦琢突然说："不要和我哥走太近。"

季秋顿了顿："为什么？"

秦琢看向窗台的方向，本来就羸弱的脸色变得更淡更苍白："你知道。"

撞进他的眼神里,季秋心痛了一瞬间,手下意识地想收回来。

这种感觉后劲很足,越到后面越不能细品。

季秋不知道用了多么强大的自制力来控制住自己,不过或许没那么难,毕竟这么多年她早已经习惯了。

房间陷入一种微妙的静默中。

那是属于他们两人的秘密,他只有在她面前才能敞开心扉。

季秋刚才产生的旖旎此刻已经消失得无影无踪,她近乎麻木地喂药,努力催眠自己不要在意。

喜欢上一个人是不由自主的事,同样也是无法控制的,正如她,也正如秦琢。

夏佳楠对秦琢来说就是那份情不自禁,他在年少时第一次对一个女性产生恋慕,可还没来得及表明心意,她已经选择了与他最亲近的人结合。

因此这些年,对秦肃,秦琢的心情一直很复杂。

他能想到的办法只有让自己尽量离他们远一点,这样或许可以减少负罪感和那些因嫉妒而产生的不该有的情绪。

作为和他关系最贴近的人,她和秦肃距离近了,就代表他和秦肃也无法离得太远。

这些季秋都知道。

喂完最后一勺,季秋盯着碗,低声说:"我知道了。"

她的语气有点意味不明,让秦琢下意识想要看她的眼睛,但这一瞬他们没有像往常般默契地四目相对。

秦琢的心里微微一刺。

但很快他就把那些本能一样感觉到的东西归咎于自己心底的

负疚感，他知道秦肃和夏佳楠对季秋一直很好，他提出的这个要求对季秋而言肯定是为难的，她有点难受也是理所当然。

但是没有办法，他放不过自己，只能也不放过她。

因为她不仅是他的心腹、他的朋友，也是这世上唯一知道他秘密的人，知道他这些年求而不得的痛苦与寂寞的只有她。

"抱歉。"

秦琢凝视着她说出这句话。

但这个词听在季秋耳里显得苍白无比。

季秋把药碗放下。

她似乎见不得他这样，索性移开了目光不看他。

她的目光掠过床，看向那些兰花，再一次让自己藏起了思欲："一直以来我都没有劝过你该放下了，我可以理解你，可以支持你，你也可以不放过自己……"

她的语气终究流露出了疲惫与无奈。

"但就算是作为朋友，我也会累的。"

这是她第一次，也是最后一次，站在友人的立场上告诉他——

"你该做出改变了。"

季秋没等他回答就离开了。

年轻的时候，季秋像所有人讽刺的那样抱着目的待在秦琢身边，自觉不比任何人差。生来是天之骄女的她觉得自己有本钱亦有耐心，只要相处时间久了就能让喜欢的人看见自己。

那会儿她做着很多女孩都会做的梦，也有同龄人会有的旖旎想象，哪怕如今年岁增长，她也依旧爱他，但在切身体会过他对那个人的爱后，她已经不再像当初一样天真了。

他们都是求而不得的可怜人。

季秋对秦琢说出这番话，其实也是在告诉自己——

是该做出改变了。

不管是他还是自己。

第二天季秋去接秦琢上班。

因为昨天那番话的缘故，秦琢一路上都沉默着，季秋也配合他，公事公办地汇报他今天的工作行程。

下车的时候她下意识要先开车门，但秦琢比她快了一步，拉着车门等她。

她低声说了"谢谢"，随后两人坐专用电梯上楼。

今天有硬仗要打，他们在踏进公司以后，就不约而同地进入了状态。

回国后秦琢接触了不少公司里的中小股东，这些天他表面还在和几个大股东打太极，但其实心思根本没放在上面，如今水落石出，几个股东转头一看才发现自己腹背受敌，着急坏了，立刻就火急火燎地找秦琢讨要说法。

今天秦琢的状态似乎不错，西装革履，各方面应付到位，有时候嘴巴一张一合，不带脏字的嘲讽顺手拈来，把那几个以为他只有一肚子洋墨水的股东气得牙痒痒，偏偏秦琢一副磊落模样，只能双方变着法恶心彼此。

一次会面就是一个多小时，其间季秋站在秦琢身后，看着他挺直的脊梁，心里惴惴。

好不容易送走一批，门一关，秦琢握拳抵在唇边咳嗽不停。

季秋急忙上去扶，手一探，他额头的温度烫得吓人。

刚才是上午的最后一批，其他人都被许助在外面拦回去了。秦琢直接往沙发上躺下，随手扯开领带让自己透口气，一只手搭在眼睛上歇息。

季秋去卫生间洗了手帕，给他擦干净脖子的汗再倒了钟医生准备的药，把人推起来吃。

她做这些事的时候一声不吭。

最后是秦琢攥着她的手，他的双眼已经烧得发红，他瞪着她，仿佛在控诉。

"放开。"

季秋想狠下心挣脱他的手，然而对方一句话就让她停了下来。

"别走。"

他这副模样，让季秋再一次认输。

有没有什么办法能让她也解脱？

他不放过她，她好像也放不过自己。

哪怕她已经决定慢慢放开对他的执着了，但一开始总是最不容易的，就像戒掉一个瘾，或是戒掉一个经年累月养成的习惯。季秋看着他的脸庞想。

但总归是戒得掉的。

一直忙到晚上，幸好有季秋在身边，忙碌的同时秦琢的烧也退下去不少，测了好几次都在 38℃ 左右。

快下班的时候秦琢接了个电话，季秋看着他脸色不改地挂了电话，低头看了下腕表。随后秦琢拿着西装站起来，对季秋说："先去一趟卡西酒庄。"

卡西酒庄是开在四环边上的一个红酒庄园，惯常是文人墨客爱去的风雅场所，不是生意场上会约碰头的地儿。当然，也不是秦琢和好友们喜欢聚集的地方。

季秋心里有一丝不好的预感，问："怎么了？"

"接人。"秦琢顿了下，边披上外套边说，"大哥有事出差了，今晚她在那边有个饭局。"

他甚至都没说"她"是谁，季秋就已经明白了。

她知道最近夏佳楠在竞选协会副会长的事，秦肃一路保驾护航，秦家是最大的投资人，今晚估计是挺重要的场合，秦肃因为工作走不开，就让弟弟去撑场子。

可是……季秋看了眼落地窗外灰霾的天气，低声说："好像快下雪了。"

秦琢随意地"嗯"了一声，不为所动。

季秋叹了一口气，转身出门让许助准备车。

这样的场合用不到其他人，所以季秋让其他助理先下班了，许助有点担心，问要不要跟着，季秋摇头说不用。

司机很快就把两人带到酒庄门口，但这里有规定车辆不能入内，车子只能停在前院，来访者得通过一个廊桥走进去。

这会儿雪越下越大，季秋看着秦琢面无表情地下车，急忙跟上去，等到了屋檐下才帮他拍了拍身上的雪。

秦琢的心思不在这儿，摆手示意不用，随后把大衣脱了挂在臂弯，款款走进去。

这家酒庄是私人开的，一路过去连门童都没有，就连服务员也只有三两个，等秦琢打开包厢门，酒局正过一巡，时机恰好。

"抱歉，来晚了。"

立在门口身段颀长又气质清贵的男人一张嘴就吸引了桌上所有人的目光。他的脸颊在灯光下显得白皙如玉，一双又黑又深的眼扫了一圈，最后将目光落在夏佳楠的身上。

夏佳楠显然已经被通知今晚秦肃不能来。她款款站起，与迎面而来的秦琢拥抱了下，然后以主人的身份大方地介绍："秦琢迟到了一会儿，希望大家看在我的面子上不要罚酒。"

秦琢配合着她的身高微微躬身，绅士之余衬出几分亲密来，在外人面前给足了她面子。

秦肃与夏佳楠的联姻是尽人皆知，两家的关系亲近，在座的也都是早有耳闻。众人一阵玩笑后，酒庄的主人让服务员在夏佳楠身旁添了一张椅子。

从头到尾，季秋就在身后看着，直到秦琢坐下，她才悄无声息地退出房间，为他们关上门。

家里人的电话来得不是时候，但季秋还是远离包厢接通了电话。起初母女两人憋着谁都没有先说话，最后还是季秋先妥协，喊了一声"妈"。

文灵雨叹了一口气："你还知道叫我。"

季秋坐在大堂的长凳里，手指抠着皮面，边看着外头的雪势边"嗯"了一声。

母女二人快四年未见，文灵雨心里虽然对季秋有所责怪，但经过这几年的分别，所有责备都早已化作想念，这场冷战看似季秋先妥协，但输的其实还是文灵雨。

"抽空回家一趟吧。你这犯了错就不敢回家的毛病什么时候能改改？不回家你就当自己没有家、没有爸爸妈妈了吗？"

季秋像是松了口气，肩上沉甸甸的压力一下子轻了不少。她抿了抿嘴继续"嗯"了一声，怕一出声就泄露了情绪。

打断了骨头连着筋，文灵雨哪能不了解自己的女儿，听出来她在强忍，也不说再多，嘱咐了一句"好好照顾自己"就挂了电话。

季秋放下手机，看着外头发呆。

里头笑意盈盈，是他们二人的世界。

这样一想，季秋觉得就像在自虐。

她叹了口气，忍下心底的自嘲，看着窗外越下越大的雪，连大堂的门前都积起了厚厚一层。

想到屋里人今天发热的情况，季秋不禁有点担忧，最后咬咬牙冒着大雪跑了出去。

司机刚打了个盹，被敲车窗的声音吓得一个激灵，他急忙打开车门，说："哎呀！季小姐！你身上一层雪！"

季秋喘着气上车，手上拿着两把大黑伞和一把小折叠伞，她穿在外面的大衣已经被雪浸透，到车上暖气一吹，烘得她吸了吸鼻子，长舒了一口气。

"买伞可以让我去啊，这附近没有卖的吧？"

司机连忙递给季秋抽纸，但季秋从头到脚都湿透了，纸巾的作用其实不大。

季秋随便擦了擦就把伞递给他，嘱咐说："待会儿麻烦您在大堂等着，饿了也能吃点东西，等秦总吃完饭出来您把伞给他。"

司机傻眼了，直愣愣问："那季小姐你干吗去啊？"

"我有点急事先走了。"季秋说完就拿起折叠伞甩开，准备下车，"送到家以后让管家给煮姜汤，拜托您了。"

没等司机反应过来，季秋就下车跑了。

之前她可以一直在他身边，那是因为夏佳楠不在，可是今晚夏佳楠要坐他的车回去，她做不到若无其事地看着他们坐在一起，不管是聊天也好客套也罢，其实只要夏佳楠认真观察，就会发现那个人看着她的眼神里有多么容不下其他人。

季秋发现自己根本做不到。

这种感觉比他直言不喜欢她要痛苦太多。

季秋好不容易跑到路口，站了十五分钟后才打到一辆出租车。

上车后，司机看着她煞白的脸色，小心翼翼地问目的地。

季秋浑身像是坠了铅，沉默半晌才说了一个地址。

一个小时后，文灵雨开门的时候眼睛都瞪大了，看着进门的季秋一声不吭。

季秋没想到今晚文灵雨有客人，对方是一个年轻男人，可季秋没力气认清他的脸，她现在连脚趾都是冰凉的，脸色也肯定好看不到哪儿去。

她朝客厅的客人点了下头，转身就上楼了。

文灵雨披着披肩看着女儿失魂落魄地上楼，沉默片刻，才转头对自己的学生说声抱歉："这是我闺女，吓到你了吧。"

祈年把目光收回来，笑着对文灵雨摇摇头，过了一会儿问："其实我见过季秋。"

文灵雨有点惊讶："是吗？"不过说完她又点点头，"是了，当初她很喜欢到画廊找我，估计是那会儿你们见过。"

祈年的笑被热茶氤氲得有些模糊："是呢。"

在季秋快要睡着的时候，房门被敲响两下，随后文灵雨走进来，坐在季秋的床上。

季秋的鼻子有点堵，吃过药后不敢大意，洗了个热水澡后吹干头发就躺下来休息了。

听到母亲的动静，她抬眼问了句："爸呢？"

文灵雨拨开女儿的头发，也没有问她为什么突然就回来了，回答道："作协那边有个活动，他跟着去凑热闹，才去上海没几天。"

"那就好，省了一顿骂。"

文灵雨笑着说她："你爸什么时候舍得真骂过你？"

文灵雨的手掌很温暖，说话的时候掌心在摩挲着季秋的脸。两人之间安静了半分钟，季秋才低声说出那么多年一直没能说出口的话："妈，对不起。"

文灵雨叹了一口气。

"你们父女都是一样的倔脾气，当年我听说你爸为了进作协，和家里吵了很多年，后来还是因为怀了你，和你爷爷奶奶那边关系才算缓和了些，后来你出国，本质上和你爸一样，就是不按家里安排的路走。"

季秋垂眸，感受着母亲手心的温度，不自觉地蹭了蹭。

"其实我当年反对，不是因为你最后选了这条路，而是因为你不是为了自己。"

季秋的睫毛颤了颤。

文灵雨的双眸很平静，似乎早已洞察一切。她凝视着季秋，过了半晌才问："如今四年了，有为当初的理由后悔吗？"

季秋缓缓闭上眼睛。

她的鼻子堵住了，五感变得异常迟钝，倒让她更好地回忆起这些年的点点滴滴。

这时候进来一条微信，手机就握在季秋手里，因此她一睁眼就看见了来信人。

"不后悔。"季秋关上手机，收起所有情绪，"妈，别担心我，我已经不是小孩了。"

文灵雨拍了拍她的脑袋，离去前只感慨了一句："是啊，就是可惜长大的时候我们不在你身边，小孩总爱偷偷长大，看着你们，父母也会心疼。"

微信发过去之后五分钟没有回复，还是夏佳楠问了一句，秦琢才收回手机，让司机开车。

今晚两人都沾了酒，夏佳楠喝得更多，此时正靠在椅背上缓酒劲，见秦琢盯着手机才问了一句："季秋没回？"

秦琢"嗯"了一声，看了一眼副驾驶座上的两把雨伞，沉默不语。

"她心里有数，不要太担心。"

不知是不是酒精的原因，秦琢觉得胸腔有些发闷，明明没到他的量，但他还是觉得不太舒服，加上头也痛，便直接地转开了话题："没听哥说要出差。"

这次秦肃离开得挺突然的，秦琢知道现在外头没有太要紧的事儿需要他亲自去处理。

说到秦肃，夏佳楠有点发呆，愣了片刻，才低声说："我们吵架了。"

他们三人从小关系亲近，夏佳楠对秦琢如同对自己的亲弟弟。

见秦琢看过来，夏佳楠才苦笑道："怎么，我和你哥就不能吵架了？"

这话让秦琢一时之间不知道怎么接。

夏佳楠望着窗外，像是在自问自答，不期待获得谁的回应："大概是在一个人身边久了，已经习惯了那样的距离，所以当对方开始改变时，另一方就会下意识觉得胆怯害怕。"

"不过我跟你说这些干什么呢？"

夏佳楠说完这句就笑着摇头，用手撑着额头，似笑非笑地看着秦琢："还不如说说你和季秋。"

秦琢下意识地皱眉："我和她不是那样的关系。"

这是反射性的回应。

当年出国前夏佳楠就没少打趣他们两个，那会儿的秦琢不善言辞，但对夏佳楠毕竟爱慕多年，对方却只把他当作关系亲近的弟弟，他一听这些暗示撮合的话就会气恼，有时候甚至会转身就走。

多年过去了，秦琢学会了隐忍，可当调侃对象是季秋时，他还是会下意识地反驳。

他一直把季秋放在比朋友更重要的位置上，这个关系很难用言语表达。

他身边原本是空无一人的，母亲去世后他对亲情也看得很淡，加上自己的喜欢是单方面的，所以年纪越大他愈加冷淡寡言，也越发孤独。

而季秋……

其实这些年过去，秦琢已经有些忘了当初是怎么和季秋熟识起来的。

可能是因为本来就是同学，也有可能是他大学那几年经常去文灵雨的画廊装作偶遇去见夏佳楠一面，一来二去他们就习惯了同行，再后来，她敏感地察觉出来他对夏佳楠的心意，却没有如他想象一般惊讶或者制止，反而还给他制造更多机会和夏佳楠见面。

后来……

后来他沉陷于痛苦中，想要出国闯一闯，她就在那时说想和他一起出去闯。

他其实也明白，男女之间很少有真正的友谊，但他没有心思去探究。两人出国后近乎朝夕相处，还是发生过一次意外。

那夜的印象在秦琢回忆起来，犹如一部迷幻的电影——

女人年轻的躯体，空气中由喘息挥发的酒精气味，还有大概是在饭店被一群白人灌吐了无数次的后遗症，胸腔和腹部都感觉有东西在膨胀，压得他喘不过气来。

他们一进门就撞在了一起，秦琢只记得自己疯狂啃咬她的肩膀，两只手强势地把她提到身上，两人跌跌撞撞地往沙发边走，夜色把暧昧的细微声响都藏在了桌椅碰撞的动静中。

那天是秦肃和夏佳楠正式订婚的日子，好消息横跨了大半个地球传到他耳朵里，让他那一天如同行尸走肉，仿佛抬头不见微光，低头只能看见黑暗。季秋没有问，她似乎已经习惯了他离国后阴晴不定的情绪。

就在他低头拥住她的那一瞬，他是真的想就这样试试也好，去试着接受一个新的人。

他的动作粗暴得像是在发泄，但是季秋每一个反应都不像在抗拒，反而不动声色地加深了他的欲望。

不知何时他们气喘吁吁地停住了，季秋捧着他的脸逼迫他与她对视，她喘息着问他是醉着还是清醒。

季秋的双眼像被水洗过一样，还有方才动情的余韵，但很冷静。她的妆容还很干净，因为整个过程他一直没有去碰她的唇，却把她的肩膀咬得一塌糊涂。

欲望渐歇，在炽热的体温降下去之前，在一片沉默中，季秋冷静地拿起掉在地上的衣服一件件穿好。秦琢没看她，整个人往沙发上靠，手捂着双眼，又沉又哑地说了句"对不起"。

然而季秋却说："没关系，我刚才……也不清醒。"

她缓缓把那些痕迹盖住，半晌后，他听见她说——

"秦琢，这里是曼哈顿，欲望和冲动在这里……是很寻常的事，刚才的事你不必放在心上。"

季秋的声音在偌大的空间中显得平静，又清晰。

"我一直没跟你说，我有喜欢的人，和你一样，我也是为了他才跟你来到这里。我知道喜欢一个人是一件既快乐又痛苦的事，还很寂寞，可是在这段感情还没有真正被放弃之前，真要和别人做了这事，你会更难受的，我也会。所以你做不到，我也做不到。"

秦琢再睁眼的时候双眼已经被熬红了，因为她每一个字都说在了他的心坎上。

季秋蹲在他面前，微微俯视他，手指掠过他有些凌乱的头发，是很亲密的动作，但已经没了方才的欲望。

"秦琢，我们到这里来，不只是为了逃避感情。我们要成功，成功是为了最起码让自己拥有尊严，这样回去后才能不因为对方一句话就丢了自己，一个人要是连自己都维系不了，是无法得到任何人的。不要难过，最起码有我陪着你明白你，我们……半斤八两，所以你带我赢，好不好？"

秦琢重重地喘了一口气。

下一秒，他盯着她，说：

"好。"

记忆收回，眼前是和当年一样一眼无尽的夜。

那晚的事这些年秦琢从未想起，今夜不知为何，居然像是打开了尘封多年的盒子，里头的胶片像膨胀开一样掉出盒子外。

他就这样一路沉默着把夏佳楠送到住处。

司机撑伞，秦琢礼貌地扶着夏佳楠的肩膀送她进门。

夏佳楠婉拒了秦琢送她上楼，在大堂轻轻抱了抱他："秦琢，要珍惜眼前人。"

秦琢的手扶着她的腰，闻言别过头，似带了些脾气："我知道我想要的是什么。"

夏佳楠这才微微松开他，像小时候一样揉乱了他的头发，笑出声："你们男人都是长不大的孩子。走了。"

秦琢看着夏佳楠进电梯，电梯最后停在二十七楼，才转身离开。

上车后他又习惯性给季秋发了信息，这次终于有了回复。

季秋：我回家了。

秦琢眉头微紧：哪个家？

季秋：我爸妈那儿。

秦琢见状表情才放松下来，季秋因为出国的事情和家里闹了矛盾他是知道的。

他心里也松了些，把领带解下来继续打字：明天早上不用来接我了，和叔叔阿姨好好吃顿早饭。

发完这句，他的指尖轻轻摩挲屏幕，片刻后问：今晚怎么突然走了？

那头显示正在输入中，秦琢一直盯着。

最后季秋回复：我妈给我打电话，可能是突然想回家了吧。你送佳楠姐回去了吗？

秦琢鬼使神差地回：送到门口就走了。

季秋那头没有第一时间回应。

半分钟后，季秋回了一个"嗯"，然后说：那我先休息了。晚安。

秦琢：晚安。

扔下手机，秦琢不再吭声。

这一晚秦琢睡得不太安稳，或许是因为在车上唤醒的那段记忆，午夜梦回间，秦琢猛然睁开双眼，气息粗重，手撑在床上坐起来。

半晌后，他重重地闭了闭眼，可回到一片黑暗后又止不住回想起刚才梦里的场景，他低声骂了一句。

起床去浴室洗了个澡后彻底没了睡意，秦琢穿着睡袍走到窗台前，看着没精打采的花蕾，双目微沉。

最后他走向书房，一直工作到早晨，许助来的时候看见他从书房出来，吓了一跳。

"秦总，这里有一份照片需要您处理下。"

熬了几个小时，秦琢的脸色也不见疲惫，问："什么照片？"

许助把平板电脑给秦琢看，秦琢接过，脸色立刻变得不大好看。

是昨晚他送夏佳楠回家时在楼下被偷拍的照片，用的是连拍，把他们的拥抱拍得一清二楚，侧脸一目了然。

"公关掉。"

虽然知道秦琢会这么说，但许助的脸色仍然有些为难，对秦琢说："橘子娱乐一直和我们没有什么利益往来，不算是合作公司，而且他们老板和周副总私底下一直是好友，就算公关掉照片也恐怕……"

"不管如何要把照片压下去，周青峰不想干了就让他提前走人。"

"是。"

秦琢回到房间换衣服，忽然像是想起什么，头也不回地问："照片在给你之前经了谁手？"

许助虽觉得有点奇怪，但还是很快回答："这些公关的事情一向都是关秘书先得了消息，然后上报季秋姐的，但今天季秋姐直接去公司，所以她让我直接问您。"

秦琢原本在穿衬衣，闻言顿了下，没说什么。

/第三章/
疲惫

吃完早饭，季秋正想出门，就听见了门铃声。

文灵雨顶着她的视线走去开门。

居然是昨天的客人。

祈年穿着一套合身的休闲西装，在大清早就英俊得让人眼前一亮。文灵雨抱着披肩一角，回头对季秋说："你要出门，让祈年送你吧。昨天没来得及介绍，这是我学生，就住这附近的，你认得吗？"

昨天见面有些失态，也没仔细看对方是谁。不过以季秋的记忆力，一听到名字就想起来了"祈年"是谁。

"我记得。"

祈年也不进门，仿佛真的只是受自己的老师拜托，出门顺带捎季秋一程，笑道："我的荣幸。"

季秋隐约能察觉到母亲的用意，可此时也不好拒绝，就随遇而安，提上包穿上大衣跟着祈年出门了。

说来奇怪，两人虽然不算熟悉，走在一起就算没什么话，气氛却不尴尬。

祈年举止大方，让人察觉不出他有什么心思，加上这些年季秋也算是历练多了，脸上不轻易表现出喜恶，因此直到他们上车，两人之间的气氛都十分自然。

车内开了暖气，温度适中。

季秋系上安全带，先开口："麻烦你了。"

祈年边启动车子，边笑着回应："不麻烦，我的工作室就在CBD（中央商务区）边上，说顺路不是骗你。不过我只说了顺路，至于老师有没有别的心思我不敢保证。"

他开玩笑似的坦然让季秋表情一松，间接表示自己明白文灵雨用意的说法也直接有趣，很多事情只要点破了，反而对双方而言都轻松。

季秋揉了揉太阳穴，两人对视一眼，同时笑出声。

两人在到达目的地之前加了微信，交谈过后季秋才知道这些年自己不在父母身边，反倒是祈年作为母亲唯一的学生经常到家里来探望。季秋感到不好意思之余更多的是感激，说下次请他吃饭。

祈年收回手机，闻言笑道："那一定要吃大餐。"

季秋正了正神色："都可以，你来定。"

祈年轻笑，把手机揣回兜里之后状似无意地提起："不过正好下个礼拜我在798那边就有个商业画展，不知道你对看展感不感兴趣？"

季秋也没多想，点头说："我都行，那正好那天结束后请你吃饭吧。"

"行。"

车到了停泊区，季秋礼貌道别后下车，祈年在驾驶座看着她走远，才缓缓驾车离开。

这一幕刚好被今天也早到的秦琢看见，透过车窗，他盯着车内男人的侧脸轮廓看了许久才离开。坐在副驾驶座同样看到这一幕的许助感叹了一句："那是季秋姐的男朋友吗？还是第一次看见。"

秦琢收回目光重新看向平板电脑，却没有看进去，反倒是想起当年她说的那个"喜欢的人"。

他不知道车上那人是谁，对车牌号也没有丝毫印象，应该不是他们圈里的人。

季秋的朋友大多他也认识，唯独刚才那人让他总有种似曾相识之感，却想不起来对方是谁。

许助通过后视镜看了看后排秦琢的脸色，心里有点疑惑，但也不敢再说话，一路安安静静地进入停车场。

季秋上楼后还没开始收拾，下一趟电梯就到了。见秦琢一行人出来，她有点奇怪，今天她是提前出门的，按理说他们应该还有大半个小时才会到公司。

许助从出电梯后就一直给季秋使眼色，秦琢沉默着进入办公室，什么也没说。

等许助送完咖啡退出来，才拉着季秋说："秦总今天心情貌似有点不大好。"

"应该是因为照片的事吧。"季秋打开工作平板电脑，在各个平台搜关键词，果然照片没有泄露出去，便对许助说，"做得不错。"

许助在一边和杂志社那边继续沟通，闻言道："今天周总估计要倒大霉,秦总正不知道拿谁开刀,这下好了,有现成的送上门。"

事情既然解决了,季秋也不想继续照片的话题。这时候许助挤眉弄眼,旁敲侧击今天送她上班的人是谁。

季秋好笑地说:"是我母亲的学生,一个大艺术家。"

许助当然知道季秋的母亲是谁,听了有点惊讶:"我听说这些年文灵雨老师只有一个关门弟子。"

"就是他。这些年他帮忙照顾了我家里很多,我很感谢他。"

许助点点头,见季秋回答得坦荡,也收起了八卦之心,没再说什么。

下一秒,办公室的门忽然从里面打开,秦琢的表情有些冷硬,直接走向电梯:"开紧急会议,十分钟内让洋澄酒店所有负责人员到会议室开会。"

闻言,几个助理脸色一凛,立刻开始通知安排。

季秋收到消息最快,两分钟内已经搞清楚了来龙去脉,原来是上海的洋澄酒店商业区 AI(人工智能)出了故障,有孩童因此受伤,这属于大事故,毕竟洋澄酒店正是以 AI 服务闻名。

公关负责团队的老板是秦琢的好友之一,通知的电话在第一时间就打给了秦琢。

季秋快步跟着秦琢进电梯,给他按下会议室的楼层,问:"需要让许总监先去上海吗?"

秦琢面无表情,也不看季秋,盯着前方,虽然语气淡淡但显然已经动了气:"让李若笙和许文星先去上海,要真是他们出的纰漏,准备好辞职信来见我。"

洋澄酒店的项目是秦琢还在美国的时候就落实的,算是秦氏首次把高度智能化的 AI 植入公共和私人空间进行服务的重点项目,公区有高端的 AI 智能化引导机器人，酒店房间也有配套的一系列高端智能化 AI 管家。

如今出了纰漏，不仅是对秦氏宣传时"极度方便安全"一说打脸，也对现下秦琢接管技术管理部门很不利。

李若笙、许文星是和秦琢一起打江山的高端技术人才，AI 的开发和维护一直都是两人亲力亲为，他们也是公司部门里少数的升任管理层后仍然在技术岗前沿发挥重要作用的员工，没有人比秦琢更了解和信任他们的专业水平。

这件事发生得有点蹊跷，时机也微妙，季秋相信秦琢会有思量。

整个会议的气氛十分压抑，各个部门的负责人都知道秦琢是最讨厌推诿卸责的。

一群技术部人员讨论得口干舌燥，排除了许多原因都无法找到合理的解释，最后还是秦琢快刀立马确认了公关方案，并且决定亲自走一趟才散了会。

这个时候过去，明眼人都知道对秦琢很不利，但季秋还是第一时间订了机票。

刚散会，秦琢的父亲就来了电话。电话持续了半个小时，出来后秦琢对季秋说："走吧。"

季秋这些年早就习惯了重要物品随身携带，秦琢更是不需要准备什么，秦家的产业遍布世界各地，他想去哪里都不需要提前准备。

这次紧急出差，两人都已经习以为常，直到上飞机季秋还在安排落地的各项事宜。

起飞前服务人员提醒乘客关闭通信设备，季秋还在犹豫着要不要给祈年打个电话取消去画展的计划，毕竟今天已经周五了，这件事要真的是有人为之，怎么也要调查十天半个月，可最后电话还是没来得及拨出去。

秦琢在闭目小憩，许助和季秋坐在后面一排。

看着窗外的天，季秋没有丝毫困意。

按照往常，出了这么大的事儿，她第一时间就会把自己所有计划都取消，也或许是这个原因，这些年她身边追求者甚少，哪怕有都会被她夸张的优先级劝退。

她还是和以前一样希望他能一切都好，一切顺利。

这点不会改变。

因为安排了直接在洋澄酒店入住，所以三人下飞机后没有耽搁，先去了酒店的管理楼层，两位技术总监先他们一步到了，此时正在会议室里忙碌。

见秦琢进来，许文星率先站起身说："秦总，初步判断是有人在接口植入了远程病毒，若笙正在进行反追踪，但已经过了黄金时间，会有点难度。监控排查也一直在做，现在正在筛选可疑人物。"

许文星和李若笙是同学也是搭档，两人携手能那么快查出端倪让人不觉意外。

听到的确是人为事件，秦琢转身给负责公关的周倩打电话："受伤的顾客安排在哪里？"

对方说出医院地址后，秦琢就挂了，对许文星说："安保系统当初升级过，你跟我做过保证。"

许文星就算被秦琢质问也没有表现出丝毫慌乱，反而直视秦琢说："所以是自己人，破解出的病毒里有完整密钥，病毒入侵的过程很快，而且没有惊动安保系统。"

一片寂静中，秦琢发话："两天内把人找出来。"

李若笙在许文星身后回答："可以。"

李若笙看着比许文星要小，他长着一张娃娃脸，像个大学生，但反入侵这块的专业技术比许文星要优秀，安保系统的一大半构建都是他来做。说这句话的时候，他的眼睛还盯在屏幕上，操作中的手指运动飞快："给我们半天时间，会给您一个交代。"

秦琢点头，然后一行人出发去医院。

周倩是秦氏集团一直以来合作的公关负责人，秦、周两家是世交，因此在出事后也深知不能马虎，周倩给受伤的孩子安排的是最好的私家医院，主要也是为了保护隐私，这件事已经有许多媒体关注，在事情没有弄明白之前，秦琢不能被牵着鼻子走。

他们到医院的时候周倩也刚到没多久，她要处理媒体那边的事，忙得抽不出身，见到秦琢后两人互相点头算是打了招呼。

周倩是周家的长女，一头利落黑长发配上黑色束身西装套裙，显得尤其"飒"。

两人都是不废话的人，周倩边往病房走边说："现在外头有很多记者都在蹲你，你刚才进来的时候肯定已经被拍了，但我建议先不用管，看看对方有没有刻意做舆论引导，有几家和我很熟，在这件事上会帮忙，现在最麻烦的是受伤孩子的家庭并不富裕，母亲情绪一直很激动，很难交流，并且要求高额赔偿金。"

话一说到这儿，季秋就知道这件事不好收尾，对方动机太明显，孩子受伤这件事就是一个明晃晃的把柄，在没有查清楚对方底细之前，主动权不在他们手上。

秦氏不是给不起高赔偿金额，但这样一来就轻易落人口舌了。

花重金解决这件事绝对不是好方法，这件事关乎秦琢接手技术管理层的决议，这一打可谓是打在了七寸上，不高明，但有效。

秦琢的脸色倒是没有想象中的阴沉，只是眉头下压，气场更加迫人。

等一行人来到病房的时候，隔着房门就能听到里头传来女人尖锐的叫骂声，言辞粗鄙，几乎把公关部同事的声音都盖住了。

打开房门后，女人的声音戛然而止。大概是秦琢的气场太强，女人坐在孩子的床边慎重打量着。许助唤来医生，医生赶到后给秦琢说明了孩子的受伤情况。

孩子受伤并不严重，被 AI 机器人的手臂撞到了头，但程度很轻微。男孩精神很好，但估计是被母亲吓到了，所以全程一声不吭。

医生说明实际情况后，孩子的母亲坐不住了，起身道："什么叫没那么严重？伤的可是脑袋！我之前提出的赔偿很合理！你是酒店的老板吧？这么大一个酒店出了差错还不舍得赔钱，也太黑心了！总之你们不赔钱我就上网挂你们！"

听着对方咄咄逼人的言辞，季秋微微皱起眉，然而秦琢脸上没有任何反应，最后还是周倩微笑着上前一步，伸手拦了一下，说："这位女士请冷静一下，我司并未说不做赔偿，根据法律规定，我们已经制定了相应的赔偿方案，您可以过目一下。"

周倩还想继续说，秦琢突然开口了，没有缘由地问了句："是楼宇安还是周青峰？"

孩子的母亲突然脸色一变，下意识地反驳："你说什么！"

秦琢看着孩子不语，那眼神让床上的男孩有点害怕，然而下一秒季秋就微笑着上前，蹲在病床边用温柔的声音问："小朋友，你们经常去洋澄商场逛街吗？那里二楼有一家巧克力特别好吃，不知道你有没有试过？"

孩子母亲还没从秦琢刚才的话中反应过来，男孩已经轻轻摇头，说："今天第一次去……也没吃过，妈妈说那里的东西很贵……"

"你对孩子胡说些什么？！"

孩子母亲一下子蹿到床边，把男孩的头按在自己小腹上，拒绝和他们交流。

男孩吓了一跳，顿时一句话都不敢再说了。

秦琢从对方的反应里证实了自己的猜测，之后也懒得再看下去，转身离开病房。

季秋站起身，对他们点点头，跟了出去。

孩子母亲见秦琢走了有点着急，想追上去，却被公关部门的人拦住。

周倩缓慢上前，职业微笑不变，但话语间却无形增加了压力："据我们调查，陈女士您生活虽不拮据，但家里唯一经济来源是丈夫李启超，普通工薪家庭，生活节省，往常到综合超市的次数是平均一月一次最多两次，一家人逛大型商场的次数更是屈指可数，并且从未有过洋澄商场的相关购买记录。"

孩子母亲一脸恼怒："这又……"

周倩打断她："当然这并不能代表什么，我们着手调查的是另一方面——"

周倩从手底下的人手中拿过一份资料，笑着交到对方手里，说："很凑巧，您丈夫李启超所在的嘉裕地产刚好是我们秦跃集团旗下的分公司，您丈夫李先生在上个月10号和18号都有与我司高层单独见面……"

孩子母亲并不是一个文化人，听着周倩有条不紊的陈述，背上出了一层冷汗，表情开始发虚，到后面已经听不清周倩在说什么了。

周倩清了清嗓子停了下来，绽出一个人畜无害的笑容："涉及您先生与公司离职高层交往过密的事情还有 AI 失控故障的原因我们会继续调查，一码归一码，现在还是来说下赔偿……如果陈女士对赔偿方案实在不满意的话，我们也不会介意您用法律武器维护自己的权益，在此之前如果您改变主意了，随时可以联系我们，再见。"

周倩出了病房门口，看见秦琢站在窗前，不知道他在想什么，她说："事情还算顺利，揪住尾巴就好办了。"

不用秦琢再说什么，周倩已经明白了要从哪里下手，显然对方的准备不算充足。

大概是秦琢这些天的所作所为让有些人真切感受到了威胁，所以来不及更好地收尾，秦琢稍微一诈，那女人就慌了。

事情的解决比想象的要顺利，接下来就是考虑记者发布会澄清的言辞，以及公司的善后了。

周倩伸了个懒腰。卸了公关负责人的身份，她与秦琢、季秋都是好友，直接问："难得见面，今晚去喝一杯？"

秦琢："不了。"

他还有事情要处理，技术部那边今晚估计要忙通宵，他作为负责人肯定也要在场。

周倩看向季秋，挤眉弄眼："那反正也没你什么事儿，就咱俩？好久没见，你我都生分了……"

她眼珠子一转，忽然笑着说："我听许助说你最近好像有情况，不和我说说？"

秦琢目光瞥向她。

季秋一脸无语，最后看向秦琢，征求他的意见。

秦琢在她看过来的时候移开目光，沉默了几秒，他松口："没什么事，你去吧。"

周倩挑了洋澄酒店顶层的旋转酒吧，这一层是专门建造的，每两个小时会缓慢旋转一周，览尽江色，也算是酒店特点之一。

两个女人不约而同选择坐在吧台。

里面的人三三两两地坐着，大多是住在酒店的客人，衣着和神态很是放松。

这里安全性和隐秘性很强，甚至还有几个二线明星，季秋看了觉得眼熟。

"来说说，你和我们秦校草怎么了？他今天一直垮着张脸，还故意不看你，闹矛盾了？"

周倩干这一行久了，稍微一闻就能嗅到端倪，更别说秦琢今天的状态实在有够明显，季秋不是感觉不到，只是最近太累，她不想再像之前一样上赶着去猜。

不过，周倩这"小两口又闹什么矛盾"的语气让季秋忍不住发笑。

季秋点了一杯马提尼，小饮了一口，摇摇头说："没有，我没惹他。"

周倩翻白眼，拿出手机调出照片在她跟前晃："少来！这照片还搁我这儿处理呢！"

照片里，郎才女貌的一对佳人在深夜酒店式公寓大堂里相拥，专业的相机就是厉害，把秦琢侧脸放松的神态都拍得一清二楚。

季秋认识他八年有余，看着他的眉眼末梢就能判断他当时的心情如何，更别说照片里他的目光……实在柔软。今早照片一传到她手机里，就让她觉得心口像被什么东西刺中，想要逃避的画面终究还是会来，时间早晚问题。

只要她还在他身边，他看着那人的目光，偶尔的同框或同行，就会让她异常煎熬。

看着她自嘲地喝了一口酒，周倩摇了摇头，说了句："出息。"

季秋盯着酒杯折射出的亮点不说话。

"当年我就跟你说过，咱们这校草高攀不起，你不听，还傻乎乎地跟人家跑到国外去，一去就是四年。四年啊，你机灵点的话早就在一起了，但你看看你……"

季秋笑了笑，想起那个夜晚。

然后，她就笑不出来了。

这些年过去，她知道自己从未释怀。

她有多享受一开始的意乱情迷，就有多痛苦于他后来拥抱她的表情——

迷乱、沦陷、挣扎……

都是为了别的女人。

季秋面无表情地把酒一饮而尽。

周倩没劝，让酒保换了一种酒，问："那你和那个什么艺术家是怎么回事？"

季秋反应过来后，摇头："那是我妈的学生。"

"少来。"周倩抱过季秋的肩膀，"你啊就别轴了，要么你就鼓起勇气把秦琢拿下，要么就转移视线。一段感情到了死胡同，就用新的感情重新开始呗。妹妹啊别傻了……我看男人可准了，秦琢这种，肯定是不撞南墙不死心的类型，你盼着他死心，还不如盼着自己早日解脱，被吊在一棵树上多惨，喜欢又吃不着，浪费时间，你亏不亏？"

亏。

季秋心想，亏死了。

秦琢一直觉得自己是输家，但他根本不知道她才是从一开始就输得体无完肤的人。

"哎……男人啊都是贱骨头……"

周倩后面说的话季秋都没仔细听，她脑子里嗡嗡作响，其实她并没有醉，这些年她就算刻意放任都不一定能醉，更何况她从不放任自己。

她只是想到了很多，秦琢，还有祈年。

她今年已经二十八岁了，摔爬滚打过，到了应该要为自己活的年纪。

她爱了一个人将近八年，所以当然也能看出来祈年对她的兴趣。

那是男人看女人的眼神，她知道。

季秋把最后一杯酒喝完，下楼了。

到达房间所在楼层的时候季秋收到微信。

说什么来什么，是祈年。

他问她是不是去了上海，甚至还体贴地问她是不是有什么要紧事。

她回了一句：没事，很快就回去了。

约莫是她回得及时，对方居然打来了微信电话。

季秋看着屏幕半晌，最后接通。

然而她一抬头，正好看见从房间出来的秦琢，大概是回房洗了个澡，他换了一身毛衣。

电话里，祈年温润的声音在问："我还以为我的这顿饭要推迟了。"

见她没有回应，祈年问："方便接电话吗？"

祈年的嗓音很迷人，有意无意散发着荷尔蒙，却不让人觉得油腻讨厌。

季秋收回目光："方便。"

大抵是当艺术家的心思都细腻，他居然听得出来她喝过酒，还笑了："出差还能喝酒吗？"

季秋往自己的房间走去。她的房间就在秦琢隔壁。她看到秦琢停下来看着她。

隐隐地，心有不甘。但她很快克制住了自己。

"没什么，和朋友见面，多喝了几杯。"

秦琢看着她走近，可当她真的走近了，听着话筒传出的男性声音，秦琢眸色微暗。

祈年忽然问："季秋……你是在不开心吗？"

下一秒，秦琢的目光突然沉甸甸地落在她身上。

这是秦琢闹别扭的方式，别人肯定不会想到，但这些年季秋没少见他这一面。

在外面秦琢是璞玉，是君子，是商场中雷厉风行处事果决的秦总，但在她面前，他向来都是一个有点少爷气的男人，有时候为了一点不如意就能一声不吭地表达抗议。

但今天她很累，不想哄。

于是她无视了他的目光，转头用卡开了房门。

她对祈年说："你是画画的还是算命的？"

在她关上门的前一秒，秦琢走上前来，完全不顾她手机还在通话，手按着门，沉声说："看不见我？"

电话那头的人和季秋皆是一静。

秦琢盯着她的脸："为什么对我有情绪？"

这样举着手机说话实在有点尴尬，季秋低头对着手机说了一句"之后联系"，也没等对方回应就挂了电话。

秦琢睨了手机一眼，再看向她："回答。"

季秋深吸一口气："我没有什么情绪，你这样很没礼貌。"

秦琢根本不理会她后半句话，问道："你和周倩聊了什么？"

正如季秋了解秦琢，秦琢也自认了解季秋，她的情绪是今夜和周倩聊过之后才有的，如果是今早就隐隐约约开始的，那么这会儿就是到达了一个明显的峰值。

所以他强忍住她和别的男人聊天而无视了自己的不快，要问个清楚。

然而这个问题季秋根本不会回答，难道要告诉他周倩劝自己要么就拿下他，要么就放弃他？

前者季秋做不到，也知道不可能，要是真能随便一点，早在那次季秋就不会停下拿下他的脚步；后者她正在努力，但也不可能跟他说。

两人沉默下来。

秦琢凝视着她似乎有点生气的侧脸，忽然问："你那次说喜欢的人，是你电话里的男人吗？"

这话犹如一个惊雷，把那一夜重新炸了出来，放在了台面上。

这些年他们不约而同地把这件事当作秘密，毕竟对于彼此来说那不是一件让人愉快的事。

季秋也不知道要怎么回答，因为她编不出那个人，也不可能随便找一个人来当借口，这样对祈年不礼貌，也不尊重。

所以她难得有些恼怒地直面向他，不答反问："为什么突然问这个？"

秦琢放在门板上的手微微收紧。

他也不知道为什么，总觉得自打做了那个梦以后自己就变得有些浮躁，好像一切都开始不对劲起来。

"只是有点好奇。"秦琢收回手，也移开了视线，"抱歉，我今晚心情有点不好。"

他在试图让自己冷静。

刚才看见她出电梯，和电话那头的人聊得正开心的那一瞬间，秦琢明白自己陷入了一种无来由的焦躁中。

季秋也直觉他今夜有点不对劲，但她唯一能想到的理由就是那个拥抱，或许被拍到这件事让他觉得不舒服，这让她有些疲惫："如果是因为佳楠姐的事……"

可季秋还没说完就被秦琢皱着眉打断："不是因为这个。"

如果刚才他只是微微皱着眉，那么这会儿他已经是眉头深皱了。

秦琢不知道要怎么解释，今天发生的事情实在有些突然也有些荒谬，好像有什么东西在朝着他不能控制的方向进行。

他甚至不明白自己为什么要解释，但他清楚这绝对不是因为夏佳楠。那个拥抱对他来说无关痛痒，也没有一丝旖旎。因而他最后只能略带生硬地说："那晚什么都没发生，只是一个礼节性拥抱。她和我哥吵架了，心情不大好。"

气氛一时僵住了，秦琢抿了抿唇，转身离开。

门关上后，季秋靠在墙边，疲惫地看着天花板。

手机亮了很久，她拿起来看，是祈年发来的消息：还好吗？

她蹲了下来，按熄了手机，没有回答。

第二天清早，他们一行人约了当地的酒店管理层，打算到商区实地检查还在运作的人工智能机器人。

酒店门口太空旷,所以当陈义兰快速冲过来的时候,在场唯一一个保镖都没反应过来,当时季秋离秦琢最近,在看到对方冲过来的时候,身体反射性先动了一步,下一秒脏臭的水兜头淋过来,浇了她一身。

季秋只来得及转过脸去,随即被不知道是什么成分的液体冲得浑身一凉。

当时她的心里"咯噔"一下,下意识闭上眼睛,防止水进到眼睛里,随后就被扑过来的女人扇了一巴掌。

季秋今天穿了一双小高跟,跌跌撞撞往秦琢怀里倒去,手下意识使劲抓着那人笔挺的西装,她还没来得及张嘴,整个人就被狠狠抱紧,用似乎要把她勒断的力气。

周围响起保镖呵斥的声音,季秋缓了好久才缓过那阵耳鸣,想要抬手碰一下辣得发疼的脸侧,却被秦琢握住手不让她碰。

她抬起眼,看见保镖把陈义兰整个人制伏在地面上,女人被扭到胳膊发疼,嘴里骂骂咧咧地不消停。

季秋觉得心跳有点响,想要起身,却被一双结实的手臂拦腰抱起。

她抬头看见秦琢绷紧的下颌,那是他怒极的表现,一贯冷漠的眼里冒了火,也不看保镖一眼,直接抱着她上车让司机先去医院。

"我没事。"

季秋还算冷静,在一片死寂中先开口。

前面的司机闻着车里的臭味什么都不敢说,秦琢一直死盯着她的脸,也不说话。

季秋低头找湿纸巾,觉得这气味着实有点难闻,她都有点受不了,刚想要往后靠一些,一只发凉的食指探到她脸颊上,拨开粘着的头发,似乎在小心翼翼躲开她的伤口。

季秋低声重复了一遍刚才的话，用安抚的语气，然后往后退了退。

　　她用湿巾简单擦了擦脸上的脏东西，然后才拿了一块干净的手帕捂住脸上发疼的地方，短短时间已经肿起来了。

　　这时候秦琢的手机响了，是周倩的电话，想必是公关那边做了什么，让对方恼火得直接在酒店门口蹲他们。

　　秦琢这次来得匆忙，一贯跟着的保镖只来了一个，对方在靠近角落柱子那边冲出来，的确让人猝不及防。

　　秦琢的语气似乎夹着冰，等周倩说完，才回道："我只知道我的人受了伤，这事儿我不找谁，你处理那个女人，最后账一起算。"

　　季秋等他挂了电话，才说："公关策略向来是这样，你何必为难她？不用点方法捉不住背后那人的把柄，这只是意外状况。"

　　谁都想不到一个普通家庭妇女被逼急了以后会干出这么出格的事。

　　秦琢回头凝视她，过了好久才说："你跟着我那么多年，从来没有受过这样的伤。"

　　说完他的眼神又冷了下去："谁我都不放过。"

　　季秋心底微颤，半晌后稳住心神，叹了一口气："好了……我真的没事。"

　　他不问她为什么要扑上来，她也不开口说原因。

　　这些年他们的相处模式是她付出更多，他们对彼此都有一种出于本能的保护欲，倘若今天他反应快一些……

　　秦琢心里有道火，越烧越旺，他却找不到源头。

　　唯一确定的是，他一定会让策划这些事的人付出代价。

季秋在医院刚开始做冷敷处理，周倩就急匆匆赶到。

里头在处理伤口，秦琢没进去，大衣被弄脏后已经扔了，西装外套也脱了下来挂在手上，见到周倩，他眉眼一冷。

周倩怕死了这样的秦琢，等告诉对方已经找出来陈义兰身后的主使并且已经把陈义兰送到警局处理之后秦琢才抿了抿唇。

大冷的天，周倩却跑出了一身汗。见到秦琢的表情，知道自己算勉强过关后，周倩才给自己扇扇风，看着诊室门口："放心，已经交代过了，就算出来了，团队后面也会追究到底。"

她指的是陈义兰。

周倩靠在窗边。宿醉让她脑子还没完全清醒，大概是身边的男人太安静了，她忍不住嘀咕了一句："真是……都跟她说过了，还这么没脑子，我想就算那是硫酸，她也会替你挡了，疯女人。"

秦琢站直了身子："什么意思？"

周倩抵在玻璃窗上侧过头，闻言似笑非笑地反问："你从来不会奇怪她为什么会这样做吗？"

见秦琢不回答，她又说："人在做一件事情之前，总该有什么理由吧？为了钱，为了名利，或者老套一点……为了爱情。"周倩眯着眼睛，把他皱紧眉头的模样看在眼中，似是而非地补充了一句，"不过就算是我男人，我也做不到替他挡刀子，能让我这么做的，大概只有我亲生父母了吧。秦总，你觉得呢？"

这话的意思太明显了，秦琢听得出她话里有话，但是这话里的意思又让他觉得匪夷所思。

周倩几句话就把秦琢的脑子搅成一潭浑水，可这女人管杀不管埋，扔下一个炸弹后就进病房里去了。

季秋处理好伤口和周倩一起出诊室，看到秦琢目光灼灼地看着自己。她下意识地侧过脸，说："没事，两三天就能好。"

秦琢打量着她脸颊一侧的红肿，看着有些吓人。他点点头，转身走在前头。

季秋看着他的背影，又看了一眼周倩，缓缓跟上。

今天的工作算是泡汤了，原计划的检查交给了许文星他们去办。他们三人回到酒店，周倩和他们告别。走之前她忽然低声对秦琢说："其实这些年，她哪能没有受过伤？"周倩后面一句话轻得像荡在风里，"不过是她不愿意让你知道罢了。"

季秋因为着急回去换衣服走在前头，没有看见秦琢因这句话停下脚步，周倩笑着转身离开。

秦琢凝视着季秋的背影，久久不动。

直到回去前，秦琢都一直在忙，季秋从旁协助，两人没有什么空余的时间。

但季秋能感觉到秦琢心里有事，比平时更沉默少言。

这次出行发生的事儿有点多。虽然脸上的红肿已经消了不少，但指甲留下的红印还在，幸好医生说不会留疤。

落地后，秦琢有事先离开，季秋不能顶着这脸回家，所以回了首开国际，她和蔡敏合住的房子。

一看见她的脸，蔡敏嘴里的零食差点喷出来："你出个差怎么还带伤？"

等听完前因后果，蔡敏一脸怒其不争："你真是让我不知道说什么好，幸好那是脏水不是硫酸，他是男人毁容就毁容了，你毁容了我看谁还要你！"

季秋疲惫地躺在沙发上，蔡敏看到她那样子，虽然气愤，但更多的是心疼。

她坐了下来，一只手抱住季秋的肩膀拍了拍，最后没忍住，问：

"所以你还没死心？还不打算放弃？"

季秋靠在蔡敏的肩膀上，闻言闭上眼。

好半晌，她才说："没死心，但是……也真的累了。"

单恋一个人付出的一切，她没有后悔过。

但她总隐约感觉这段感情好像是该到头了。

她总不能真的等撞得头破血流，爬都爬不动了再放弃。

她不能连离开他身边的力气都没有。

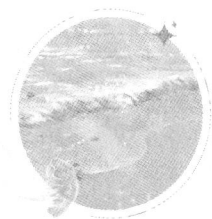

/ 第四章 /
换个愿望

　　夏佳楠和秦肃之间的矛盾被传开是季秋在祈年的画展上才觉察到的。

　　她脸上的伤在画展之前就已经痊愈了。因为文灵雨也收到了邀请，季秋便干脆和母亲结伴到场。

　　祈年作为主办方，大部分时间都在招呼客人。

　　来的人中有不少美术协会的老师和同行，还有不少特意来捧场的圈外朋友，祈年都招待得十分周到，为人处世既不客套又显有趣妥帖。

　　文灵雨和季秋出现的时候，现场骚动起来，好在都被祈年处理好了。

　　文灵雨不喜被人包围，到了没多久就和好友们躲到角落里聊天，算是润物细无声地替祈年招呼着一群大人物。

　　祈年带着季秋和朋友们相互介绍。或许不混这个圈子的对这些人不太了解，但季秋是文灵雨和季夏的女儿，从小艺术嗅觉灵敏，知道这里面随便拎一个出来都是真才实学的青年艺术家，笔墨相当值钱。

他们都算是祈年的同辈，平时往来也多，都说文人相轻，画画的也多是如此，因此在一个圈子里能有好的交情更不容易。

祈年是一个情商很高的人，谁和他相处都能感觉很舒服，但了解他的也都知道他虽然看着面面俱到，实则是一个很慢热的人，并不是谁都能深交。

因此当祈年给朋友们介绍季秋的时候，一群人互相看了一眼，笑里都不禁带了些揶揄。

季秋有些走神，对他们的神情没有过多留意，自然没有注意到众人看她和看祈年的眼神都带了意味深长的味道。

这阵子她和秦琢就像卡在一个让人很尴尬的点上，哪怕他们再懂得假装无事发生，那一晚给他们带来的影响依然存在，就连许助都能看得出他们之间有些不对劲。

"文老师的女儿我以前好像见过，在老师的画廊里，是吗？"

别人也不知道季秋在走神，聊到第一次见面，年纪稍微大三四岁的邹鸣文回想了一下，说："我好像还记得当时她身边跟着秦家的那个小儿子，当时两个人都还没大学毕业呢。"

祈年不露痕迹地看了季秋一眼，点点头，"嗯"了一声："当时我给老师帮忙，你还时常来捣乱。"

闻言大家都笑了，邹鸣文也乐呵了两声，在没人注意的时候瞥了祈年一眼，顺着他的话移开了话题："说起来也挺有缘分，不如咱们今晚一起吃饭？"

祈年："这不行，今晚季秋欠我一顿饭，我们都说好了。"

季秋被秦琢的名字招回了神，还没来得及回应就听到祈年拿自己打趣，微微一笑说："多几个人我也不是请不起。"

邹鸣文坏笑："那不能够，怎么能让女孩子破费，今晚就他请，之后你俩再另约。"

祈年笑着不说话，眼神落在季秋身上，一副"你说了算"的表情。

祈年的这堆朋友个个是人精，看祈年这眼神，心里都瞬间了然。

却有一两个平日里就不懂得看人脸色的，忽然想到什么，问季秋："说到秦家，我最近听我妹妹说秦家的大少爷在和夏佳楠闹分手，有这回事吗？"

夏佳楠也是艺协的人，且作为女画家来说名气不小，加上最近在竞争艺协的要岗，所以大家闻言都难得来了兴趣。

倒是季秋愣了愣，回想起来那次秦琢说夏佳楠和秦肃闹不愉快的事，以为不是什么大事，但怎么也没想到现在外头都在传分手了。

她下意识地摸向手机，但不知怎的，很快就松了手。

另一个人听到这事也点点头。

这位家里有一位长姐，也是名媛圈里响当当一人物，便跟大家分享听来的八卦："好像是有这么一回事，原本夏佳楠不是跟秦肃住一起嘛，大家都知道，但最近是有听说秦肃没再来接过夏佳楠上下班，而且夏佳楠也搬回了自己的公寓。前些天不是有八卦消息传出来秦肃出差没带她，还让她自己和艺协的元老们吃饭。"

"说不定是人家临时有事，人走不开呗。"

"是啊，而且我听说那顿饭局最后不是秦琢出面了吗？不是秦肃的意思，秦琢一个当弟弟的干吗去给嫂子撑腰？"

"他们不是自小一起长大嘛，感情原本就好。"

…………

这边你一句我一句，季秋脸上都有点要挂不住了。

而她作为秦琢身边的人，也无法避免被话题带到。有人问当晚秦琢是不是有去艺协那场饭局，季秋点头。

众人一阵唏嘘。

最后还是祈年打断了他们："你们一群大男人这么八卦是怎么回事？"

众人："就随便聊聊……"

"不要再瞎站着了，要收入场费了。"

祈年三言两语就把朋友们都撵走了，让他们也去帮忙招呼人。

众人见人的确多，便都散了去帮忙了。

"抱歉，他们就是这样，没有恶意的。"

听到祈年这么说，季秋摇摇头，说："我没事，人都会好奇，正常的。"

"我说抱歉是因为他们提到秦琢。"祈年低头望着她，见她抬头，才问，"那晚在你身边的，是他吧？"

季秋没回答。

祈年忽然笑着移开视线，看着前方。

"每次一聊到他，你心情起伏就会很明显。"

季秋："是吗？"

祈年："其实当年的事我也记得不少。"

感受到季秋的目光，祈年说："我记得你们总是一起过来。那会儿夏佳楠是画廊的常驻，周二到周六都在，你和秦琢会周二到周五过来。我记得进门的时候你总是笑着，但后面就很少笑了，趴在前台和老师说话，眼睛却一直看着他们两个。"

祈年隔空点了点季秋有些恍然的眼睛："和那天淋着雪回来的时候一样，这里写满了难过。"

季秋垂眸。

"其实你趴在前台那会儿我总坐你旁边，但你看，你甚至都对我没什么印象。"

祈年叹了一口气。

"这么多年过去了，我还以为你们早就在一起了，我在想这么聪明的女孩，四年来那么多机会，什么样的人也该得到了。那会儿我希望你如愿以偿，但现在，我又挺想试试的。"

他难得直白，把话摊开说。

他很聪明，也敏锐，看得出来她最近的彷徨与徘徊。

他是个君子，不愿意乘虚而入，把选择权放在她手里。

"季秋。"

周遭的人来来往往，人们眼里是他创作出来的大千世界，而祈年置身其中，眼神专注地把她包裹，低声叫她名字。

季秋却不敢抬头看他。

"你能看出来我对你有感觉。"

他这话说的是肯定句，却给人留有余地，轻快地袒露着男人的一次动心。

面对这份直白，季秋只能诚实回答："能。"

祈年笑着说："如果你要放弃他了，可以看看我。"他一动不动，展会的灯光布置考究，他恰好站在了光线侧下方，迎着光的半边侧脸很是温柔，"我希望你能如愿以偿，如果不行，那就换个愿望。"

这句话刚落，季秋就恍惚想起，几年前当她看出来秦琢喜欢夏佳楠的时候，她也对他说过类似的话：我希望你能如愿以偿。

那会儿她是骗他的，说的都是反话。

可眼前的人看着比她真诚。

季秋抿唇，在那一刻再一次藏起了思绪，半晌，回了一句："知道了。"

秦肃的事情这阵子在圈里的确传开了，最后还不可避免地传进了老太太耳朵里。

夏佳楠和秦肃在一起很多年，订婚宴也办得极其讲究，圈内都知道夏佳楠会成为未来秦氏的女主人。

如今这么些似是而非的消息传出来后，甚至有不少人在说秦肃喜新厌旧，夏佳楠另觅所爱之类的话，其中夹杂不少污言秽语，十分不好听。

秦肃面对传言还是没有回应的打算，听说这阵子也一直在外地，夏佳楠每日在家和画廊那边两点一线，两个当事人无视外面传得沸沸扬扬的谣言，云淡风轻地继续着自己的生活。

但是老太太传召是不能不去的。

那天老太太只见了夏佳楠一个人。秦琢得知夏佳楠去了主宅，下班后立刻就赶去了，进去时夏佳楠刚好从院里走出来，她的脸色有点不好看。

"你脸色很差。"秦琢搀扶着夏佳楠，看了看大门的方向。

秦宅管家对秦琢摇摇头。

秦琢点头，接着带夏佳楠上车。

"送你回家？"秦琢注意到夏佳楠的脸色有些发白，人也消瘦了许多，皱眉问，"家里没人照顾？"

夏佳楠苦笑："我又不是你们这些大少爷，需要谁照顾？"

秦琢沉默片刻，征求她意见："去我家吧，我让管家给你熬汤。"

夏佳楠撑着下巴看着窗外，点头："也好，很久没去了。"

说完，她又问："季秋呢？怎么没和你一起？"

最近秦琢因为这个名字正意乱着，闻言也不立刻回答，只是在夏佳楠闭上眼睛休息之后才忽然问："你为什么总觉得她时刻都会和我在一起？"

夏佳楠睁眼，看出来什么似的："你们吵架了？"

她甚至都没有回答他的问题。

秦琢闭上眼，扭过头去，拒绝交流。

夏佳楠笑着摇摇头，一路上两人都闭着眼睛小憩，谁都没说话。

等到了家门口，秦琢进门前才忽然想起那盆被季秋放在餐边柜上的红柱兰，他顿了顿脚步，心里一沉。

这些天他脑子在高强度运转，又被季秋的事情干扰，居然没有第一时间想起来。

他回头看了夏佳楠一眼，夏佳楠回了一个疑问的眼神。

秦琢沉默着回头进门。

餐厅在玄关的左边，无法避免地，一进门就能看到。

那盆红柱兰被挪动了位置之后开得很好，叶子比往常精神，季秋每次来都会单独照顾它，因此它十分明显地彰显着存在感。

他们一前一后进来，夏佳楠的视线也落在那盆红柱兰上，却只是一扫而过，什么也没说。

她把外套交给管家，走到沙发上坐下。

他们在路上的时候管家已经让厨房那边开始准备驱寒汤，汤里加了药材，屋子里弥漫着一股又甘又苦的味道。

管家盛了两碗，递给夏佳楠的时候还说："夏小姐好久没来了。"

以前夏佳楠的确来过这边，这里是秦家后来搬出老街后的第一个住址，后来老太太和秦肃都搬走了，只有秦琢留了下来。

夏佳楠端着碗，虽然疲惫，但也笑了："您没怎么变呢。"

管家低头，简单的寒暄之后就离去了。

他们都是这座宅子的老用人，老太太体贴秦琢念旧，一直把他们留在这里，因此他们守的也是老一套的规矩，不会轻易与主人搭话，这对他们而言是一种僭越，对秦琢更是如此，非要说的话他们只通过季秋来传达。

喝了汤后，夏佳楠的脸色好了许多，红润了些，没有刚才那么苍白。

看她放下碗，秦琢坐在单人沙发上，低声问："要聊聊吗？"

按关系上说，他们两个都是秦琢很亲近的人，秦肃不是会无缘无故消失那么久的性子，哪怕分别多年，秦琢仍然了解他们两人。

在家人和外人看来，这些年两人的感情好是毋庸置疑的，所以不论是作为家人抑或是一起长大的关系，秦琢的确有这个立场和夏佳楠聊聊。

说出这句话的时候，秦琢忽然发现自己的心情并没有想象的那么复杂，也没有难受。

然而他从未想过他们二人争吵的原因是孩子。

其实也不算争吵，秦肃向来稳重，也会疼人，就算两人意见不合，秦肃也几乎是退让的一方，就像这次他一个人跑到外地去，不正面争吵仿佛已经成了两人的默契。

外面的人都说他们两人的性格一定会处得很好，男方稳重女方体贴，肯定吵不起来，可吵不起来对于情侣来说未尝是一件好事，因为问题始终存在，有的事情不摊开说就很难解决问题。

夏佳楠的表情被热汤熏得有些朦胧，她苦笑着继续说："他想要，但我一心扑在画廊上，现在不是要孩子的时机。我知道他不会逼我，但因为我看出来了，所以这事儿就是个疙瘩，我们都解决不了。这就是个死结。"

或许原本不是死结，换作普通情侣，拖两三年再要也不迟。

但对象是秦肃，不行。

老太太今天没给她放狠话，却让她明白了，作为女人，她可以任性，但做秦肃的女人，她并不能随心所欲。

因为秦肃也无法任性，他担着太多的责任走到今天，甚至他不逼她，也是因为他在担着所有人的压力。

他们如今还没结婚，这种情况下秦肃要保她，让她接触不到任何压力，这得花多大的力气，夏佳楠太清楚了。

秦琢沉默了。

这样的问题他不知道如何开口，尤其对象是夏佳楠。

秦家是老派家族，没有人比他更清楚其中的观念束缚，尤其是秦肃，作为长子，背后承担着数不清的压力。当年夏佳楠与秦肃订婚其实并没有那么容易，站在他的角度看，能理解秦肃为什么想要一个孩子。

但秦琢也记得那天在别人的满月宴上，夏佳楠抱着别人的孩子时，眼睛里也是有喜爱的。

夏佳楠似乎看出了他的疑惑，笑了下，说："喜欢，但不代表想要。"

她微微倾身，忽然说："你信吗？女人的心比你们男人想象的要狠得多。"

秦琢眉头忽然一跳，感觉心里有什么东西被她的话刺痛了一下。

很陌生的感觉，又像是一种直觉。

这么多年来他在商业上的直觉一向准得让人惊骇，他很少忽略这种微妙的感觉，因此常战常胜。

或许是想掩盖心中的刺痛，他开口，声音有点哑："既然这样，也不分开？"

她说女人都狠，那既然前方困难重重，她又为何不放手？

于是，秦琢得到了一个换作是以前，他听了一定会很痛苦的答案——

"我怎么舍得。"

奇怪的是，大概是早已经看明白了事实，他只是感觉微微酸涩。

夏佳楠说起秦肃的表情是温情的、柔软的，那是一个女人真正爱着一个男人时会有的独一无二的神情，苦涩中带着甜。

"一个人心里要是装下了另一个人，那么无论她放不放得下自己，都不会再放进第三个人。"

得知夏佳楠昨晚去见过老太太，后来又去了秦琢家，季秋心里微微刺痛，但也出乎意料地平静。

秦琢在办公室忙了一整天，其间周青峰上来过一次，后来脸色铁青地离开了。

他又少了一个敌人，干净利落，不近人情。

快下班的时候季秋的手机响了，她拿起来看，是祈年。

"今天准时下班吗？"

季秋知道他虽然是礼貌地询问，其实早就打听到她最近根本不加班。

秘书办那么多人，并不一定需要她，除非是她自己不想走。

但现在她正在努力，正在改变。

季秋笑了笑："准时。"

果然，祈年很快就接了一句："我快到你们公司楼下了，你直接下来停车场。"

"好。"

自从她答应给他机会，他就把握着尺度出现在她身边。

不远不近，不松不紧，总是刚刚好，在季秋觉得难过的时候。

她起身准备收拾东西，这会儿内机亮了，她放下东西进了办公室。

秦琢脸色有点差，她却神色平静，嘴角还带有浅笑。

刚才那通电话她没有避着人，门没关严，他都听见了。

有人约她，她不仅同意，语气也温柔。

他突然想到周倩的话，脸色更沉。

他不知道应该相信眼睛看到的，还是别人说出口的。

"准备下班了？"

季秋听到他的问题，下意识看了眼时间，点头："有事吗？"

秦琢："今晚商协那边有个局，大哥去不了，我得去。"

季秋了然，以为他需要人，便说："我今晚有约，小许还没走，我让他准备下。"

"你去。"

秦琢说完就低头，拿起钢笔翻开一份文件。

季秋安静了一会儿，半晌开口："抱歉，今晚真的有事。"

她第一次因为私事拒绝他，因为别人。

听到这儿，秦琢下笔的力度加大，钢笔在纸上划下一个深深的印痕。

季秋交代了两句就离开了。

听着她出去后安排许助的话，秦琢停下了笔。他们的关系不是单纯的上下属，他做不到强硬地用工作留她。

等许助安排好了车进来提醒他出发，秦琢穿好西装，两人一起下楼。

季秋到停车场的时候祈年已经等了半小时，车里暖气开得足，他把长大衣脱了，里面一件贴身驼色高领毛衣，儒雅成熟男人的味道轻而易举就勾了出来，引得不少下来取车的女同事忍不住多看两眼。

看到季秋的时候，祈年朝她挥手，两人好像不知不觉间过渡到了相处起来十分自然的阶段。

见季秋开了车门坐上来，祈年拨了拨空调，让热风不要直着往人脸上吹。调好温度后，他对季秋说："先把大衣脱了，路上一个多小时，下车你该冷了。"

季秋顺从地脱了外套，扣上安全带："要把我卖到哪儿？"

祈年划拉了两下手机，居然打开了一个网红软件，找到页面后递给她看。

这种知性青年画家打开小粉红软件的画面反差真不是一般大，季秋接过手机的时候忍不住低头笑起来。

就是那一瞬间，秦琢从电梯出来，抬眼看见了不远处的这一幕。

祈年开的是一辆低调的商务车，但季秋今天却难得穿了一身枣红色毛衣，这颜色本来就显眼，加上她皮肤白皙，衬得整个人脸色红润，十分容易辨认。

车上的两人毛衣款式相似，一个儒雅英俊，一个肤白貌美，凑在一起聊天的画面有一种无法形容的相衬。

这时候祈年抬头也看到了他。

两个男人的视线在半空中相撞，秦琢眸色渐冷，祈年微微一笑，朝他点点头，把车开走了。

季秋一直低着头看手机，没看到这一幕。

身后的许助看着这一幕，有点看不懂，但也不敢吭声。

祈年选的地方在五环外的郊区，最近新开了一家烤肉店，仿的是半野炊形式，在草地上立了一个大帐篷，人在里面能随便伸懒腰，围着特制的炭烤炉边烤边吃，帐篷中间还烧着篝火，就算没有暖气也不会觉得冷。

因为这家店刚开没多久，知道的人不多，只有几个美食博主在网站上做推荐，季秋挑着看了几个，挑眉问："这都是花钱买的营销吧？"

祈年佩服："这都能看出来。"

季秋跟每个部门都要打交道，接触多了自然能分辨，但大部分人却不行，底下有些固定的粉丝在嚷嚷一定要去，还有一些捧场的评论。季秋点进去，果然都是小号，主页显示只有两三条转发，一看就是用来做数据的。

祈年知道她大概在想什么，笑着再三保证："放心，我朋友开的，虽然是有做营销，但味道应该不错。他以前就爱干这个，梦想就是开个烤肉店，后来就有人帮他想了这个点子。"

"我以为你朋友大部分是像那天一样的人。"

季秋指的是在画展上遇到的那些艺术家，他们看上去才像是混一个圈子的。

祈年却不以为意："艺术家嘛，就是要感受生活，老和同一种人待在一起不利于激发灵感。"

季秋不管是于公于私都要和数不清的人打交道，因此明白正是祈年这种性格和真诚的为人处世之道，才会天南地北什么圈子的人都能结识。

所谓的交情不仅需要有眼缘和契机，还需要时间和花心思经营。真正的交情势必是用真心来换，某种程度上这也是一个人人格魅力的体现。

季秋朋友不多，能处得来的更少，这些年除了蔡敏，她几乎没有其他朋友，一来没时间，二来也是不愿意花费精力。

她所有力气都使在一个人身上，当然没多余的力气去经营私下的人际关系，她的交际圈可以说是完全围绕着那个人展开的。

祈年好像明白这一点，总是有意无意，带她认识更多新的朋友。

下班时间有点堵车，幸好那个地方有点偏，车比较少，越往目的地走越通畅，一个多小时后两人就到了。

下车后季秋发现这里的人居然比想象的要多，冰天雪地里许多小伙伴小情侣来这儿找找新鲜，路过一片宽阔草地，随处都能看到你侬我侬的男男女女，或者喝着啤酒畅快大笑的年轻人。

帐篷隔开了一个个私人空间，又因为敞开着门帘，让所有欢声笑语融合，篝火已经烧起来了，有人在欢呼，这种环境很能感染人。

或许是因为火焰温暖了寒冬，或许是因为食物的味道，季秋觉得整个人都舒坦了不少，紧绷了好久的情绪在这一刻仿佛不值一提，她舒服地吸了一口气。

祈年进了一个楼房，这里是前台加出账的地儿，往来的还有送菜的服务员。几分钟后，祈年和一个身材健壮的大哥并肩走出来，对方身上的气息带着野性，右眼到太阳穴的地方有一条不深不浅的疤，看着有些凶，可眼神却很沉静，让人看了不觉得害怕。

"这是我朋友，以前行山认识的，邢哥，退役军人。"祈年给他们互相介绍，"这是我朋友，季秋。"

季秋朝对方点头："你好，打扰了。"

邢哥酷酷地点头，带着他们去了一个空帐篷。

大概是早就联系好了，邢哥特意给他们留的，帐篷的位置在最边上，虽然远离了篝火，但没那么吵闹。

炉子早早就热起来了，帐篷里很暖和，季秋刚才在外头站了一会儿浑身都凉透了，进帐篷里没多久手脚就变暖了。她学着祈年脱了大衣，后者十分自然地接过，挂在了自己大衣的旁边。

邢哥看着祈年的动作，不露痕迹地打量着季秋，然后点了根烟，走了。

没多久服务员就给他们帐篷里上了一桌子菜，有荤有素，还送了他们两碗鸡汤。

祈年笑着让她快喝："这汤可金贵，趁热喝。"

季秋问什么意思。

祈年说："嫂子熬的，不卖，只给自己人喝。"

他说这句"自己人"无比自然，季秋像是没察觉，喝了一口，味道香浓鲜甜。虽然是鸡汤，但一点都不油腻，里头放了一些菌类，入喉后能尝到松茸的香气。

喝完汤，他们边聊天边烫菜吃。不远处的欢声笑语遥遥传来，不久后有人喝醉了唱起了歌，唱的是蜀中方言，调子高昂，没有被寒风吹散半分。

那一刻季秋忽然理解为什么祈年对这里赞不绝口，好像再多的烦恼在此处都会被旷野的风抚平。

远离繁华，远离都市，远离尘嚣。

吃饱喝足后两人都心满意足，季秋难得有心情整理了一下照片发了朋友圈。最后一张是从帐篷望出去的风景，积雪正在融化的冬天有种破败的荒凉，却在篝火的暖色中显出一种优哉的诗意。

很快就有人点赞了，甚至连母亲也悠悠然点了一个。

而另一头，秦琢看着手机里的照片，注意力却放在了第二张上。

她拍的火锅色香味俱全，温暖的灯光，盖住膝盖的毛毯，木质长桌，一切都仿佛冬日限定，唯独镜头最上方出镜的一双男人的手让他觉得刺眼。

对方一只手拿着筷子在锅里搅和，手腕戴着低调的腕表，牛皮制的表带，和木桌泛出一样柔和的色泽，一下子就融进了照片里，显出几分亲昵来。

秦琢有洁癖，不爱和不熟的人一起吃一锅东西，尤其是筷子还混合着搅弄在一起，他是无法接受的，因此看到这一幕只觉太阳穴有点胀，连带心里都有点不舒服。

周倩曾意有所指季秋喜欢自己，秦琢一点都没看出来，这么多年季秋从未露过端倪，也从未跟自己细说过那个她喜欢的人是谁。

如果真是他，那她现在是什么意思？

秦琢自己都没发现，他现在脑子里越想越多，越拐越远。

他烦躁地点开了聊天框，可思来想去也不知道要发什么。

到最后还是什么也没发出去。

饭局结束，秦琢没有回家，勾着一同来宴会的好友陈铭去了酒店顶层的酒吧。

他平时甚少买醉，每次兄弟们约都说没时间，今天来了兴致。陈铭也觉得挺新鲜的，告别了应酬就陪他去了。

陈铭就是子月初的老板，秦琢和他一直有交情，两家也有商业往来。

陈家本来是做酒店的，和秦家算是同行，开温泉会所，外头的人说陈家要试水走新路子，只有陈铭的兄弟们知道并不是这么一回事，他这人压根儿没想那么多，办温泉会所纯粹是为了哄女人高兴。

那个女人纵横风月场，最后不知道怎的居然收服了陈铭，偏偏两人的性子都烈，每次见面就恨不得打一架，闹出来的荒唐事更是数不胜数。

可作归作，陈铭本人是乐在其中，对方喜欢泡温泉，陈铭一声不吭就斥巨资建起了子月初。

所以要论犯傻和情种，几个兄弟里没有人能比他有经验。

陈铭喝着最烈的酒也面不改色，边喝边打量秦琢的脸色，慢悠悠地说："你这模样有点不大对劲，为女人？"

秦琢看都没看他："就不能为钱？"

"为钱多俗啊？你又是哪位，这么俗的理由你可用不上。"陈铭点了一根烟，看秦琢皱眉也没管，自顾自地抽，"不是钱就是女人了。其实要说是为了女人也俗，但男人不都这些个德行？"

秦琢烦陈铭这啥都能看透的调调，只是碍于这会儿临时也叫不出来其他人陪，只能将就。

好半晌，他看着酒杯，手腕轻晃，仿佛不经意地问："如果有那么一个人，这么多年在你身边任劳任怨，却不用你回报些什么，你觉得对方是图什么？"

"钱。"

秦琢皱眉："肯定不是。"

陈铭敷衍："那就是图你人了吧。"

秦琢冷冷地看他："你能正经点吗？"

陈铭盯着秦琢的眼睛，不躲不闪，表情似笑非笑："你还不如直接问我季秋图你什么呢？"

秦琢别过头，一口气闷了半杯。

陈铭："有啥不好猜的？这些年，你，还有季秋，相互为对方护了多少，你不清楚？"

陈铭一件件给他数："刚到美国那会儿，她做秘书被人性骚扰，你当场翻脸生意被搅黄，最后还是你大哥给你擦屁股；有一次你累到胃出血住院，她不分昼夜地照顾你，你好了她转头就进医院了，原因是疲劳过度；那个谁，晏申？背后聊骚季秋被你听到了，那会儿你学聪明了，没有当场甩脸子，搞事后报复这一套，最后人家直接被他爸遣送回国就为了避着你；工厂员工罢工那会儿你被推出去收拾烂摊子，季秋替你挡过鸡蛋，听说回国后又替你挡了一次？恕我直言，那人要是泼的硫酸，人家姑娘都毁容了。"

陈铭喝酒后微哑的嗓子能让女人听了腿软，虽然说的话比较尖锐，但听在秦琢耳朵里却让他沉默了。

"我倒是想问问你呢，你对季秋是怎么想的？"

秦琢安静了一会儿，最后只蹦出一句："我有喜欢的人。"

哟呵？

陈铭嗤笑一声问："多喜欢？"

秦琢一口闷了剩下的酒，声音也哑了："喜欢了很多年，别的女人多优秀都和我没什么关系，以前……看着她我就会觉得难受，不敢碰，但是又很高兴。"

他言简意赅，不愿意透露更多。

陈铭回味了一下自己的女人，笑了。

"我家那口子曾经问我，喜欢她是什么感觉。"陈铭一说到那个人表情就收了，但是眼神里藏不住，都是笑，"我说我不喜欢她，老子爱她，睁眼闭眼都是她，管她爱不爱我，有没有别人，这些对我来说都不是事儿。

"我不知道别人会怎样，我只知道我对她会心疼、心痛，也会嫉妒，但很快乐，从来没有什么敢不敢的，想到别人能碰她我就想把对方手剁了，谁来我都敢，就算是亲老子来抢我也一样要定她。"陈铭一只手扶在吧台上，撑着脑袋低笑，"她骂我，我也高兴，我就是只对她好，所以我觉得你说的都是放屁，碰都不敢碰，对喜欢的女人连欲望都没有，你跟我说喜欢，你说你是不是男人。"

秦琢听完觉得陈铭被骂没错，大概是酒气上来了，他觉得更闷热烦躁了，扯开了领带，把脸彻底转向另一边，拒绝再跟陈铭交流。

晚上祈年送季秋回家时已经快十二点了，季秋下车前也没有请祈年上去坐坐。

他俩都很清楚这段关系只是一种尝试，最起码在现阶段而言他们都给了对方一个靠近彼此的机会，可一旦一起上楼，这段关系就变味儿了。祈年不着急，他习惯循序渐进。

季秋回到家后被还没睡的蔡敏逮着。

蔡敏对季秋挤眉弄眼，指了指窗外。季秋走到阳台往下看，果不其然看见祈年还没走，他下了车正靠在车身上看手机，在她探头没多久后，他似乎多了一层感应，忽然抬头看向她的方向。大概是确认她到家了，他才把手机揣回兜里，向她挥了挥手，上车离去。

季秋心里五味杂陈，蔡敏却觉得她好事将近。

不过季秋不给蔡敏八卦的机会，转身进房了，洗完澡才找充电器给刚才被冻关机的手机充电，打开通信软件，发现秦琢居然给她发过一条微信。

一个句号。

什么意思？

多年的默契让她居然也猜不出来这条微信是什么含义，索性没管，处理完要紧的消息就倒下睡了。

第二天季秋到秦琢家才发现他难得宿醉了，有点诧异，他向来自律，很少喝多。

别墅里静悄悄的，用人们这会儿存在感最低，基本上只要秦琢在家他们就很少出现。

季秋先把窗帘打开，去衣帽间挑好衣服，再返身去叫他起床。

"吃过醒酒药没？"

季秋注意到窗台儿盆兰花的叶子有些黄，不知道为什么它们最近都快快的。

她简单处理了一下，才听见身后的动静。

秦琢在梦里被唤醒，意识还未完全清醒，就瞧见了逆着光站在窗前的人。

他一醒来就已经不记得梦里的人是谁了，但他觉得，那应该不是夏佳楠。

眼前的状况有点尴尬，想到昨天陈铭说的那些话，秦琢不自在地把腿屈了起来，想着让季秋先出去。

可他俩都太习惯这种生活模式了，一时之间秦琢居然不知道怎么开口才能显得自然些。

季秋转过头来，看他像在发呆，以为他是没从宿醉中清醒过来，便走过去把他被子掀开打算帮他叠一叠。

秦琢还没来得及躲，男人的自然反应顷刻就暴露在外。

空气停滞流动了大概三秒，季秋扔下被子转身出了房间，秦琢看着她逃跑时一闪而过的红透的耳郭，突然觉得闷了好几天的心情顿时好了许多。

他坐在床上深呼吸了好一会儿，起身去洗了个冷水澡。

等他下来的时候管家正好上完早饭，两人坐在餐桌前，气氛有点微妙的尴尬。

秦琢先开口："昨晚怎么不回消息？"

季秋让自己勉强回过神来，不去想刚才那一幕，只说："不知道怎么回。"

她拐着弯说他的句号不明所以。

秦琢吃了几口，才说："你最近和别人走得很近。"

季秋："对。"

"上次你没回答我，是那个人吗？"

他再次提起上次微妙的不欢而散的争论。季秋戳着碗里的馄饨，头一直低着，不想撒谎，也不想回答。

"我以为你会和我说说，就像……我也会告诉你我的秘密。"秦琢见她沉默以对，眼神不易察觉地沉了下去，开口说，"因为我们是朋友。"

大概是被这句"朋友"刺痛，季秋深吸一口气，有种豁出去的感觉。

"是，我在尝试和他交往。"

秦琢捏着刀叉的手一紧。

虽然十分不合时宜，但他此刻突然记起来昨晚做了什么梦。

耳边，她还在继续说："之前喜欢谁都不重要了，我……不像你，可以坚持喜欢一个人那么久，我想放过自己，去尝试一个新的人。"

梦里，她叫他起床，熟悉的语气，熟悉的动作。

一切都那么自然而然。

季秋说："没有告诉你，是觉得也没必要特意说，佳楠姐最近出了很多事，你估计也没有心思放在别人身上。"

耳边的语气不冷不热，可在梦里，是黏腻的，也是纵容的。

他起床后为什么一直没有缓下来，在这一瞬间有了答案——

他当时以为自己还在梦里。

刀叉一划，在餐盘里弄出刺耳的声音。

季秋的声音戛然而止。

秦琢觉得喉头前所未有的干，他心跳很快，也有一丝慌乱。他低着头，像在专注着碗里的食物。

可哪怕是在这样混乱的情绪中，他还是对她说："你不是别人。"

秦琢不明白这是从什么时候开始的，大概是在多年后第一次回忆起那一晚开始，他就忽然不受控制地陷入了一种说不清理还乱的状态。

他是成年男人，但在某方面他向来比大多数男人要冷淡，不是没这个需求，只是他洁癖使然，既然心里放了一个人，外头再多诱惑他也看不上。

而梦里的对象居然是季秋，这让秦琢的内心在止不住产生慌乱之余，还有些尴尬。

这其实并没有错，只是不应该。

可季秋对此浑然不觉，只是隔了一周她仍在怅然，因为那天早上秦琢突然说出的那句话。

其实也不是一直消化不了，认识了那么多年，季秋比大多数人要了解他。

"你不是别人"这句话从其他人嘴里说出来可能会有很多种

含义和解读，但放在秦琢身上并没有。

她于他而言就好比一个感情树洞，他能把心里最私密的感情告诉她，也不介意自己的快乐与悲伤让她知道，虽然让他产生这些情绪的不是她，季秋以前曾很病态地感到心满意足过，认为自己是被他依赖了，他信任着她。

可其实季秋明白这只是一种自欺欺人，她于他的不同，归根到底是他单方面选择和给予的，这层特权甚至让如今的她觉得痛苦无比。

回国后两人那种彼此依靠，背靠背无话不谈的感觉正渐渐衰减，就像是温水煮青蛙，她每隔一段时间就能从秦琢本人或者媒体那边接收到他和夏佳楠的消息，仿佛心也在慢慢被杀死。

让季秋痛苦的不是他们在一起，而是自己的这份深爱正在慢慢变得麻木以及消极。

或许是这个原因，当一周后秦肃在上海遇到了交通意外，公司的要职忽然一下子压在了秦琢身上，总部这边需要派个人过去考察和协助的时候，季秋自荐前往。

按理说她也是最合适不过的人选，选别人秦琢信不过，股东那边得知此事后士气不稳，若这时候有人来使绊子，会让秦琢处事难免瞻前顾后。

季秋是他的心腹，也有秦琢赠予的股份，每年吃着股份分红。

而且季秋从两年前开始就一直有代替他出席一些商务场所的时候，大家都明白季秋在总助职位上不会干太久，迟早有一天会被提到管理层上去，所以她去不会有什么差错。

她已经不是当年那个会被白人欺负的小秘书小助理了。

然而会议室里的秦琢听完季秋的自荐，双眼一直凝视着她，眉头轻皱。

这一周她一直有意保持距离，别人感受不到，他能。

她……正在疏远他。

不再无话不谈。

似乎在抽离。

意识到这一点后，秦琢的第一个念头就是不想放她离开，在他还没想通之前，他不想她离开他身边。

但最后仍然是理智占了上风，他在会议结束前松了口。

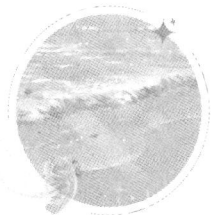

/ 第五章 /

放弃爱你

最近季秋都住在父母家，当晚她就收拾好了行李，第二天一早还没来得及打车前往机场，秦琢已经等在了家门口，接到电话时她正准备约车，闻言拿着行李出了门。

文灵雨也跟了出来，秦琢下了车，先帮沉默不语的季秋拿过行李箱，然后向文灵雨问好："文姨，我先送季秋去机场。今天有点匆忙，改天一定来拜访。"

这话说得倒是显出几分亲近，毕竟把人家女儿带出国了那么多年，文灵雨对他的态度比几年前要冷淡，只微微点头，说："不用了，我们家一直不爱这些虚礼，也没这些规矩。你们年轻人都忙，没什么必要来拜访，忙自己的就好，我们不在意这些。"

听出来文灵雨的疏远，秦琢抿唇不答，不过文灵雨并不打算在这个赶飞机的当口难为他，只摆摆手就回屋了。

秦琢今天穿得很休闲，灰黑色毛衣、浅色长裤，视觉上不仅把身段拔高了，还让人显得更年轻。

"秦肃的事我会看着的，你没有必要来。"季秋系上安全带，看着前方道。

秦琢顿了顿，沉默地给自己也系好安全带，把车开出去。

"我最近得罪你了？"

季秋没想到他突然这么问，下意识回道："没有。"

说完觉得自己有点欲盖弥彰，她扭头看着车窗外，淡淡道："想多了。"

车内是一阵诡谲的沉默。

秦琢看一眼季秋的侧脸，她的睫毛很长，在光线下带着细微的颤抖。

那一刻秦琢的心里出乎意料的平静，他下了某种决心，因此开口叫了她："季秋。"

季秋"嗯"了一声，当作回应。

"等你回来，我们谈谈。"秦琢收回视线，目视前方，"我有话跟你说。"

他的语气和平时有些不同，但大概是这一周季秋对自己的安抚起了效，她不再轻易让自己像以前一样胡思乱想。

因此季秋只是随便应了一声，秦琢果然没有再说什么，季秋自嘲地笑了笑，没有让他看见。

两人到机场的时候时间还早，季秋到普通窗口办行李托运，秦琢在不远处等她。

等季秋办完手续后回头找他，就见秦琢被几个看上去二十出头的女孩围住，女孩们兴奋得满脸通红，你推我搡地找他要联系方式。

秦琢没有让她们离自己太近，冷着一张脸静静地不说话，见季秋过来后眼神明显一动。那群女生回头，有人说了一句："啊，有女朋友的啊。"

她们打量着季秋。

季秋没有在意，到了跟前才说了句："不是女朋友。"

秦琢垂眸看她，眸色微暗，看不清是什么思绪。

那群女孩显然因为这个答案重新兴奋起来，又开始思索要不要继续加油要联系方式，可这次秦琢没有再给她们机会，转身走向了登机口。

季秋跟上，回头看见那群女孩还在张望，笑笑不说话。

"笑什么？"

被搭讪的男人心情一点都不好。

季秋却笑着说："没什么。"

只是有点羡慕。

要是她的喜欢也能那么容易、那么热烈直白就好了。

可惜她没有过。

她的恋爱很艰难，晦涩、隐秘，是她偷藏的糖果，也是她的伤口。

他瞥见她嘴角的一抹苦涩，已经不知道是第几次了，心里划过一丝被刺痛的感觉。

不是很明显，轻轻地在心上划过，只是刺得人烦躁。

到了登机口，两人告别。

"我昨晚已经跟李秘打过电话了，我哥没什么事，昨天做完手术，手术结果很理想，不会留下什么后遗症。你的工作就是替他把工作收尾，两边做好交接。注意休息，要是忙不过来让李秘帮你。"

季秋当然明白，会让秦琢在这个时候顶上 CEO 位置的原因是秦家想通过这件事趁机给秦琢铲清障碍。虽说利用这个时机显得有些冷血，但秦家人向来是不在乎这个的，家人关系的好与坏并不需要用这些来证明，相反如何把握时机扭转劣势才是他们从小接受的教育。

秦家的男人在某些方面的确有点冷情，但归根到底，是他们从不把世俗的眼光作为自己立身的标准罢了。

季秋点头。

两人简单交流后，季秋就转身登机了。

秦琢在身后看着她的背影，直到她完全消失在自己视线范围内才转身离去。

季秋落地后马不停蹄地去了医院，秦肃的情况还算不错，没有李秘在视频会议里形容的那么严重。

季秋到病房的时候秦肃还在处理工作，因为车里配有安全气囊，他只是右手骨折和轻微脑震荡，头和内脏都没有损伤。

秦肃的脑袋上裹了一圈纱布。见到季秋出现，他甚至有心情开自己玩笑："感觉有点丢脸。"

季秋把行李放在门边，到床边坐下："还好，还是很英俊。"

这也是实话，秦肃这相貌放在哪儿都是无可挑剔的，但他的脸色比以往更苍白，手背上青色的筋脉分明，整个人看起来比往日里的一丝不苟要多了几分易碎感。

他无疑是强大的，一人能扛起一个商业帝国，不管是对手还是合作伙伴，无一不为他雷厉风行的手段而感到紧绷；作为男人，他是很多京城名媛过不去的情关。

可如今让他眉宇间染上这份失落的原因是什么呢？

只能是夏佳楠了吧。

季秋不知道秦肃和夏佳楠之间具体发生了什么，但她没有询问，她能端正自己的位置也是这么多年来她能一步步脚踏实地往上走的原因之一。

两人在工作上都是说一不二的人，一旦开始，就投入百分之百的专注。等季秋把公司这边的情况事无巨细地汇报完，再把秦琢的想法一字不漏地转达后，秦肃也给出了相应的回答，李秘在一旁配合两人的步调做着协助交接的工作。

因为秦肃主要是把握最后的决策层面，所以交接的过程中他也没能休息，这样连续耗下来好几天，三人才终于把要紧的事全部处理好。

季秋看了看接下来的工作安排，过几天她还要代替秦肃出席上海新世界酒店的落成仪式，这是之后唯一比较要紧的工作。

季秋确认无误后关上平板电脑对秦肃说："好了，你也该休息了，接下来交给我吧。"

哪怕秦肃伤得不重，毕竟也是伤筋动骨，还跟着她连轴转了三天，此时已经非常疲惫。季秋不得不承认这两兄弟在某方面真的相似得惊人。

李秘帮他调整了下靠背，秦肃稍微往下躺了点儿。

季秋不想影响他休息，早早告辞。

在离开前，季秋看见秦肃看着窗外，毫无表情的侧颜，是她很少见到他的模样。

距离出事已经快一周了，夏佳楠那边对于秦肃车祸的事情仍然没有一点儿表示，甚至还有消息称她在前两天晚上出席了一个艺术家品鉴会，好像并没有因为秦肃的事受到什么影响。

车祸后的第十天。

夏佳楠接到了一个电话，她看了许久，才接了起来。

"到我身边来。"

是那人熟悉的嗓音，低沉沙哑，卸去高傲，带着妥协。

夏佳楠知道，他又一次退让了。

夏佳楠抱住自己，明明地暖开得很足，屋内那般温暖，她却觉得浑身冰凉。

屋外开始飘起了雪花。

说来也奇怪，明明去年截至这会儿北京只下了两场雪，今年却已经下了足足七八场，天空像蒙了一层霾，远处的高楼越发看不清形状。

夏佳楠站在窗前："我们不会有以后，你想要的我给不了。"

她自认冷静地开口，然而后半句话中的颤抖却还是泄露了情绪："我们分手吧。"

秦肃仿佛听不见，重复了一遍刚刚的话。

夏佳楠只觉得自己的心被拧成一团，她有些眩晕，视线从窗外落在地板上，在察觉到疼痛之前，她挂了电话，倒了下去。

第一个发现夏佳楠不对劲的是夏佳楠的执行经纪人，两人合作多年，从夏佳楠大学作为青年艺术家出道时对方就一直负责她的签约和活动安排。

原本两人约了第二天一早分别从所在地出发到邻城碰头去参加一个多国画师交流会，可等时间过了，夏佳楠也没有出现在现场，经纪人联系不上夏佳楠，着急之下打了秦肃的手机，发现秦肃的私人手机关机了。

这个经纪人和秦家兄弟俩都认识，想到秦琢如今人在北京，也想起秦肃最开始的嘱托，当即没犹豫，转而给秦琢打了电话，拜托他去夏佳楠的住处看看是不是出了什么状况。

秦琢和许助赶到夏佳楠住处的时候人已经晕了快十个小时了，一摸身上都是凉的。来不及等救护车，秦琢抱起人就赶去了附近的医院。

秦肃没开机，秦琢等在病房门口，许助办完手续后过来对他说："秦总昨天晚上伤口崩开，重新做了一次小手术，吩咐了李秘书谁的电话都不接……要不要让季秋姐去看看情况？"

秦琢下意识地皱眉，不知为何，这件事他不想让季秋掺和进来。

夏佳楠为什么会突然病倒，秦肃又为什么伤口崩开，想也知道是昨晚他们两人之间发生了什么事，让一向冷静的大哥会有这样的反应。

然而秦琢还没等来夏佳楠清醒，倒是先等来了夏佳楠的检查报告。从主治医生的办公室出来，秦琢脸色凝重。

夏佳楠输液后清醒了过来，只是脸色仍旧苍白，看着很憔悴。

秦琢担心再发生今天这样的事，更担心这件事会传到老太太耳朵里，便在夏佳楠出院后把她带回了自己家，让管家照料。

下午秦琢在公司难得心不在焉，想到那份报告，还有夏佳楠疲惫苍白的脸色，心神有些不宁，下午提前回了家，许助也跟着。

刚进门就被管家拦住，对方一脸为难："夏小姐把自己关在房间里一直不让人进，试着敲过门，但她不开。"

秦琢要了钥匙，径直走到房门口打开了门。

浴室里有动静，秦琢顿了顿，试着拧门，没锁。

夏佳楠脱得只剩一件打底，摔倒在地面，花洒还在出水，她神情落魄狼狈，回头看到秦琢，似乎是想站起来，但因为一天没吃东西，所以四肢没有力气，只能苦笑着坐在原地："站不起来……"

管家于心不忍地转过头，发现房间的窗户大开着，恒温系统经不住北风这样造，房间里连带被褥都变得一片冰冷，他连忙把窗户关上。

许助连忙递过来一条干净的大毛巾，秦琢接过，走进去，先关上了花洒，随后缓缓蹲下身子，凝视着她，叫了一声："夏佳楠。"

夏佳楠仿佛被这一声唤回了魂，眼睛眨了眨，眼睫上的水珠淌在一起往下掉。

秦琢用大浴巾把夏佳楠裹住，把人横抱起来带出浴室。一抱上她，秦琢身前湿了一片。这房间冷得没法待，秦琢转身上楼，让管家安排人上来。

到房间后秦琢把人放在床上，此时夏佳楠的脸已经冻白了。他把人交给上来的用人，转身进了自己的浴室，简单冲了个澡，换了一身干净衣服。

等他收拾完自己，夏佳楠已经换好了衣服，头发被用人吹到几乎干透。她靠坐在床头，盯着窗前一排兰花，也不出声，眼泪悄无声息地落了下来。她一动不动，像陷进了自己的情绪里，显得很是难过。

换作之前，秦琢看着这一幕会觉得很难受。他明知道她想的是谁，看着他种的花想着别人，再难受也只能往下咽，但如今他却觉得自己很平静，只想跟她好好谈谈。

秦琢找来纸巾递给她，抬了把椅子坐在床边，单刀直入地说："他昨晚伤口崩开重新进了手术室，到现在手机都关着。"

夏佳楠听着这句话没什么反应，只"嗯"了一声，不愧是说过"女人都是心狠"的人。

一片沉默中，秦琢低声问："他知道吗？"

"不知道。"夏佳楠渐渐收起了眼泪。她的语气恢复如常，平静地像在说与自己无关的事。

也不知道过了多久，等夏佳楠再开口时，她的语气更淡了。

"别告诉他。如果真的要说，也等我们的事情了结之后再说。"

"这不是你可以一个人决定的事。"秦琢抿唇，"你还爱他。"

"我爱他。"夏佳楠的眼睛被泪水洗过，显得疲惫而温和，她低头看着秦琢，轻轻摇头，"但欲望是双刃剑。"

"爱就是欲望。"

夏佳楠看向那些兰花，眼睛里渗了柔："正如这些花，我不问，没人说，这些花就只能是普通的花。"

秦琢静静地看着夏佳楠。

一直以来，夏佳楠就像是他的情感启蒙，他在失去母亲后得到了她的陪伴与宽慰，因此得以从悲伤中走出来。他喜欢她的这些年，大概多多少少有被她对待感情理智和温和的一面影响。

她的确很理智，什么都知道，但永远不会问出口。

秦琢在她上一次到家里来的时候就明白了她没说出口的拒绝。

她给了他很多时间去消化和思考这段说不出口的感情，不管他是出于眷恋还是日久生情，她都能直接深入本质，明白这不是深爱。

或许他的确喜欢着她，但那还远远达不到非她不可的程度，人的一生或许会喜欢上无数人，然而深爱却万里挑一。

而爱代表着欲望。

对对方没有欲望的感情不叫爱。

人的心很纯粹，尤其是他们这种生来就拥有许多的人，更懂得唯一的可贵，一颗心只装得下那么多，一个心上人就足以填满了，哪里有位置给别人，更何况是那些连爱都称不上的情感。

她也让他在这个"消化"的过程中，明白到底什么才是自己真正想要的。

说不出口的情感，那就是虚无。

那一瞬间，那些让秦琢捆手束脚的线突然一下子全断了。

他的脑海中突然浮现出季秋的身影，明白了自己为何会做那些梦，也为何会在这段关系中苦恼纠结。

之前他说不出口是因为没理清，可如今他已经确定了自己的感情，那……她呢？

秦琢的胸口莫名一紧。

门口突然传来响声，秦琢猛地回过头去，只见许助捂住话筒一脸打扰到他们的尴尬表情，那一瞬间直觉让秦琢站了起来，盯着手机问："谁的电话？"

被那样的眼神看着，许助莫名有些慌乱："是……是季秋姐，惯例来电话报告，她今晚要出席酒店开幕酒会，我说您在……"

听到是季秋的电话，秦琢快步走过去拿过手机——

"嘟！"

电话挂了。

丝毫没有留恋。

秦琢面无表情地拨过去，被挂一次、两次……最后关机，似乎是调成了飞行模式。

许助看到秦琢的脸色，吓得差点哆嗦，还是努力把话说完："我说您在照顾夏小姐，刚上来就……"

秦琢的眸色暗了下去。

死亡一般的寂静中，秦琢哑声道："马上安排飞机。"

他的心在这一刻跳得很快。

那一瞬间他忽然有一种强烈得让人心悸的直觉——

若不立刻出现在她面前，他会失去她。

今天是新酒店落成的开幕仪式，这是秦氏今年最后一个重点项目。秦肃准备多日，本来各方面都已经面面俱到，上午是记者招待会，傍晚剪彩以及举办酒店首宴，甚至请来了各界不少大咖坐镇，但因为这次意外，后面的工作都交给了季秋。

季秋忙碌了一个白天，下午马不停蹄地到达酒店，秦肃的助理安排的造型师严阵以待，争取让她今晚能压得住场子。

对此酒店这边的执行总监倒是全程配合，但仅限于白天。执行总监在这行是老资历，晚上的宴会只会露个脸，没了他协助，季秋只能靠自己控场。

造型师给季秋套上之前就选好的白色鱼尾高定长裙，长度到脚踝收住，露出女人精致纤细的双足，她脚踩的高跟是国际大牌限定款，李秘托了秦肃的面子好不容易才向品牌方借来的，简洁利落的一身让季秋的气质瞬间拔高不少。

化妆师给她化上轻透的底妆，唇釉却选了深红色，重色唇彩为她精致的五官添上几分复古感，气场既不过于张扬又让人无法忽视。

做妆发时就连化妆师都看出来季秋的神情有些不大对，回到酒店那一刻她似乎十分疲惫，明明装扮得那么美，全程却连半个笑容都没给过，一直看着镜子出神。

今晚受邀的有不少合作公司的股东和他们的亲眷，年轻的少爷们身旁的女伴有一些甚至是电视上常能见到的熟面孔。

这种场合总是少不了一些纨绔压场，不然气氛会略显生闷，而且酒店经营也需要与不少流媒搞好关系。这些人出身本地世家，原本就有些看不起外来者，今晚更是一直若有似无地为难这位没有实权的"代"总裁。

季秋应付了他们一晚，多少有些疲惫，也被灌了不少酒。

商场就是这样，人惯会看碟下菜，对方不会因为你是女人就怜惜你，季秋既然选择了来接替秦肃，就预料到了会被为难，但她不能露怯，因为这样丢的就是秦氏的脸面。

　　等她从洗手间强行催吐完出来，那几位觊觎了她一晚上的纨绔子弟互相对视一眼，眼里带了些跃跃欲试。

　　能走到季秋这个位置，同时也长得十分漂亮的女人确是不常见到，因此他们对季秋充满了兴趣。

　　有大胆的已经走了过去，假装绅士地微微搀扶着她的肩膀，还低头看似礼貌地询问："季总，你脸色不大好，需要到一边休息吗？"

　　季秋维持着唇角的弧度，不着痕迹地避开他的手："王总累了的话我差人给您开个房间，您可以直接上楼休息。"

　　说到这个，对方的眼神就更显意味深长了，带着试探地问："不如你带路？"

　　季秋："我还有事要忙，恐怕走不开。"

　　她的态度不卑不亢，明显就是拒绝的意思，偏偏那浸了酒意的双眸和身上的香水味勾得人心发痒。

　　对方见她不为所动，顿时冷下脸，和季秋擦肩而过的时候低声用只有两人能听见的声音说："装什么装……"

　　他最后两个字说得脏，季秋面无表情地目视前方，任由对方甩袖离去。

　　季秋一晚上没怎么吃东西，几乎都在喝酒，刚才那人身上浓重的酒气和脂粉味熏得她才吐过的胃里又冷又胀，好不容易才把那股恶心咽下去。

　　可她也明白，让自己胸闷和想吐的原因不全在这些人。

　　是她自己的错，她的喜欢终于有一天也能让自己那么难受。

季秋站在明丽堂皇的大厅中央，感受到四周或打量或觊觎的目光，那一刻仿佛孤身一人在战场，因为头疼，耳畔"嗡嗡"的，听不清谁在讲话，不过无所谓了，妆容掩盖了她的苍白，她机械地重新扬起笑容。

其实她一直都是孤身一人。

但她告诉自己，无所谓了。

今夜过去，彻底放弃。

抽烟区设立在东边电梯不远处，距离宴会大厅有一定距离。酒过三巡后，几个男人聚集到一块儿，没一会儿就开始吞云吐雾。他们这些少爷抽什么的都有，烟酒上头后都脱下了西装外套挂在手里，靠在墙上没个正形，似乎兜不住这一身人模人样的皮，开始放肆起来。

他们惯例用各家的生意做开场白，互相寒暄了几句，一开始聊天的内容还挺正经，后面话题渐渐进入心照不宣的主题。有一位谈到最近与他走得近的女模，戏谑地把季秋拿来作比较，表情浪荡玩味。

今晚这个"季总"可谓是明艳不可方物，不愧是季家嫡系出身，也是秦琢一手培养的女人，不管是相貌仪态还是举手投足，都不是外面那些庸脂俗粉可比的，让人看了眼馋。

刚才被季秋拒绝的王总正好也在其中，虽然外头都称呼他一声"总"，但他年纪不大，才二十七岁，算是子承父业，平时有职业经理人替他管着手底下的部门，目前是个甩手掌柜。

这位小王总本就偏爱高知御姐这款，对于季秋，他是一见就心痒难耐，奈何人家不买账，一回想起刚才对方那副油盐不进的样子就觉得又爱又恨。

他们王家是做网媒起家的，虽然不是本地势力，但因为公司经营不错，也打开了人脉，便靠着这些门路慢慢混进了上面的圈子。

他爱玩，靠着公司接收的小道消息自然也很多，最近他们公司和秦家有不少公关往来，这位王总便自觉对他们了解不少，冷嗤一声说："呵，那位还真以为自己今晚披了狼皮就成狼了，碰一下脸拉得老长。女人就是女人，既不会看脸色也不懂应酬，她以为她靠山是谁？是那个现在也不知道是死是活的秦肃，还是她倒贴着跟人跑到美国去最后什么也没让她捞着的秦家老二？"

对面一个经常和他一起鬼混的纨绔闻言贼兮兮地问："我可听说她手段了得，在四九城得罪她就是得罪秦琢，他们关系那么近，怎么可能什么也没捞着？"

小王总"啧"了一声，想起前阵子有人给他爸送的消息，摇摇头："这些高门大户关系都乱着呢，最近秦肃和夏家那个夏佳楠闹分手你们知道不？"

"有听说过。"

"你以为是为什么？不就是因为秦琢和自己的嫂子有一腿，被压了不让往外传而已，大晚上随意出入自己嫂子的公寓，光拍到他们私会都不止一次了，秦肃的帽子可有草原那么绿。"

那人"嚯"了一声，更好奇了："真的假的？"

这位小王总见有人捧场，扬扬自得地继续道："这些事儿我骗你们干吗？随便查一查就能查出来，就算秦琢和那个季秋有一腿，也充其量就是个破鞋，跟了那么久还不就是个破助理，装模作样故作清高，还真当自己是个宝……"

他话还没说完，拐角处突然出现一个人影，明明走得不急，但眨眼就来到了他们中间，在所有人都没反应过来的时候伸手直接把那位小王总兜头按到了刚才他还在捻烟灰的地方。

小王总还没看清对方是谁，就被硬压下半边身子，"哐"一声后脑袋一麻，之后靠近太阳穴的位置瞬间被烟头烫得生疼。

他发出一声哀号。

众人猛然回过神，等看清那人是谁的时候脸立刻都变青了。

有人想上前去拦，却被紧跟其后的保镖们粗暴隔开。

众人还是第一次看见真正的贴身保镖，他们训练有素，穿着黑色西装，身材高大健壮。被那样凶狠的目光冷冷瞥着，周遭的人都不约而同地渗出了冷汗，他们透过保镖看着中间那位冷若冰霜的神情，一动不动。

起初那位小王总还不知道发生了什么事，死命挣扎，嘴里咒骂着，可是不管他怎么努力想要挣脱，对方都纹丝不动，掌心甚至还在收紧，压得他渐渐喘不上气来。

后来身边的气氛诡谲地安静下来，小王总也似乎反应过来，喘着粗气慢慢消停了下来，衬衫前襟全被汗和烟灰弄脏了，看上去十分狼狈。

那几个保镖没有秦琛的吩咐一动不动，还有两个守在了入口，不让人进来，也不允许人出去。除了在场的几位，没有人知道传闻中冷静自持的秦家二公子居然也有如此暴戾的一面。

等秦琛的手稍微松劲了，小王总才猛地直起身，一边弯着腿拼命咳嗽，一边瞪大一双被呛红的双眼看着他。

秦琛接过手帕擦手，目光冰冷。

小王总腿一软，差点跪下。

"秦总……不……我刚才瞎说的……"

"哪只手？"

"什……什么？"对方还蒙着，没反应过来。

秦琢整理了一下袖口，转身往外走，同时对保镖吩咐："那就都打折。"

周围的人听了这句话纷纷变了脸色，有一名保镖低头应了一声，回过身。

等秦琢走出走廊的时候，惨叫声已经听不见了。

对于秦琢没有事先通知突然到现场，最诧异的不外乎是已经休息的当地总监，他收到酒店那边的消息后连忙联系上秦琢，秦琢没有让他特意跑一趟，只说自己有私事。

可这样的场合，还有谁能是他的"私事"？

这些年外头传过太多关于秦琢和季秋的事儿，且大多对女方不友好，这位总监混到这个岁数了也是个人精，一听这句话，脑子已经拐了几十个弯，心里隐隐有数。

秦琢在大厅里找了一个角落坐下，视线睃了一圈，很快就找到了季秋的身影。

她一看就是已经差不多到量了，虽然化了妆看不出来，但秦琢太了解她，有时候她无意间的一个举动，他就能知道她状态如何。

季秋一向是酒劲上得慢的类型，因此总能坚持到最后全身而退。

秦琢想起除却刚到美国急着要站稳脚跟的时候，自己好像已经快两年没见季秋喝醉过了，她是个自制力很强的人，随着年龄增长也越发懂得在应酬中与人周旋。

那今日是为了什么，让她失了节奏？

秦琢不敢想，他隐隐觉得自己的猜想是对的，因此才更怕。

他就在原地静静看着，等待着。

季秋好不容易撑到宴会结束，作为主办方之一安排宾客离场。

直到送走最后一位客人，她扶着走廊的柱子，绷紧的神经一放松，脑子里紧接着就涌上一阵眩晕感，她右脚似乎踩空了，踉跄了下，差点儿摔倒。

下一秒有熟悉的气味包裹住她，一只干燥有力的大手稳稳托住她的腰，让她把力道卸在自己身上，随后就这样半抱着她走到电梯前按了往上的按钮。

季秋反应有些迟钝，茫然地抬头。

吸顶灯很晃眼，使她第一眼没看清楚是谁。

等第二眼看清了对方的模样，季秋心想自己是真的醉了。

电梯里很安静，秦琢让保镖们不必跟着，单手搂着她上楼。见她不说话，他也沉默。

季秋的房间是高层套房，秦琢刷她的卡开了房门，房间已经被打扫过，床褥干净整洁。

秦琢把人放到床上去，去浴室里洗了条毛巾，找到卸妆膏，顺便叫客房服务送来醒酒药。

他给她卸妆的动作有些笨拙，到用毛巾擦脸的时候，他每一下都小心翼翼。

随着脸变干净，她脸颊上的红就更加明显，因为皮肤薄，毛巾擦过，那片红变得更深，到后面甚至连耳根都红透了。秦琢看见那抹霞色，情不自禁用手拂去她脸颊边的头发，拇指轻柔地抚摸着她的耳垂。

气氛突然变得黏腻起来，秦琢想起了那些荒唐的梦。

响起敲门声，他回过神来，起身去拿东西。

等绕回来，就见季秋不知道何时坐了起来，愣愣地看着他，嘴唇微张，不带防备，仿佛当年刚随他进入名利场的少女。

她语气里带着不确定，叫了他一声："秦琢？"

他"嗯"了一声，把水和药递给她。

季秋吞下药，秦琢就站在她跟前看着她。

他知道她是真的醉了，只是她酒品好，向来不吵不闹。

以前也是，那会儿她酒量还没练上来，一场应酬后吐了好几次，醉得明显。每当那时候，她就会变得比清醒时更安静、更乖巧，叫她她会应，让她做简单的动作也会听。

秦琢见她乖乖把水杯放了回去，人还迷瞪着。

可他低头看她，她却躲开了视线，不愿意看他，他忍不住低声问："为什么不看我？"

季秋沉默了一会儿，揪着床单，过了一会儿才说："不想看。"

秦琢："为什么？"

季秋的头越垂越低，下一秒被捏着下巴提了起来，秦琢半蹲下身，让她看着自己。

"为什么？"

他又问了一遍，带了点小心和探究。

季秋左右拧不开他的手，索性往后仰倒在床上，微微侧过身子避开他，低声说："……不要。"

秦琢从这个角度能看见她突起的肩胛骨，像山峰一样，流畅而漂亮的线条慢慢藏进了裙子里。她的反应让秦琢鬼使神差地开了口："季秋，你喜欢我吗？"

那些藏在心里的疑问，包括周倩之前的暗示，在她的沉默中慢慢发酵成了紧张，秦琢不知不觉站了起来，微微俯下身子，双手撑在她两侧，把她完全纳进视线范围。

没有要干什么，他只是想看着她回答，不想让她再逃避。

可季秋却摇了摇头。

那一刻秦琢的眸色深了下去，心里有什么东西忽然空掉。可他还没来得及去细品那到底是失望还是释然，季秋就已经翻过了身，平躺着，和他面对面。

秦琢一眼就看到了她所有的表情。

他看到了她紧抿的嘴唇，还有皱起的眉头，她看上去似乎想哭，胸膛明显起伏着，仿佛很是难过。

下一秒，季秋抬起手臂挡住了双眼，张嘴深吸一口气，吐出来后断断续续地说："不用你说……"

秦琢不受控制地压低身子，努力去听清。

她浑然不知，呢喃如同碎语——

"……不用你说……我都已经决定……放弃……爱你……"

这句话太轻了，可房间里太安静，秦琢一字不漏，全听清了。

他一动不动，不是做不出反应，是动不了。

这是他第一次尝到这种滋味，心口太酸太胀了，几秒钟后那股酸胀无法抑制地发展到了疼痛的地步，犹如一把重锤砸在他心尖上，再传到四肢百骸。

明明是那么轻的一句话，在他耳里却被无限放大，还有她说这句话的语气、表情，让秦琢根本无法动弹。

他的眼眶在这一刻变得酸胀无比，他似乎浑然不觉，紧紧凝视着身下这个人。

那一刻，他们都觉得自己要比对方痛苦。

季秋不知何时睡了过去。

宿醉醒来后，室内昏暗，遮光窗帘把外头的光线挡得严严实实，季秋甚至猜不出来现在是上午还是已经到下午。

她躺在床上好一会儿，直到头疼的劲儿缓过之后，才突然意识到房间里有另外一个人——一瞬间，她浑身鸡皮疙瘩都竖了起来，缓缓坐起来，她看向坐在角落单人沙发上的那个人。

"醒了？"

男人的嗓子像是含着一把沙砾，低沉喑哑。

季秋愣了愣，不知道他为什么突然来了，原来昨晚仅存的意识中看到他出现也不是幻觉。她无法思考他是不是就在那里坐了一整晚，脑袋里乱糟糟的。

床垫一侧凹陷下去，两人隔了一段距离，她看不清他眼底的红血丝。秦琢在她开口前先说："我和夏佳楠什么都没有。"

这个开场白让季秋心跳漏了半拍，听到这个名字，她下意识地皱了皱眉。

秦琢没有等她回应，继续和她解释："她昨天上午晕倒在家里，是我们发现的，带去医院检查，医生说是子宫内膜腺体病变，会晕倒也是因为她最近身体太差，疼痛症状变得比之前明显。这个病很难根治，不仅有合并子宫肌瘤的可能，还影响生育，她和我大哥估计就是为了这个在闹矛盾。"

他把所有事情对她说明白，无一保留："这件事不能让老太太知道。她的经纪人也在外省，没有办法立刻回来照顾她，我只能先把她带回家。昨天她精神状态很不好，又发生了一些意外，我才会让她暂时待在我房里，但我发誓，包括之前被拍到的，我们之间什么也没有，以前不会有，以后更不会。"

他专门过来解释。

季秋脑子里乱哄哄的，明明是很聪明的人，这会儿却开不了口，问不出哪句为什么。

可这样的沉默在秦琢看来是无声的拒绝。

他昨晚坐在房间里努力去回忆过去发生的事。他一直是个记忆力很好的人，那些过往的细枝末节被他努力地一点点挖出来，挖得越多，迷雾越被拨开，很多被忽略的事实就越明显。

人总是容易忽略眼前的事物，越是得不到的感情越容易成为执念，这种执念会蒙蔽人的心。也是这个晚上让秦琢恍然明白了一件事，就是只要是有关季秋的事情，他至今都能记得清清楚楚，她的剔透和宽慰，以及偶尔一闪而过的落寞神情，以前没有去深究的一切如今都有了答案，这种清晰的认知就和他的感情一样来得后知后觉。

　　他终于尝到了久违的心痛，但是和当年他喜欢夏佳楠的时候感受到的心痛不同。那时候他的难受是觉得仿佛自己看上的东西被人抢走了，有寂寞也有不甘心，而此时此刻则伴随着更多心疼和无所适从。

　　在那些他认为自己十分痛苦地喜欢着别人的时间里，她却清醒着，藏着所有情绪在喜欢着他，她有多擅长忍耐，他如今终于知道了。

　　可就是这样的她说要放弃了。

　　他让她彻底失望了，她得有多难受才能说出这样的话。

　　生平头一次不知道该怎么做，他后知后觉地走错了许多步，如今做什么都怕再伤她。

　　收起了情绪，秦琢闭了闭眼站了起来，对她说："你先去洗漱，我去大厅等你，待会儿一起去医院。"

　　他告诉自己，慢慢来，给她时间。

　　他知道会很难，这么多年里她亲眼看着他喜欢别人，会产生不信任，会没有安全感。她也在尝试和别人交往，她说累了。

　　但他无法割舍，他这一次很清晰地明白他对季秋的感情，和对夏佳楠完全不同。

　　对她的感情一旦被察觉，再而迸发，想要和无法放弃的念头就停不下，或许这就是陈铭所说的"欲望"。

她在往后退，没关系，他转身朝向她，慢慢跑，慢慢追。

过早经历离别，让秦琢对大部分感情都十分淡漠，哪怕是年少时的喜欢，藏了那么多年，也一直是安静的，也从未尝试争取过。

可这次他很清楚，自己想要被她重新选择，也不想再让她感到失望。

季秋下楼后，两人一起去了医院。

一路上他们都默契地没有说话，季秋从车窗的倒影里看着秦琢的侧脸，他的脸色似乎有些苍白，出酒店的时候她瞥到他眼里有明显的红血丝。

到病房门口时，他们遇到正从里面出来的李秘。看见秦琢的刹那，对方目露诧异，显然秦琢这次过来完全是私人行程，没有知会任何人。

李秘毕竟是跟了秦肃多年，都说领导会多多少少决定底下人的处世风格，李秘显然深受其影响，他很快消化了事实，对秦琢点点头，低声说："秦总还在输液，昨天一直没吃得下去东西。"

秦琢表示知道了，推门进去，季秋跟在后面的脚步顿了顿。一瞬间她犹豫了，她知道他们在里面会谈论什么话题，无非是夏佳楠，自己此时并不适合出现。

秦琢却像看出了她的想法，在她收住脚步的下一秒头也没回，说："你也一起。"

季秋在心里叹了一口气，跟了进去。

她几天没有过来了，这阵子一直在忙酒店的事。听到开门声，秦肃抬起头，憔悴得让人看了止不住动容，明明只是几天不见，季秋就觉得他明显苍白瘦削了下去。

秦肃手里还拿着刚才李秘留下的文件，秦琢看了一眼，说："不要命了？"

秦肃把手上的文件随手盖在腰腹位置，对秦琢的出现丝毫没有感到意外："怎么来了？"

说完他扫了眼后面的季秋。

季秋心不在焉地看着窗外，没注意到这一眼。

秦琢却看得分明，神色不变，默认了，随即话题一转，单刀直入："你打算怎么办？"

秦肃和秦琢对视，秦琢继续说："她以为你什么都不知道。"

听到这个"她"字，季秋回过头来，注视着这对兄弟。

然而秦肃的表情如秦琢预料般平静，他甚至都没问秦琢指的是什么，显然对于夏佳楠的病情他早就知悉。

"嗯。"

一个单音字，仿佛又是那个沉稳、轻易掌控全局的秦肃。

"这阵子麻烦你了。"秦肃滴水不漏，不让任何人窥见情绪，也没有告诉他们自己的打算，"不过你特意过来，不是为了跟我说这个的吧？"

听到这句话，不知为何，季秋觉得有点紧张。

"你们先聊，我出去转转。"

她凭着本能反应转身就走，却被没有回头的秦琢伸手准确攥住手腕。随后秦琢低沉的声音响起，平静的语气，落在她耳边却有如响雷："我是为了季秋来的。"

季秋下意识要挣开，秦琢攥她手只是为了把她留住，让她听完自己的话，见她挣扎就松了手：

"有人在外面说我给你戴绿帽子，和亲嫂子纠缠不清，我过来只是为了解释，对她，还有你。

"自己的人麻烦自己照顾好，以前无所谓，但以后的事我不

111

会再管，这是最后一次。"

秦肃打量着这个难得对自己说那么多话的亲弟弟，神色中看得出来他似乎还觉得挺有意思。

季秋听到这句话却愣愣地看着秦琢，像是不明白他是什么意思。几秒后她回过神来，拉开门走了出去。

秦肃问："还不追吗？"

秦琢深深地看了他一眼，追出去前低声说了句什么，也不管他能不能听见。

秦肃看着恢复安静的病房，半晌摇摇头，嘴角微勾。

他们是兄弟，血脉相连，很多事情，很多话，尽在不言中，都能明白。

他看向窗外，蓝天白云，绿叶飞鸟，春天该来了。

/ 第六章 /

调任

秦琢在电梯里追上了季秋。

电梯门缓缓关上，季秋双手环抱着自己，看着追进电梯和她面对面的人。

因为刚才一段路的奔跑，秦琢的呼吸还有些不稳，被她用那样的眼神看着，他慢慢调整呼吸，眸色渐深。

他似乎想说什么，可下一秒季秋的手机就在兜里响了起来，打破了他们之间的僵持。

季秋深吸一口气掏出手机，被秦琢瞥到屏幕上的名字，那一刻他的脸色迅速冷了下来，伸手抢过季秋的手机，让祈年这个名字在屏幕上灰暗下去。

"你到底想干什么？"季秋没有去抢手机，她靠在电梯墙壁上，疲惫地问。

他们谁都没有按楼层键，这里是私人病房区，人很少，两人仿佛静止在这片空间里，也犹如他们的关系，如今只能止步不前，或者下降，回到起点。

"是我昨天晚上喝醉了，说了什么？"季秋唯一想到的就是这个可能性，说完她看见秦琢的神色，心里沉下去，随即苦笑出声，"果然。"

她知道自己喝醉之后会是什么样子，因此在他面前她很少喝醉。她昨晚的确是放纵了自己，唯一没想到的就是他会出现，阴错阳差。

这分明是最坏的结果，但季秋却难得有一种能浮上水面喘口气的感觉，她缓缓抬头，目光落在电梯顶部，心里想的却是——

也好，算是和过去正式道别。

"我说了什么？"秦琢听见她喃喃出声，就像昨晚，她用那让他感到疼痛无比的语气，让他一个字都说不出口，直接判了他死刑，"不管我说了什么，都已经不重要了，都过去了，你不用放在心上。"

也像几年前，她独自冷静地穿好衣服，对他说的那句"你不用放在心上"。

季秋说完便越过他，伸手按了一层，仿佛替他们做出了选择。

电梯到了一层，正当季秋要迈步走出去时，秦琢哑声说："我知道晚了。"

她的心仿佛被刺了一小下，随即秦琢安静地走过去，拉过她僵硬的手，把手机还给她。

"我现在说什么你可能都不信，你说你过去了，但季秋，"他就站在她身后，让她感受到他的炽热，还有呼出的气息，"我过不去。我过不去了。

"别把我丢下。"

季秋没有回头，她看不见他的表情，只是在想，他为什么要用这样的语气说话？

就像那个能让他难过，让他深爱的人是她一样？

"季秋？季秋？"

等回过神来，季秋举着手机不知道在发第几次呆。

电话那头的祈年听见她应声，沉默了下去。

季秋揉揉眉心，低声说："抱歉。"

祈年无奈地轻笑："你真的很喜欢道歉。"

和他约会时，看到什么东西偶尔会走神，被他唤回来就会说一声"抱歉"。

刚才挂了他电话，再接起来的时候又说了一声。

太好懂了这个人。

可为什么能在那个男人面前藏了那么多年？

女人真的无解。

再想到昨天群里有人收到消息说秦琛昨晚借了谁谁谁的私人飞机，甚至来不及等第二天的早班机，当天晚上就出发去了上海，不知道是不是集团内部发生了什么大事。

可一样是男人，祈年知道哪有什么大事值得一个男人一刻都等不及。

祈年把语气放轻了，不忍再追问，只继续刚才的话说："什么时候回来？"

季秋下意识看了下时间，才发现来上海居然已经半个多月，立春都过了："过两天吧。"

祈年说："那我去机场接你。"

季秋下意识地拒绝："不用了，我一大早的飞机，来回折腾。"

祈年这次开口语气更温柔，也更坚定："我来接你。"

季秋感受到他语气上的变化，一时之间不知道怎么回应。

祈年的声音却犹如春意："毕竟我想你了。"

秦琢要坐镇总部，昨夜临时过来已经让集团高层十分不满，因此第二天中午见完秦肃就订了回去的机票。

季秋没有和他一起回去。

又过了两天，季秋刚下飞机，就收到了两条消息。

季秋两个都没回。

她走出机场，到了短暂停靠区，没怎么特意找就看见了祈年的车。

他今天依旧是一身素雅笔挺的穿着，看她出来了就降下车窗朝她招手，嘴角挂着浅笑，看不出来等了多久。

季秋没有看别处，拉开副驾驶座的门上车。

不远处，秦琢坐在车里看着这一幕。

驾驶座的司机不敢吭声，看他沉默地升起车窗，过了一会儿才听见一声"回公司"。

"要回公司吗？"祈年把车开出去，边问。

原本是打算回的，但刚才的短信让季秋改变了主意，她摇摇头："我想回家。"

"送你回老师那里？"

和聪明又体贴的人相处真的让人很舒服，很多事情你不必说太多，他就能察觉你的意思。

季秋其实现在不想面对任何人，祈年也看出来了，体贴地给了她休息的空间。

季秋闭上眼在车上小憩，他们全程没有交谈，只是在一个红绿灯前，她感觉到祈年在自己身上搭了一件外套。

到家后祈年没有主动叫她，季秋睁开眼睛，正准备下车，被祈年轻轻握住手腕。

他拉住就放开，不让人讨厌。

"我都说想你了，不让我多看看吗？"他用开玩笑的语气说，"大半个月没见，我看你都要忘了我长什么样了吧？"

季秋又坐了回去，只是解开了安全带，靠在舒服的靠背上放松下来，回他："还不至于，那你看吧。"

闻言祈年真就认真看了起来。他一只手撑在方向盘上，稍微歪过身子，和她保持着一定距离，既不僭越，也不疏远。他的目光柔和，不带任何男性的侵略气息。

过了一会儿，季秋问："这样能看出些什么？"

祈年假装思考沉吟，片刻后像模像样地说："挺多的——想念、疲惫、难过……"

他边说边朝她伸出右手，掌心朝上，做了一个邀请的动作："我还会看手相，你试试？"

季秋笑了笑，把右手搭到他手心里。

她手腕纤细，毛衣也贴身，握住的时候能明显摩挲到骨骼轮廓，脆弱又坚韧。

他翻过她的手心，认真端详了一会儿，视线划过她的掌纹，说："生命线很长，但姻缘线很乱，这位小姐姻缘不大顺利啊。"

季秋接着他的话问："那要怎么做才比较好？"

"我有一个朋友说过，女孩子都希望在对的时间遇到对的人，但我觉得你不试过怎么知道对错？"

祈年缓缓握紧了季秋的手，这一次是坚定的，温柔又充满力道。

他的双眼像浸了一汪湖水，让人看了心是静的。

"本来你性子就倔，需要找个人中和一下，不然看着都觉得累。

我觉得我挺不错的，性格很随缘，唯一的不足可能就是来得晚了些，但我觉得咱俩哪怕最后不能在一起，最坏的结果也不会是成为彼此错的那个人，谈一段轻松的恋爱，不也挺不错的吗？如果你想试着开启一段新感情，我毛遂自荐。"

两人对视的下一秒，祈年松开她的手，恢复了刚才的笑："不要紧张，不要有压力，考官什么时候给我试卷我什么时候答题，不包满分，但保证能达到优秀线，我从小成绩就不错，对自己也有信心。"

祈年没有让季秋马上回应，开门让她下车回家休息。

他知道这不是一个最好的时机，聪明人其实不会选择乘虚而入，人凭着情绪做出来的决定一般事后都会后悔，稳定的感情应该是双方深思熟虑后的决定。

季秋不是会冲动做下决定的人，她会拒绝是祈年可以预料到的。

所以他暂缓了下气氛，给她时间考虑。

祈年承认自己有些着急了，同样作为男人，他感受到了来自秦琢的紧迫感。

他看着季秋进门去，才半个月不见，她的身形就变得纤细不少，站在雪化初春的晨曦间，美得像是一幅水彩画。

每次看到这样的她，祈年都会想到《窄门》里的一句话，会去思考到底会不会有这样一种爱情，即使一路以来毫无希望，对方也依然可以将它长久保持在心中。

季秋对祈年来说仿佛就是那道命题本身，他一直觉得爱是创作中最美的灵感，它纯净明亮，且永远不会被摧残，因此他总是被季秋吸引，当年是，如今也是。

这份美丽，如今他不想再错过了。

刚到家，季秋才知道父亲回来了。

季秋进门的时候季夏正从厨房里往外端早饭，见女儿站在玄关口，他笑着又去添了一双碗筷。

"一看就知道没吃早饭。"

季夏的态度十分自然，像是女儿根本没有离开过自己出去了整整四年。

季秋的眼眶有些酸胀，她低头把包和行李放下，走到桌边坐下。

文灵雨从楼上下来，看见这一幕，静静地在阶梯上站了会儿，才走了下来。

一家三口围坐在一起吃季夏做的牛肉滑蛋粥，他还蒸了两屉松软的奶黄包，轻轻一口咬下去，带着小麦香气的白面裹着热烫的馅儿，是家的味道。

季夏这次出去交流了快三个月，先后去了七八个城市，刚回家也不休息，每天都早起为妻子做早饭，然后才回房间写文章。

季夏的性格是出了名的温厚，作为文协骨干，丝毫没有架子，对新兴网络文学也很感兴趣，甚至在网络平台上建了作者号，粉丝已经有将近百万，算是组织内承前启后一派。

但没人知道他出身名门季家，祖上出过几个大文官，后来季家人陆续转商转政，稳定了几代人后，到了季夏这里又重拾笔墨，仿佛一个轮回。

当年他拒绝接管家业，醉心文学，因为进作协的事一度逼得老太公把他抽出家门，到最后季夏都没有回头，一条路走到底，最后还是因为生下了季秋，他和本家的关系才得以缓和。

那些人都说季家的文人傲气攒了几代才有了一个季夏，因此没有人敢看不起季夏。不说季家的根还在，家族繁盛，知道季夏当年事迹的人都不可能真正小瞧他。

吃完早饭，文灵雨起身去画廊，季夏在客厅泡了一壶茶，上好的毛尖，室内茶香袅袅，就连门厅的红木屏风都像是浸染了这份雅调，透出一股上等玉器般的油润色泽。过了半个小时，季秋换了身衣服从房间出来，坐在父亲身边。

季夏给她倒了一杯，手收回来的时候去抚摸了一下她的后脑勺，像小时候她每次调皮惹家里生气，季夏都是这么安抚她。

"来跟爸爸说说这些年。"

有季夏在的地方时间过得很慢，两父女久违地交谈起来，季秋拣着有趣的事情说，那些累的难过的都一笔带过。

季夏听得很入神，茶添了一杯又一杯，时而应和，让人觉得很安心，最后讲完，季秋靠在季夏的肩膀上，这时候才有了舟车劳顿后的疲惫感。

季夏的身材并不健壮，他高且瘦，但他给人的感觉却很靠得住，身上有淡淡的草木熏香味，清雅又不厚重，像季家本家栽种的四季竹，竹色君子德，猗猗寒更绿。

"我现在不知道该怎么走。以前我一直都知道我要往哪儿去，你教我想要什么就伸手去拿，结果这次我发现自己用尽了全力都没能拿到。"

季夏听着女儿喃喃说出这些话，心都要碎了。

但他摸着季秋的头，缓缓说："可这不算输，在我听来，你收获了我和你妈妈都不能给你的东西，你在这个过程中变得足够优秀。

"既然不知道该怎么走,那不如试试去看别的风景,走别的路,不要把自己困在任何人身边。"

季秋安静了许久。

茶凉了，季夏伸手去给她倒掉，再倒上一杯热茶，这时候才听见她鼻音很重地问他："那你呢？你算是把自己困在了妈妈身边吗？"

季夏想了想，认真地回答：

"我的灵魂只愿意为她所困，但我的思想始终自由。"

当天晚上季秋在房间里打出一份调职申请，每一个字都仔细斟酌，内心很平静。

季夏的话让她做出决定，或许放弃喜欢是一件很难的事，但她可以先做到不让自己困在任何人身边。

第二天她到公司把申请递到秦琢的办公桌上。

秦琢拿起来仔细看了一遍，看完后手按在办公桌上，抬头问她："想清楚了？"

他的嗓子有点哑。

季秋点头。

不知为何，两人都沉默了半响。

她过了一会儿开口："之前就说过，总有一天我会被调出去的，只是时间往前提了而已。"

秦琢却说："当初的计划是让你直接去技术部，但你现在申请的是地产部。"

在国外的时候技术部只受秦琢领导，回国后他在这上面花了不少精力，把国外的团队和原有的部门合并。这也是他和季秋一起培养起来的团队，可她没有选择去这里。

秦琢压下心底的隐痛："我希望你留在技术部，商业地产这一块，我们刚回国，根基不深，你去了立足会很难，业务捡起来也需要很多时间……而且，"他看向她，"我不希望你离我太远。"

季秋没有说话，却沉默地表达了抗拒。

秦琢站起来，走到她面前。

"行吗？"

季秋受不了他这样的语气，一个从不示弱的人突然向你示弱是一件让人很心悸的事。

季秋抢过桌上的调任申请书快步离开。

秦琢在她身后看着，直到她拐进助理办公室，才收回目光，手按在台面上摩挲。

她抽离得越果断，他越怕。

只能用这些方法留住她，示弱，哪怕耍赖、恳求，这些不上台面的手段，管用就行，她不在他跟前也能接受，但不要离他太远，他抓都抓不到。

新的调任申请书很快递了上来，这一次秦琢没有再说什么，简单签上了自己的名字。

季秋接过的时候，有一丝难受，但更多的是释怀。

而秦琢吃到了苦果，她当初受的现在轮到他来品尝，还要自虐一般细品，他会忍不住想，当时她有没有比现在的自己更难受。

他希望没有。

对于季秋突然调任到技术部门管理层，大家都觉得挺意外的。

如今秦氏重新整合的技术部门虽然由原本旧的开发部和秦琢从美国带回来的技术部门合并而成，但这件事刚开始实施的时候，股东那边有不少反对的声音。

经过了多方调和才算是勉强定了下来。

后来秦肃遭遇车祸，秦琢就任临时 CEO，原本一直被针对的技术部才算慢慢开始照常运作。要知道在国外，他们是秦琢直接管理的部门，资源这块从来不缺，如今回国重整，很多东西相当于要从头开始。

技术部那边是秦琢和季秋一手栽培的，没有人能比他们更明白秦琢和季秋两人关系的牢固。

当年他们一个主外一个主内，仿佛连体婴，一起攻破过数不清的难题，也携手闯过不少难关，他们原本以为季秋最起码还要留在秦琢身边至少三到四年才会开始替代他接管技术部，没想到秦琢居然舍得现在就把季秋放下来，这个决策略显仓促。

大家对此都呈观望态度，老员工们更多的是担忧，怕他俩离心。

然而很快大家就打消了这个疑虑。

季秋调任的第一天，秦琢花了大手笔包下水榭花楹的包间请技术部聚餐，给季秋立足了场子。

饭桌上，秦琢因为工作上的事来晚了，提了第一杯酒后就坐了下来，季秋注意到他脸色不大好，手若有似无地搭在大腿上，握成拳。

许文星上来敬酒，季秋给挡了："今天不应该和我喝吗？"

他俩在别人眼里不分彼此。

许文星眨眨眼，打趣道："那可要喝两杯。"

秦琢看着季秋站起来面不改色地喝了两杯，手放在酒杯上慢慢摩挲。

敬酒是一轮轮的，许文星起了头，别的人也要跟着起哄，这些都算是亲信，季秋不会推辞，一杯杯下肚。直到秦琢淡淡开口："都行了，先吃饭。"

闻言，他们挤眉弄眼，开始起哄秦琢自己不喝还不让人喝，秦琢装没听到，又被好一顿调侃。

季秋坐下来后身子偏向秦琢的方向，忍不住低声问："小许没有给你拿胃药吗？"

秦琢一点都不好奇季秋是怎么看出来的，垂眸看着她因为喝多了而显得红润饱满的唇，说："吃完了，他去钟医生那儿拿新的。"

难怪没见着许助。

季秋坐了回去，心里有些责怪许助没有提前备好药。

但她依稀记得药量她备得挺充足的，怎么这么快就吃完了？

酒过半巡，许助才姗姗来迟。

他一进门，众人就"哇呜"一声。大家都喝高了，才不管什么上下级，疯狂起哄，有人在问发生了什么。

许助手里捧着一大束勿忘我，大片的蓝色被白色丝网精致地包裹，让那么冷清的颜色都显出几分热烈来。

许助一进门就把花交给站起来的秦琢，随后功成身退，努力降低存在感，跑到一旁的空位子坐下。

季秋看到那捧花的时候心跳如雷，不明白他们是要做什么，不，或许是知道，因此才那么紧张，也有疑惑。

秦琢走到季秋的座位后把花递到她面前，他站在她身后，微微弯腰，用不大不小的声音对她说："调任后一切顺利。"

大家你看看我，我看看你，再看看这两个人，再迟钝的人都品出了几分不对劲来。

季秋一半脸埋在花束里，头一次在那么多人面前有点手足无措。她张了张嘴，混乱的思绪下最后十分艰难地吐出一句"谢谢"。

身后的人没有再步步紧逼，下一秒气息骤然远离。秦琢坐回自己的位子，仿佛刚才真的是出于再正常不过的礼节。

留下季秋在原地，手脚都不知道要往哪儿放，怀里那么大一束勿忘我，捧着烫手。

秦琢松了松领口，喝了一口白水，余光瞥见她还在那儿傻乎乎地捧着，随着周围的目光越发火热，在气氛被起哄到不可收拾之前，秦琢伸出手把花从她怀里拿出来，放在了一旁的空椅子上，解救了她。

今晚季秋的节奏彻底被一束花给搅得乱七八糟，每当坐下来吃点东西，身侧的目光都会如影随形，仅凭借余光就能感受到。季秋几次强迫自己平静下来，发现都无法做到，最后她只能远离秦琢，到包间另外一边和其他人喝酒。

其间季秋放在桌上的手机振动起来，许助看着自家老板随手拿起看了一眼，然后面不改色地放回原位。许助眼观鼻鼻观心，假装自己什么也没看见。

季秋喝完一圈回来才发现祈年给自己打过电话，她看了一眼，最终没有回。

那天后祈年对她的态度依旧像以前一样，保持着适当的亲近，两人也有出去吃饭，只是他再没提交往的事，像他说的那样，等着她发试卷。

许助之后出去了一趟，回来的时候已经把账结了，考虑到明天还要上班，一行人吃尽兴就散摊了，有秦琢在他们就不可能闹得很晚。

离开的时候秦琢和季秋走在最后面。季秋看着手机在想事情，没有注意到秦琢的目光一直落在她身上，直到秦琢拿起那束勿忘我递给她，打断她的思绪："送你。"

季秋说不用，接过花后两人并肩往外走。

见她没给祈年回电话，秦琢垂眸不语。

"今年团建想去哪里？"

秦琢突然提了一句，季秋才想起来秦氏一年一度的团建周快到了。他们回国正赶上过年，一堆事积攒在一起，忙得昏天黑地，连回国的第一个年都没有好好过。

往年的团建定的是一样的时间，这是秦氏一直以来都有的员工福利，这么多年从未变过。

虽然大多时候都是分部门出游，每个部门主管统计意见再整合给财务，等审批过后再统一下拨资金，但秦氏随便单拎一个部门出来人数也相当多，因此每年团建周出行的场景十分壮观，幸亏秦家本来就是做酒店行业的，各方面调配倒是应付得游刃有余。

秦琢没有对哪里特别感兴趣，所以技术部的团建每年都是由季秋来定。

秦琢问完后，季秋想了想，说："去日本吧，不想走太远。"

她新岗调动，要交接的事情太多。

她下意识地不想去太远的地方，往年她每一次出去都带着些期盼，可今年……

秦琢余光瞥见她嘴角的苦笑，藏在西装底下的手紧了紧，却没有移开目光。

他不知道她为什么会露出这样的表情，只能回道："你说了算。"

见司机把车开过来，他朝她示意："上车。"

季秋最后还是上了车。

季秋回家后，蔡敏看见那束勿忘我，表情有点震惊，这年头谁送祝福会送那么暧昧的花？

等季秋找了个花瓶把花插好，蔡敏把人逮住。季秋见躲不过，只能无奈地和她一起坐在沙发上。

"他是觉得亏欠你还是怎么的？移情别恋了？"

前半句那声"亏欠"让季秋下意识皱眉，听到后半句眉头就舒展了。季秋语气平静地说："不可能。"

她几乎是下意识否定了这个可能。

蔡敏沉默了几秒，用手肘撞了撞她："为什么啊？你就没幻想过吗？"

季秋把下巴靠在膝盖上，看着花出神。

"男人的心又不是铁做的，你那么好他总能看见，总能被打动吧？"

蔡敏的嘟囔也不全是安慰，她的确是这么想的。

其实蔡敏觉得他们的关系才是真奇怪，在她的印象里，喜欢无非就是一见钟情和日久生情两种。虽然她不知道秦琢心里的白月光是谁，可像季秋这么优秀的人，又在秦琢身边待了那么久，两人相互扶持，搭档默契，就算是养宠物也生出感情了，秦琢居然对季秋没有一点心动，这对蔡敏来说才是最不可思议的一件事。

然而季秋说了一句话让蔡敏觉得很心酸。

她说："因为我见过他爱一个人是什么样，所以才知道不可能。"

季秋说出这句话的时候很平静，就像是在阐述一个自己早已明白的事实。

她不想太清醒，但横在她和他心里的夏佳楠永远存在，那是他的白月光，也是她的心尖血。

她在喜欢他的同时看着他怎么去喜欢另一个人。

算上大学时期那是整整八年。

她用八年光阴看着秦琢为了那个人所产生的所有喜怒哀乐，这其实是一件很残忍的事。

季秋心里很明白，在条件上她和夏佳楠其实相差无几，她们各有优秀的地方，她从不因为这份单恋而感到自卑，但她也很清楚，因为秦琢的喜欢，夏佳楠在他心里就是高岭之巅，她再优秀也比不上。

在一个人心里，被喜欢上的那个人永远是赢家。

夏佳楠对于季秋就是这样的存在，哪怕她并不讨厌夏佳楠，但每次与夏佳楠相处，她都会被刺痛，她在夏佳楠面前甚至没有能被比较的可能性，这个认知曾一度让她十分痛苦。

蔡敏听清了季秋话语里的叹息，也很难受。她不知道怎么开口安慰，因为她们都明白这世上没有人能真正去理解别人的难过，更何况是一段这么长时间的暗恋。

最后蔡敏只能把季秋抱住，作为她的挚友给予她陪伴与温暖，一如这些年。

其实季秋在决定放弃之后已经想通了很多，她不希望蔡敏为了自己的事太操心，很快就转移话题，问蔡敏要不要跟着公司一起去团建。

上一年季秋就有提议过，但当时撞上时装周，蔡敏实在抽不开身，想去也没去成。

今年的话时间刚好错开，闻言蔡敏立刻答应下来。

蔡敏一心想帮助季秋脱离苦海，陪着季秋转换心情这种事她自然义不容辞。

另一边秦琢到家时已经很晚了，一路上他沉默不语，手也半捂着胃，脸色不太好，导致许助不敢和他搭话。

车停下来后，秦琢没有立刻下车，许助知道他有话要说，安静等着。

过了一会儿秦琢缓过了那阵胃痛，对他说："刚才她说的你听到了？"

许助点头："我会尽快安排日本团建的事宜。"

"订小樽那边的风水云涧吧。"

秦琢突然加了一句，车窗倒影中他的表情有些模糊不清。

许助愣了愣，很快说了一声"好"。

最近秦琢的状态和他对季秋的态度让许助隐约察觉到了什么。许助好歹也是名校出身，虽然平时在季秋的衬托下显得没那么伶俐，但能当季秋的副手当然也是双商在线，脑子转得快。

他是秦琢到美国的第二年从猎头公司挖过来的，隐约记得以前一个已经离职的前辈说过，秦琢在美国分公司坐稳后第一次组织团建的地点就是小樽。

在许助继续努力回忆的时候，秦琢又说："让人事那边给季秋安排两个助理，初筛一轮后让她自己选，以后她的工作报告也安排在最前面。"

许助应道："明白。"

秦琢又坐了一会儿，确定没有什么可补充的，才下了车。

许助这一次的工作效率奇高，聚餐后没过几天，季秋就在办公室听到大家讨论关于团建的事了。

技术部的员工和季秋关系都不错，有时候看见她就会上来问几句，季秋通常都会笑着把话题带过去。

现在她不是秘书办的，谈论这事不大合适。她离开秦琢来到技术部，就是为了让自己一点点从他身边抽离出来，习惯这东西需要时间来培养，也需要时间去消磨掉。

她从人事那边得到了新的助理面试名单，人事主管暗示她可以直接从秦琢的秘书办调人过来，毕竟以前都在她手底下干事，用得顺手，但季秋拒绝了。

她抽出一个下午的时间面试了通过初筛后的应聘者，最后挑了其中两个资质不错的，想要亲自带。

现在季秋主要的工作是掌管技术分配还有负责新技术的开发和引进，这些都是她在美国的时候就一直跟着秦琢在做的，算是和秦琢一起开发的领域。

最开始他们对此都只是半知半解，后来一起学习研究，秦琢朝着管理方向深入，她则作为补充，注重开发与实践，所以这个位置最初其实就是为季秋准备的。

如今她提前到位，唯一不足的大概还是资历，只能通过成绩让别人闭嘴。

季秋在适应新部门的同时渐渐找到了当年那种忙得抽不出时间去想其他事的感觉，而这正是她目前所需要的，她完全浸在了工作里，心无旁骛地为技术部的资源开发进行筹措与修整。

不知不觉过了半个月，临近团建。

季秋这才发觉自己好像很久没有和祈年见过面了，微信上两人的聊天内容也是他单方面提醒她吃饭比较多，她回得很简单，甚至忙起来都忘了回。

秦琢接任秦肃的位置后也忙得很，两人基本只在高层会议上能碰面，那束勿忘我已经枯萎很久了，但不知道为何那之后，每隔几天许助都会过来送上新的花，然而每次和秦琢见面的时候他都不会特意提。

团建前一天晚上季秋和蔡敏一起收拾行李。好久没有出去旅行，蔡敏显得很兴奋，收拾了满满一个大箱子，都是一些好看的衣服和首饰。

她经营的微博账号已经有两百万粉丝，这次出去也是为了多拍点粉丝福利，不愧是十分接地气的名媛。

收拾到一半，季秋收到了祈年的消息，对方如今在巡回画展欧洲站，离开前和季秋说了，只是那会儿她太忙了，抽不出时间送别他。

这次祈年来信息是为了问她去日本待多久，说不定两人能碰上一个时间回程。

季秋看着手机，半晌打字：回国后一起吃顿饭吧。

祈年：嗯？要聊聊吗？

季秋：嗯。

祈年那头过了一会儿才回复：行。

季秋收回手机。

季秋发消息的时候，蔡敏一直在旁边用余光偷瞄她，季秋也没特意背着蔡敏，当着蔡敏的面发完信息就把手机放了下来。

过了一会儿蔡敏见季秋没有主动跟自己聊的意思，撇了撇嘴没有过问。

两人把行李收拾好就早早睡下。

第二天一行人在机场会合，她们到的时候，秦琢和许助都已经到了，两人正坐在 VIP 休息室低头说话。

哪怕是团建日，秦琢的工作也是不可能搁置的，虽然他们今天都穿得很休闲，但开口闭口还是离不开工作。

看到她们来了，秦琢只抬头看了一眼，很快注意力又回到了平板电脑上。

季秋和蔡敏坐在他们对面。蔡敏戴着墨镜，一副对秦琢没好气的模样，季秋小声和蔡敏说着话，尽量不打扰他。

直到快要上飞机了，他们两人才停止了工作。

他们坐的是头等舱，登机的时候季秋才发现自己的座位被安排在了秦琢旁边。

蔡敏的座位则在许助旁边。到位子后，蔡敏狠狠瞪了坐在身边的许助一眼，许助拧头看向窗外，假装自己什么都不知道。

从这里飞去北海道要几个小时。面对秦琢，季秋难得不知道要用什么态度和他单独相处，所以她盖上毛毯，打算一路睡过去。

等她戴上眼罩，身边的人似乎拿起了一本书来看，半晌后仿佛知道她还没睡着，忽然低声问她："还记得邹老吗？"

季秋顿了顿，靠在椅背上，应了一声。

"有时间的话一起去看看他？"

他翻页的声音很安静，书页摩挲手指的动静莫名拨动人心弦。

季秋用毛毯裹紧自己，微微侧身背对着他的方向，回了声"好"。

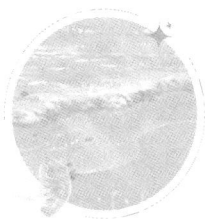

/ 第七章 /

风雪藏匿

　　小樽的风水云涧是秦氏设计师酒店系列旗下子品牌，主要以度假温泉酒店为主，虽然相较于秦氏一直做的星级酒店而言，风水云涧显得有点小众，但在一些旅游城市也是相当出名的。

　　小樽这家是全球首次落成，投入的资金庞大，质量尤其高，一度被当成打卡景点。

　　酒店自下往上引流出几个偌大的公共温泉池，VIP间还有自带的私汤药浴，不仅发挥了小樽当地的优势，同时又具备秦氏星级酒店的服务基础，游客想要预订得提前几个月。

　　这次团建定得急，加上又是冬末初春，是北海道旅游旺季以及泡温泉的好时候，许助很努力地和风水云涧那边协调出了几十个房间，管理层以上级别入住的房间都带单独温泉池，其余员工也都基本安排在一甲级别的包间。

　　大家出来玩自然不会每天闷在房间里，所以住有没有私汤的房间其实也没差。

秦琢和季秋都挑了高层套房住，把一层有私汤的房间让给了其他人。

好像自打落地后，季秋就变得话少了，从机场一路到下榻的酒店都没有再和秦琢有过交流。季秋和蔡敏领了房卡上楼，两人刚把东西放下，季秋就收到了秦琢的消息。

秦琢：下午三点出门？

从机场转车，磨磨蹭蹭到达酒店的时候已经两点多了，季秋看了眼时间，回了一句：好，大堂等。

他们还要挑点伴手礼去看望邹老，提前出门，再聊两个小时，算算也差不多到晚饭时间了。

蔡敏是挺敏锐一人，见季秋一路上都没什么表情，不明白她的心情为什么突然消沉下去，于是用胳膊肘撞了撞她："难得出来玩还绷着个脸。"

季秋笑了笑："没有。"

她摩挲着包包，看着窗外晴朗的天空，哪怕这儿刚下过一场厚雪，积雪把许多东西覆盖住了，但阳光洒下来洁白透亮，还是让许多事物都仿佛无法躲藏。

三点，季秋准时出现在酒店大堂，秦琢已经在等着了。

两人默契地往外走，酒店门口有给他们准备的车。因为这趟是私人行程，他们没有带上许助，秦琢拿着车钥匙上了驾驶座。

小樽的生活节奏很慢，北海道的人和风景都带着股随意和温和，就连空气仿佛都带着不一样的味道，虽然靠着运河，但路上来往的人并不多。

这儿以前是北海道经济繁荣的地方，还被称作"北方的华尔街"，同时也是许多浪漫故事的发源地。

整座城市有种难以言说的气质，新旧与艺术交织，是种复古的浪漫的氛围。

他们去拜访的这位邹老名叫邹岐山，是年轻时候为了爱人远离故土，漂泊到这里的手艺人，已经在小樽生活了五十多年。

当年他们和邹老相识，是因为想在小樽找到一个具有这座城市氛围的装饰琉璃灯。

他们走遍了大街小巷，最后在一家质朴的店铺里遇见了邹老，被他制作的丁香小盏所吸引。

丁香花代表初恋，邹老的妻子虽然很早就去世了，但他用许多方式留住了她。

丁香小盏是以镂空丁香花的形状为基础创作的琉璃灯，这里的艺术灵感大多与海有关，因此把手呈自然波浪状，其中最为精妙的就是从镂空的部分往里看，用琉璃制作的丁香花瓣随意撒落在灯盏里，通过中心的光源，每一盏灯映出来的形状都独一无二。

当时秦琢和季秋几乎是看到这盏灯的第一眼就决定了下来，后来和邹老详谈了好几次，都没有得到肯定的回复。

一开始邹老以订单量太大为由拒绝，但季秋丝毫没有气馁，每天傍晚准时出现在店里看邹老制灯，一老一少聊了小一周，才把邹老给磨了下来。

风水云涧的温泉边每隔十几米就会摆放一盏丁香小盏，其中还有同样出自邹老之手的悬挂琉璃灯，同样也是风水云涧独有的特色之一。

这些年邹老负责后续的维护，一直和风水云涧保持着合作往来，不过算起来秦琢和季秋已经有快两年没问候过老人家了，但每年过节都会安排酒店给他准备礼品。

因为有了风水云涧的长期订单，邹老的生活也比以前更悠闲，大部分时间就是在店里做活儿。

知道邹老是不在乎虚礼的人，所以秦琢和季秋就在酒店不远的购物街选了当地一款有名的伴手礼，直接上了门。

邹老住在一条长街的中间，有一个偌大的庭院，悉心栽种了许多不知名的植物，旁边还有一幢房子和侧边相连，那里被改造成邹老的工作间，也是他平日里常待的书房。

到达目的地后，季秋坐在副驾驶座看着不远处的房顶微微出神，秦琢侧头，顺着她的目光看去，不解。

季秋回过神来，低声说"没事"，两人一左一右下车，到马路对面去。门开着，两人进门后季秋喊了一声"邹老"。

茶室那头传来回应，秦琢和季秋脱了鞋踩在木地板上，这儿的保暖设施做得很完善，毕竟邹老年纪也大了，在这方面秦琢当初帮了不少忙。

厚袜子踩在地上没有声响，两人循着记忆走到茶室，就见邹老坐在茶桌前已经烹好了茶，姿势看着随意，手法却熟练而讲究。他在异国多年并未被这里同化，一直保持着入乡随俗但又有着自己节奏的生活方式。

"来了？快坐下暖暖。"

邹老今年已经七十多了，身形精瘦，看起来有些顽固，但熟识他的人都知道他是个面冷心热的老人，无妻无子让他平日里行为处事都比别的老人要"独"，那双眼淬了风霜，更显露出对某件事的执着。

他一看就是个很长情的人。

屋里还烧了柴火，老旧的欧式壁炉运作了几十年却没有想象中的脏乱，看得出来屋里的主人经常打扫，就连放置在旁边烧火的木头看着也很讲究，烧过的柴火散发出一股木质松香味。

角落里有一把摇椅，同样也是实木做的，深棕色的原木上面铺着厚实的靠垫，上面搭着一条厚毛毯，还有一本翻了一半被倒扣着的手工书。

季秋让秦琢先坐，然后去厨房把伴手礼分放在盘子上。这些事她做得轻车熟路，拆开包装后，抹茶香味混着红豆的香甜顷刻盈满鼻腔，气味和这幢古朴的老房子很搭。

邹老给他们倒了两杯茶。他平时喝的苦茶，但今天两个年轻人来了他就沏了大吉普，说自己已经很久没喝了，现在不喝苦茶反而睡不着。

他们许久未见，开了头就有说不完的话题，邹老语速很慢，说话的时候秦琢和季秋就安静地听，时不时点头附和，不知不觉，壁炉发出木柴烧断的声音提醒他们两个小时过去了。

邹老起身添柴火，其间秦琢接了个电话，走到靠近庭院的长廊去聊。

邹老看了一眼他的背影，转回来时对季秋说："你们吵架了？"

季秋笑着说："没有。"

邹老隔空点了点她，笑骂："撅个尾巴我就知道你们怎么回事。"

刚才就有聊到季秋调任去技术部的事，但那会儿邹老没细问，现在倒提起来了："让你去技术部也是好事，有的东西凑到跟前看就容易被迷了眼，隔远了一些才能看得真切。"

季秋低头喝茶，没有对他这句话做出回应。

邹老叹息一声："我当初就跟你说感情的事情最怕用力过度，那些东西……还在隔壁，一直帮你留着，这次来你要拿回去吗？"

季秋还没来得及说话，秦琢聊完电话就进来了。

季秋闭上了嘴，捧起茶杯作势喝了一口。

邹老意味深长地看她一眼，笑着摇摇头，没有拆穿她。

"刚在说什么？"

秦琢坐下，瞥了一眼季秋。

季秋被茶烫到舌头，肩膀缩紧了一下，发出"嘶"的吸气声，明明是很细微的举动，秦琢却注意到了，他把糕点推到季秋跟前，季秋连忙拿起来塞了一口，凉凉的糕点缓解了舌头的刺痛。

邹老回他："在说北海道这场大雪，估计还得下几天……第一次见你们的时候，这儿也是连续下了半个多月的大雪。"

季秋的神色不知不觉淡了下去，秦琢没有察觉，回想了一下，发现印象最深的是当时他找到用琉璃制成的兰花花瓣红酒杯，捎了一整套回去，后来作为那一年夏佳楠的生日礼物，以他和季秋的名义一起送了出去。

想到这里，他下意识看向季秋，却见她忽然站起来，说吃噎了，要出去走走。

邹老仿佛什么都察觉不到，点点头说那你去吧。

她转身的刹那，秦琢的心下意识地缩紧，目光追随着她的背影，直到在转角处消失不见。

邹老像是看不见男人眼里的云涌，淡定地添了一口热茶，等秦琢回过头，和他聊起了最近一批订单的事。

季秋穿上鞋，套上大衣，出门的时候被风吹了个激灵，随后捋了捋头发，慢慢走过铺满植物的小路，到另一边的房子去。

这条路像是日本动漫、电影里经常会出现的地方，带着古老而浪漫的色彩，当年她很是喜欢，老在这里来来回回地走。

不过是两年时间，季秋感叹自己的心境居然已经变了那么多，当时她每踏进这栋房子都带着期待，如今……

她也不知道要如何去解释自己的某种矛盾心理，既想把属于自己的秘密全部带走，又想把它们留在原地。

季秋知道那个人兴许一辈子都不会发现这里藏了什么少女心事，那些记忆注定要尘封在过去的时间，并且只属于自己。

季秋缓缓推开门。邹老显然每天都来，这里一尘不染，被打扫得很干净，几个到顶的书柜上堆满了无数图书，却完全没有沾染灰尘，甚至还隐约散发着油柏纸和汽油灯混杂一起的味道。

邹老习惯点燃一根高级香松，在这里一待就是一个下午，所以当手指抚过长桌，能感觉到木头被人打磨擦净到发油发亮的质感。

阅读区是由六个独立的书架拼成的大环形，摆放在靠前面的都是一些关于手工技法的指导书和各地游记，甚至还有邹老自己出版的关于制作琉璃灯的讲解工具书，是很小众的出版社，但做工十分精致，这些书捧在手上就像一件艺术品。

第三个书架是一些植物养护类的书，第四个书架上出现了一些小说，大多是日本作家的，有太宰治、东野圭吾、渡边淳一、夏目漱石……当然也有其他国家的作者的原版书。

邹老的阅读范围很广，甚至会看不少爱情小说，这些或浪漫或压抑或悲伤的爱情文学总能让他想起过世的妻子，爱情总是能轻易让人产生共鸣。

季秋在《追忆似水年华》边上停了下来，这本书一直被放在当眼的位置，她用手指轻轻一抠就把书拿了出来。

书的内页夹了东西，是一张书笺，上面还绑了一根小穗，经时间的流逝已经有些发黄。季秋看了那小穗很久，最终还是没有打开，缓慢地把书放回原位。

到底是舍不得，就像有关这里的记忆，轻易不想触碰。

季秋原路返回，到玄关的时候看见秦琢和邹老从茶室出来，两人都穿上了外套。邹老身子骨还硬朗，里头就穿着一件毛衣，外面套了件厚厚的短棉袄就准备出门了。

"去吃饭。"

秦琢整理衣襟，出门的时候没来由地往左侧看了看。

另一栋楼房安静地伫立在那里，以前秦琢也进去过，但对那里一直没什么印象，只记得当时为了磨邹老答应签合同，季秋老往这里跑。

那会儿也是差不多这个季节，老人家喜欢坐在那里一边看书一边设计图纸，季秋也跟着，见缝插针地游说。

她本来就喜欢看书，有时候一老一少各看各的，互不打扰，秦琢那时候每次过去都看见季秋埋在书籍里读得忘我。

秦琢也爱看，但接手公司之后就很少再碰了，对于那时的他们而言，就连看书都是奢侈。

季秋回来的时候看着他的眼神很静，静得让秦琢心里发慌。

他刚才接完电话回头隐约听到什么书笺，可随后邹老也没顺着说下去，他却不知为何上了心。

因为那时候她分明是有话想说的样子，见他回了室内就收住了话题。

秦琢不知道季秋喜欢了自己多久，但时间一定不短，不然她不会用那个语气说"放弃"。

季秋不是那么容易就会说出"放弃"两个字的人，这些年他一定让她撞了无数遍南墙。

思及此，秦琢不能再想下去，细究不出结果，心口还酸胀得疼。

他没有问季秋去做了什么了，季秋也没说，仿佛只是去外面散了一圈步，不值一提。

他们三人去了附近一家老字号居酒屋，这家店叫鸟屯，在日本是很常见的名字，已经开了几十年，经手两三代人，桌椅的木头边角都被磨掉了棱角，显得十分有烟火气。

这里处处带着人们细心生活的痕迹，北海道那么冷，却让人在细枝末节处觉得温暖。

吃完饭，邹老自己一个人回家了。

晚上，小樽的路上很安静，偶尔会碰到一些要去浴池泡澡的当地人，三三两两结伴，哪怕是老人独自散步也不会觉得危险。

两人回到酒店，正好碰上同样刚回到酒店的蔡敏，她今天出门拍了不少，三人在门口碰见，蔡敏毫不掩饰地对着秦琢翻了个白眼，季秋瞧见后按了她一下。

放眼整个四九城，敢对秦琢这样的屈指可数，但蔡敏不怕，他一个大男人还不至于对一个女人斤斤计较。或许她明白就算是看在季秋的份上，秦琢也不会真的为难自己。

蔡敏拉着季秋回房看自己今天扫荡的战利品，秦琢原本想问书笺的事，却没有时机开口。

今天在外面跑了一天，晚上当然要抽出时间泡温泉。比起小温泉，季秋和蔡敏都更喜欢一层的大温泉池，两人上楼卸了妆，换上酒店准备的浴衣就下楼了。

日本的池子一向是混浴偏多，季秋和蔡敏在国外生活多年自然觉得无所谓，在沙滩上穿着比基尼都是小意思。

想当初季秋第一次去国外的度假海滩，看见一溜的裸体时还吓过一跳，后来就逐渐面不改色了。

虽然是旅游旺季，但因为她们回来的时间已经相当晚了，过了最热闹的时间段，所以这里人不算很多，三三两两地分散着靠在池边聊天。

　　两人挑了人最少的硫黄池，适应了水温后一起泡了进去。

　　热气氤氲得周围雾蒙蒙一片，离了几米就看不清对方长什么样子了，池子里只有对面坐了一对母女，但彼此间隔了一段距离，假山后有男女聊天的声音传来，不大清晰，这种若有若无的隐蔽感反而更让人觉得舒服且安心。

　　"怎么感觉你们出去一趟什么也没发生。"

　　蔡敏让自己完全沉下去，热水泡到下巴的位置，随口和季秋聊起来。

　　季秋闻着硫黄的气味，热气蒸得她说话都比平时慢许多："本来也什么都没发生。"

　　蔡敏撇撇嘴："可他知道你喜欢他。你们聪明人都这样吗？能很容易装作无事发生？"

　　季秋的手随意划动了两下，看着水面起了一圈圈涟漪后慢慢恢复平静，才说："感情本来就是这样，对于一个人来说，喜欢的人只要抬抬手，涟漪会一直扩散，可对于没有感觉的人，能起一下涟漪就不错了。"

　　蔡敏想了想："可他对你总是和别人不同。"

　　闻言，季秋甚至连表情都没变："毕竟我们这些年相互扶持，有这份情谊在。"

　　她沉默了几秒，又说："他不是无情的人。"

　　所以当她看到秦琢偶尔看向她的痛苦眼神时，她把它归于愧疚。

　　再没有更多了，季秋也不想去幻想更多，失望过太多次的人很容易麻木，再容易胡思乱想那就是犯贱。

蔡敏却咂咂嘴，不以为然："扶持？是你照顾他吧？做个助理活像个保姆，除了工作他什么都不用想，生活起居全都为他安排妥当，我怀疑他离开你连鞋带都不知道怎么系……哦不对，他不需要穿有鞋带的鞋子。"

蔡敏说完都把自己逗乐了。

季秋知道她对秦琢意见很大，也不反驳，只说："因为最开始我们能相信的只有对方，美国不好待，商业竞争很强烈，对家使的手段也多。那会儿我们对别人递的酒都要防，不管是合作公司还是竞争公司都要警惕，因为商场上没有永远的敌人和朋友，所以要么我喝要么他喝，我们总要有一个人保持清醒，一个倒了另一个还能杜绝那些'意外状况'发生。他那样的出身，本来可以被千宠万爱着长大，却千里迢迢奔赴国外闯荡，反正也不是什么了不得的事，我觉得能照料就照料下，后来就慢慢变成习惯了。"

在外他护着她，在内她照顾他，其实挺公平。季秋并没有怨言，这些年秦琢对她确实很好，抛开一切感情来说，他把最多的信任给了她，也依赖着她。

然而听了这话，蔡敏侧头看了季秋好几次，最后实在忍不住了，轻声说："可你也是被千宠万爱长大的啊。"

这话听得太让人心疼了。

要是当初没有喜欢上秦琢，季秋可能会和大多数名媛一样，活得轻松且逍遥自在，以她的性格或许会发展一下爱好，做一些艺术品投资或收藏，说不定还会发展出自己的品牌。

大学时期季秋就是个很有想法且执行力很强的人，又有家里的背景在，随便花点功夫就能在上流圈子横着走。虽说季秋一直以来也不在意那些虚名，但总不会像现今这般累。

说不定她和祈年会很自然而然地认识，祈年那样的好男人就连蔡敏看了都会心动，他们那么般配，不管是在家世还是喜好上都有着极高契合度。这些年看着季秋的性格越发沉静下去，蔡敏才觉得心疼。

她明明也肆意天真过，敢怒敢言过。她是季家的独女，有那样的背景，行事却不奢靡不骄纵，相貌和能力都数一数二，性格也敢爱敢恨，大大方方坦坦荡荡，从小到大追求者无数。

偏偏喜欢得这样安静、这样隐秘，那个人是她至今唯一揣在心口的秘密。

蔡敏认识季秋很多年了，知道她从小到大都没怎么学过隐忍，但是因为喜欢上了那个人，所有不像是她会做的事情她全都做过。

大概是今天见过邹老，季秋的思绪像这温泉的水被搅了起来，让她有了可以开口的释怀。

她说："其实也不全是隐忍，这些年我花了很多心思在上面，外面的人说我目的性强其实也没说错。那会儿自尊心作祟，我就是想让他自己看出来，然后再亲口告白，为此用了很多方法，但现在看来效果都不怎么样，太笨拙了。"

蔡敏趴在池子边听季秋一点点说，这些季秋从前从未对她讲过，蔡敏一边觉得难受一边又觉得挺欣慰的，如今她能说出口了，是不是代表这段感情终于可以被放下了？

有些事情一直憋在心里，就会变成无法释怀的死结，可一旦能说出口，过去的事情便有机会化作云烟，最终释怀。

人的一辈子很长，总不能一直爱着一个得不到的人，蔡敏希望季秋能再喜欢上一个人，那个人会带给她恋爱的快乐，而不是只能让她品尝恋爱的苦涩。

季秋继续说："就像几年前我们一起来这里盯酒店的落成，

那会儿我的心思还是很活泛的，毕竟这座城市这么特别……当年《情书》火遍了大街小巷，谁会来到这里没有半点遐想？当时我也挺矫情的，在邹老那儿学着柏原崇在书里留点东西，想着他来找我的时候随手翻一翻总能看见，为此还特意把书放在了很显眼的位置。邹老为此笑话过我，说我在感情上用力过度。我那时候不以为然，结果一直到离开小樽，那些书都没有被他翻开过。"

随着季秋的回忆，过去的记忆开始更为清晰而鲜活地被回想起，或许她从未忘记过，只是学会了坦然和释怀。

季秋想起那天同样也是下着大雪，和那部电影里某个经典画面十分相似，想来也有那场雪的缘故，才让当时的她觉得一切都是恰到好处的。

"我等了许多天都没有等来合适的时机，直到那场大雪降临，才暗暗下定了决心。白天我给秦琢打电话让他晚上到邹老那里接我，可能等的过程中太紧张，不知不觉就在院子里的雪堆上写了很多他的名字，最后也没擦掉，想着他来了看到就能明白了，结果一直等到过了零点，才知道他为了去取那套要送给心上人的杯子在店里等了一个晚上。后来雪把地上名字都盖住了，那一刻我忽然想明白了一件事——其实同样都是暗恋着一个人，我们只是在做相同的事罢了，他也和我一样沉浸在付出的期许里，明明在等待的时间里连随手翻开一本书这种事都不会去做，却能花那么多的时间和精力为一套杯子上下奔走。我无法苛责他，因为我也是他。"

不远处的母女终于起身走了，季秋长长呼出一口气，抬头看向天空。

今晚的天黑黝黝的，显得星星是那么清晰明亮，她突然理解了加缪，在这片布满星光与默示的夜里第一次敞开了心扉，与过去的自己和解："我也忘记了最重要的一点，《情书》这个故事再浪漫，再难得，从始至终都是个悲剧，我们和故事里的人一样，都没有等来想等的人，这样一想我就渐渐释怀了，后来再也没有做过类似的事。"

热气熏得人眼睛发涨，感受到了蔡敏的沉默，季秋笑着又靠了一会儿，才起身，说："温泉不能泡太久，有点上头了，差不多就回去吧。"

蔡敏艰难地深呼吸，心里骂了某人一千八百遍，最后抹了一把脸，闷闷地"嗯"了一声，跟着季秋回房了。

直到她们离开，两人都没有注意到假山后面其实也是一个池子。

这个硫黄池总体被做成了一个弯月的形状，中间以两人高的山石隔开，并设置有两个入口，一来是为了营造氛围，二来也是为了让喜欢安静的客人拥有一定的隐私。

立在池边的丁香小盏莹莹发亮，镀上月亮的清辉显得无比温柔。

但池子后面的人此刻却面无表情，月色再好也无法让他移动半分，也不知道在原地站了多久，他才缓缓裹着浴衣上岸。

许助在另一个池子泡着，看约定好的时间快要到了便提前出来了，没想到秦琢也提前泡完，但此刻对方过于漠然的脸色让许助把一肚子话都收了回去。

他们原本的计划是泡完温泉后上楼做个简单的总结报告，所以许助还是惴惴地跟了上去，结果到电梯里秦琢才对他说："今晚的工作取消。"

许助疑惑，但见秦琢神色如常，唯有那双眼深不见底，也不知道在想什么，顿时不敢问，点头应了，回了自己的房间。

秦琢回房换了一身衣服，拿了车钥匙出门。

夜色让人觉得茫然，独自在深夜行驶，这时秦琢才感觉到了那份迟来的心痛。

原来真的有一种痛能让心脏发麻，他像是行驶在水中，那人的语气那么温柔，也那么平静，却让他听得喘不过气，每呼吸一下都似乎带有回响，像有水灌进了耳朵，封闭了五感。

最后他停在了下午才来过的街口，他没有立刻下车，而是透过车窗看着不远处漆黑的房顶。直到四周一个人都没有，整条街道变得漆黑幽静，他才缓缓下车。

小樽当地人性格纯朴，治安条件也让人安心，附近都是相熟的邻居，有一种只要不离开这座城市，你会和所有人都熟识的感觉，加上邹老是独居，平时为了方便左邻右舍走动帮忙或者应对意外状况，大门一般都是不锁的，只轻轻掩着。远处偶尔传来几声狗叫，但因为夜晚太冷，狗没能叫几声就缩回去了。

秦琢在寒风中踏进了一个秘密领地，走过石头小径，推开另一扇门。

木质的格栅发出"吱呀"的声响，注视着他的只有月光，他走得很慢很慢，想象着她一遍遍走过这里的心情，把这一天牢牢记在心里。

天空压着低云，空气冷冽干燥，熟悉这天气的人都知道大雪即将来了。

第二天一早，季秋和蔡敏在房间里吃了顿简单的早饭就一起出门了。

两人在网上预约了一家租和服的店，对方服务周到，还有包妆发服务，但蔡敏是化妆好手，帮两人处理好妆面直接过去店里，这样还能节省点时间。

可哪怕不需要化妆，光是穿和服和编头发就花了差不多一个小时，这家是老行当了，出来的效果很让人惊艳，根据她们的和服款式设计了不同的发型，还贴心地为两人准备了配套的毛绒披肩。

蔡敏兴致勃勃地背着相机拉着季秋逛街，丝毫不觉冷。

在路上的时候季秋收到了秦琢的短信，看完季秋觉得有些奇怪，他和邹老最近是有什么事要谈，要连续两天都见面。

可她也没多想，回了一句"我下午过去"就把手机收了起来。

今天蔡敏出门前就严肃禁止提及关于秦琢的任何事，最好理都不要理他，季秋无奈之下同意了。

昨天晚上蔡敏难过了许久，今天铆足了劲要带季秋转换心情，最好是让她提起小樽不再记得以前那些事。

一路上她为季秋拍了很多照片，两人像是回到过去的大学时光，快乐地走街串巷。

季秋心里为蔡敏这样热血的性格感到好笑，但是更觉得感动，她好像已经很久没有这样完全放松过了，因此相当乐在其中。

两人一直逛到中午才觉得累，最后找了一家人比较少的甜品店坐下休息。寒冷的天气里叫上一碗热乎乎的红豆丸子和一块抹茶蛋糕，冻得通红的手渐渐暖和起来，她们几乎同时舒了一口气。

季秋捶捶腿："老了，都有点逛不动了。"

蔡敏正在看相机里刚拍的照片，把拍得一般的照片删掉腾内存，闻言翻白眼："还不是因为你老坐在办公室里疏于锻炼，回去之后健身卡办起来，别赚的钱都没命花。"

季秋为了哄她高兴，作势点点头，认真应承："回去就办，一切听我们蔡大小姐的。"

蔡敏笑骂："去你的！"

吃饱喝足后，店里人渐渐多了起来，两人为后来的人腾出位子，结账后走到河边散步。

　　沿河边开了许多新奇别致的手工制品店，游客三三两两在这一带转悠，外国人比较多，手里大包小包地用礼袋装着，大概都是为了来挑选一些别致的伴手礼带回国送人。

　　不知不觉间，季秋走到了一家店里。这家店主要是做手工画的，其中有一幅用彩色琉璃片拼贴成的运河沿岸风景画，大小不一、色彩不同的琉璃片在阳光下闪闪发光。

　　店里放着宫崎骏《天空之城》的钢琴伴奏，小店被不同颜色的琉璃画包围，在澄澈的阳光下映出如梦似幻的颜色，仿佛连空气中的尘埃都变得浪漫起来。

　　季秋被这幅画吸引住了目光，迟迟没有挪开视线。这时身边忽然传来许助的声音，今天他一个人出来逛，正好碰见了她们。

　　看到许助的那一瞬间季秋下意识看了看他身后，许助解释："秦总今天自己行动，我难得闲下来就自己随便逛逛。"

　　季秋心想也是，秦琢应该不会带许助一起来逛这样的地方。

　　季秋这样想着，许助的目光却已经落在季秋跟前的画上，也不知道想到了什么，笑着问："是准备给谁买礼物吗？"

　　季秋的确有把画买回去的想法，闻言点了点头。

　　许助的脑子里却一瞬间闪过某位好几次到公司接季秋下班的男人，眼神顿时变得有些微妙起来。

　　蔡敏这时候逛了过来，看见画，显然也和许助想到了一起去，毕竟季秋熟识的又是会对画画感兴趣的人，除了她的母亲就只有祈年了，这幅画显然是祈年这种青年艺术家会喜欢的风格。

　　蔡敏撞了撞季秋的胳膊，眼睛却看向许助，目光中隐约带着挑衅："喜欢就买呗，祈年肯定喜欢！"

看着许助欲言又止还有蔡敏兴致勃勃的模样，季秋笑了笑，也没有解释。

季秋精通日语，又逛了一会儿，才去找老板攀谈要把画买下来。许助一直看着她的方向，蔡敏却倏地跨到他跟前，充满敌意地看着他。

许助有点想笑，对季秋的好友自然不敢得罪。

蔡敏抱着胳膊冷笑："干吗？想抢画？"

许助心想这要不是不好下手，他真的想抢。

为人左右手，最近秦琢的状态代表什么他再看不懂就不用在这位置上待了。此刻看见季秋花大价格给别的男人买下礼物，许助一想到秦总知道后的表情简直头皮发麻。

奈何这位蔡小姐也不好惹，许助踟蹰了好久，最后还是决定先走一步，给上司通风报信。

店家会帮忙打包好画寄到国内，等季秋给了钱写好寄件信息，两人出店的时候天空已经黑沉黑沉的了。

季秋望了望远处不作声，蔡敏嘀咕："这不会要下雨吧？"

季秋却说："会下暴雪。"

当年她来这儿的时候也是差不多的天气，就连下暴雪前的征兆也差不多，但那次大雪过后也不过是把庭院盖了厚厚一层，雪能堆到膝盖下方，今天的云压得更低，季秋目测会比那一年下得更大些。

她们接下来准备去小樽的音乐盒展览馆，结果一出门就看见人们都在往同一个方向走。蔡敏随手问了一个路人，才知道大家是知道快要下雪了就急忙往《情书》的外景地拥去，有的甚至会直接去滑雪场那边拍照留念。

这时店家悠悠然走出来，对季秋说年年如此，因为那个故事慕名而来的游客们几乎都在期待一场大雪，每年这时候天狗山上总是热闹无比。

卖画的老板是一个四十多岁的男人，叼着烟斗，笑眯眯地问季秋怎么不去凑热闹。

季秋摇头，说自己打算和朋友去展览馆。

老板眯眼看了看天色，对她们说："离下大雪大概还要一个半小时，这时间去看展足够了。"

季秋向老板道了谢，和蔡敏一起离开了。

不愧是在这儿生活了几十年的人，雪的确是在一个小时左右开始落下来的，一下起势就很大，没一会儿就把地面遮盖住。

两人看完展出来，蔡敏冷得直搓着胳膊嚷嚷着要回酒店，她们今天换了和服，本来就穿得不多，一下雪就遭不住。

季秋心里还记着秦琢白天发的短信，但她不放心让蔡敏一个人顶着雪回去，于是两人在路边叫了一辆出租车回酒店。

到了酒店，雪已经下得极大，甚至伴随着寒风呼啸，放眼看去甚至看不清几米外的东西。

司机是个本地人，见状也不着急离开，收了钱打了发票后就把车慢悠悠停在附近的停车场，熄了火顶着大雪去了最近的小酒馆。

季秋站在门口等了半小时，结果雪越下越大，路上已经几乎没有人了，少有的几个前行艰难，最后也不得不进店里暂时躲避。

看样子是走不了了，根本打不到车。

她想起白天的短信，心里隐约觉得秦琢是发生了什么事，但又告诉自己是想多了，最后没忍住还是给秦琢打了电话。

电话没通，显示已经关机，季秋转而打给邹老。

邹老没一会儿就接了。

季秋问起秦琢，邹老一只手拿着茶盏正在沏茶，闻言还有心思和她开玩笑："你怕他丢了不成？"

季秋也不接他调侃的话语，安静地举着手机说："您让他忙完自己回来吧，现在雪太大，让他等雪小一些再走，或者打个电话，让助理去接他。"

邹老摆手："他今晚估计不回去了。"

季秋问："有什么要紧事吗？"

邹老淡淡道："没事，瞎聊。"

季秋于是没有再问，挂了电话回了房间。

邹老也放下了手机，偌大的茶室只有他一个人。他吹了一口茶沫，笑着摇摇头。

旁边的屋子还亮着灯，却始终寂静无声。

邹老想起当年，同样的夜，同样的大雪，同样等着一个伤心人。

像一个循环。

幸好。

他们还年轻。

邹老慢悠悠撑起自己的老骨头，走到供奉妻子牌位的位置，拿起相框擦了擦，照片里的人对他笑着，安静且温柔。

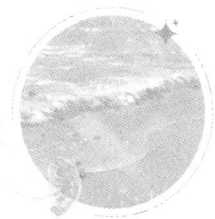

/ 第八章 /
不要喜欢别人

大概是这一夜外头风雪交加的缘故，季秋睡得并不好。

蔡敏在外面玩了一天，累得早早就陷入熟睡。

季秋面向窗户的方向，看着外头纷纷扬扬的大雪把天色都遮盖住，气氛压抑昏沉。

半睡半醒间才恍然发觉一夜已经过去，一直到凌晨五点多雪才慢慢转小，却还是在下。

天色还暗着，此时季秋却隐约听到走廊有动静，在她反应过来之前，人已经披了外套轻声下了床，刚走到门口便察觉外面的脚步声停了下来。

这一层住的人不多，她等了一晚，也知道这个时间回来的会是谁。

然而门外的人陷入了沉默，季秋也没动。

仿佛一种无声的僵持。

最后季秋在心里叹了一声，轻轻把门打开。

再抬眼时，再多想说的话都因为眼前的人而发不出一点声。

即使隔着一道门的距离，季秋也能明显感受到秦琢身上散发出来的寒气。他的大衣已经被雪浇湿了，头发和肩膀上都是还没完全融化的雪，白茫茫的一片浸透了他，让他看上去十分狼狈。

听到开门声，秦琢低头与她对视。那道目光让季秋心里一紧，几乎是下意识地不敢硬接。

他没说话，也没动，过门风大，季秋怕惊醒蔡敏，便轻轻掩上门，在走廊上用往常的语气问："都待了一晚了，为什么要冒雪回来？多待一阵雪就该停了。"

然而秦琢抿紧了唇，没有回答。季秋注意到他唇色都发紫了，有些无奈，不知道他又在折腾什么。

"回房吧，洗个澡，不然要感冒。"

秦琢失魂落魄的，季秋说一句，他才动一下。最后季秋无奈，把他领回隔壁房间，看他找出房卡刷开门。

屋内的暖气很足，秦琢的脸色渐渐恢复血气，不像刚才那般苍白。季秋发现秦琢的眼睛一片通红，刚才不敢细看，现在仔细观察竟然像是很久没睡。

她心底的不安像面团一样发酵，把他带到浴室之后就想回去，秦琢没有拦她，只是突然开口，声音哑得不像话。

"你为什么没来？"

季秋停住脚步，微微回头。

秦琢注视着她，又问了一遍。

仿佛只要季秋不回答他就不会停下。

季秋拢了拢外套，偏过头去，低声说："……雪太大了。"

秦琢看着浴室门外的她，此刻他俩距离不过一米多，但中间隔着的那扇门却犹如一道天堑。他们以前明明那么近，是他在自己都没有察觉的时候把她越推越远："你为什么不早一点过来……"

他像个不知所措又无理取闹的孩子。

季秋感觉他状态不大对，直觉不想应，转身想走。

可他总有办法让她停下。

"不要喜欢别人。"

"什么？"

那一声秦琢说得很轻，季秋怀疑自己听错了。

下一秒她说不出来话，因为秦琢已经跨过了那几步的距离，来到了她的身后。

季秋没有回头，察觉到秦琢的呼吸就落在后颈，听见他说："我以为还有机会，要让你相信很难，但我有耐心，可以慢慢来。原本我带你来这里，是想从这里开始，把以前那些让你难受的记忆一点点抹掉，再覆盖上新的、只属于我们的回忆。"

他的声音细听居然有些颤："但我唯一没想过的是你真的已经不会来了……以前……以前就算我让你伤心了，你还是会来找我，我心里明白，所以这是我做一切的资本……"

季秋彻底僵住了，她从这些让人心碎的语言里拣出来一个猜想，这个猜想让她无法挪动半分。

"但昨晚我发现自己没有慢慢来的时间了……你不来，我没有任何办法……"

空等的感觉就像在大雪中被闷住口鼻，他昨晚清晰地体会到了这种窒息与茫然。他捏那些书笺捏得手指都僵硬了，上面每一句话都是一道鞭笞。

这一晚他是真的怕了。

他低声而缓慢地念："我不能给你们所称的爱情，但不知你能否接受这颗心对你的仰慕之情，连上天也不会拒绝，"

季秋抱紧了自己的手臂，她对这句话太熟悉了，她曾经手抄过很多次。

"犹如飞蛾扑向星星，又如黑夜追求黎明。"

秦琢从背后握住了她颤抖的手，重新变得温暖的胸膛偎着她，似乎想把她焐得更热，好重新回头看看自己。

"蔡敏说，没了你，我连鞋带都不懂得怎么系……"秦琢闭上眼，浴室里的暖气没有房间那么足，又因为湿度大让空气变得黏稠，让人的呼吸都变慢了，"她说得没错，这些年我连自己都没有察觉到，自己为什么会离不开你。

"所以不要喜欢别人，累了就走慢一点……等等我，你可以做任何你想做的事，怎样都行，但不要去别的地方，也不要看别人。"

季秋的眼泪不知道什么时候落了下来，淅淅沥沥地滴落到自己的手臂上，被身后人察觉了，伸手用指腹抹去，揩在手里，要牢牢记住这些热度。她还愿意为他流泪，是不是说明她对这份爱还没有到彻底失望的地步？

"现在不相信也没关系，往后我全部都会证明给你看。我只是想告诉你，不是亏欠，不是弥补，我这辈子最后悔的事就是让你等了我这么久，明明一直以来都是我更需要你，却没有更早发现……你把我宠坏了，现在我尝到了得寸进尺的代价。"

他错在一直沉浸在过去分不清，夏佳楠是他年少的憧憬，他的确喜欢过她，那份喜欢不带任何欲望，安静而纯粹，就像人们会喜欢朝霞、喜欢山和海、喜欢世间所有美好的东西，失去了会在原地难过，那是出于一种可惜和不甘的心态，却不会强求得到。

但季秋是不一样的，她更为复杂，她在他生命中存在的意义不知从何时开始便无法被定义，不在世间美好事物范畴之内，而是被他划进了最需要和被需要的部分里，渐渐成为身体的一部分，彼此之间保护与被保护都成为一种本能。

有时候看她皱眉他也会跟着蹙眉，时间让他们之间的感情变得渐渐浓厚，可他却因为习惯了拥有而没有发现这种关系早已不受控地变质，因此在察觉到自己要把她弄丢的时候，他措手不及，却依靠直觉死攥住不愿意松手。

她不是失去了就只会感到可惜和不甘的人，秦琢明白，她是这辈子自己唯一想要拥有的那一个，无法复制，更无法被取代。如果就此错过，他一辈子都不会原谅自己。

如今她的心伤透了，他一点一点地焐，让它暖起来。

他走错了，就跑过来，赶上她。

他想要比她之前喜欢自己那样更喜欢她，一点爱不够就用更多爱，他以前没试过，但不代表以后做不到，他现在就已经有点疯魔了。

季秋抽出来一只手捂住了自己的脸，过了一会儿她才哽咽着收住了眼泪。她从未在他面前哭得那么狼狈，然而委屈一旦开了一道口就无法停下。

季秋离开他的怀抱，重新得到呼吸的空间。她没有回头看他，而是低声说："你先去洗澡，别感冒。"

秦琢没有强迫她，他说到做到，会追到她点头为止。

"那你别走。"

季秋没有应，但是往卧室的方向走去。她现在这个样子也回不了自己房间。

秦琢看了她的方向好一会儿，才脱了大衣关上门。

季秋怔忪地坐在床前的沙发上。

这是个套房，白天时，通过落地玻璃窗能把远方的山景看得一清二楚。大雪后整个世界像被附上了一层白雾，天色比刚才亮了点，有种天光乍破的意味。

秦琢从浴室出来的时候没有穿鞋子，赤脚踩在地毯上，悄无声息。

他先站在原地看季秋，然后从冰箱里找出冰格，回浴室找了一条干净毛巾包起来。他的头发擦了半干，发尾的水把肩头的衣服弄湿了一片。

秦琢坐到离季秋最近的床边，把冰毛巾递给她后，双肩往前倾，手搭在膝盖上，这个动作让他看起来像只大猫。

季秋接过毛巾后按在眼睛上消肿，秦琢很自然地伸手握了握她空着的左手，还是有点冰，干脆焐着，问道："那些书笺……你写了几张？"

季秋转了转眼球，似乎回过神来，回答道："十二张。"

她垂眸盯着从他掌心露出来的自己的手指，半晌抽了回来。

秦琢点头，知道自己没有遗漏就够了。

那些书笺被他一张张从头到尾看了个彻底，一整天翻来覆去看了无数遍，估计这辈子都不会忘。离开前，他把每一张都夹回原来的位置，那些记忆他希望就此封存，留他自己记住就好，所以他不会带走，也不希望她带走。

秦琢凝视着季秋的脸，她刚哭过，眼角和脸还是红红的，但已经没有那么肿了。他想起来刚去美国的时候她受了委屈还会哭，后来就不再哭了。

蔡敏昨晚的话提醒了他，季秋是那样被千宠万爱长大的，这些年他觉得她什么都能扛，是因为她为了站在自己身边丢下了很多东西。

秦琢想把那些全还给她，现在他有这个能力，想让她活得更放松肆意。

　　但是在那之前，他希望知道她更多秘密。他不想再像昨晚一样被醍醐灌顶，被那些秘密打得措手不及，最好是她亲口告诉他，曾经她对他都有什么期许，如今他都想替她实现。

　　冰块渐渐融化，季秋在他凝视的目光中站起来把毛巾放回浴室，准备回房。

　　秦琢一路跟着她，送她到门口。

　　他知道现在是不可能听到她亲口承诺什么，被他关上的门重新打开也需要时间。

　　"记得把头发吹干，不要感冒。"出了门，季秋回头低声嘱咐。

　　秦琢点头。

　　他似乎还在等着她说什么，然而季秋脑子木了，最后也没开口，悄无声息地回了房间。

　　蔡敏早上九点多才醒来，刚坐起来就发现季秋安静地坐在床尾的单人沙发上，她蜷缩成一团，头靠着膝盖，闭着眼睛，好像睡着了。

　　桌上摆着一份早饭，还有余温。听到蔡敏起床的动静后，季秋微微睁开眼，眼里没有丝毫睡意。

　　蔡敏吓了一跳："什么时候醒的？"

　　季秋微微坐起来："刚起不久。"

　　蔡敏抓紧时间去洗漱，回来之后季秋帮她把早饭摆开。蔡敏的目光都被窗外的好天气吸引了，没注意到季秋的眼角有些发红，兴奋地说："这雪也下得太是时候了！今天我们去雪场滑雪吧，这会儿正合适！"

季秋看了眼窗外的碧蓝天，点头说"好"。

蔡敏还不知道早晨发生了什么事，大大咧咧地在临时组建的群里吼了一嗓子，提议想去滑雪的一起包个车过去，得到了许多人的热烈响应。季秋没看群，等和蔡敏到了酒店大堂才发现几乎所有人都来了。

不远处，秦琢手里提着个运动包，难得简练的装束。

自打季秋出现，秦琢的目光就放在了她的身上。季秋转过头后仍然能感觉到那道视线一直落在自己身上，毫无掩饰，似乎也不顾被旁人发现。

许助让酒店安排了两辆大巴，早早等在了门口。

他们这些搞技术研发的给人印象大多都是不爱运动或者不擅长运动，但如今整合后的技术部的同事们大部分是跟着秦琢从国外回来的，习惯了国外的工作和生活方式，因此一直都有健身和户外运动的习惯，以确保在工作上提高专注力和思维运转能力，其中好手也有不少，有几个同事的滑雪技术就十分优秀。

季秋挺久没见秦琢滑雪了，上一次还是在温哥华谈生意，对方包了一半滑雪场要和秦琢比赛，当时秦琢全程没有谈生意上的事，认真和对方较量，结果合同就这么谈成了。

刚下过大雪，滑雪场此刻人山人海，他们到了目的地后分头行动，有会滑雪的带着同伴们去租器材，也有一些员工没滑过，结伴去柜台预约有时间的教练。

季秋去租了一套设备，等穿戴好提起雪板，就看见秦琢站在不远处等着自己。

他眼里的疲惫感很重，眼圈也比平日明显，泛着淡淡的青，是没有好好休息的体现，但整体来说精神尚可。对于平时高强度工作的他们来说，少睡一两晚都在可以接受的范围内。

季秋没有避着他，踩着板子三两下滑过去，太久没滑动作有些僵硬。秦琢看出来了，低声问："还行吗？"

季秋的滑雪还是秦琢当初手把手教的，出去谈生意需要很多技能，但季秋以前在国内时对此并不感兴趣，她的兴趣爱好一向自由发展，并且因为家里的原因本就偏向室内派，不像圈内大多数女生从小就被迫接受各种教育，十八般武艺样样精通。

她如今学到的东西很多都是后来跟着秦琢出国后边看边学的，秦琢在这方面对她毫不吝啬，也极有耐心。

秦琢大概也陷入了过往回忆里，眼神肉眼可见地柔和下来。

他用滑雪杆指了指季秋姿势不正确的地方，手落在她的背上帮助她弯身。周围有不少同事租了设备出来看见他们站在一起，都默契地绕开，他们也没在意别人的目光。

许助早就自己玩去了，这时候秦琢身边用不到他。一个合格的助理，就是要在该出现的时候出现，该消失的时候果断消失，不当电灯泡。

但是蔡敏可没有许助这样的思想觉悟，等她穿戴好设备下来看到这一幕，护目镜下的双眼都瞪大了。她果断滑过去，拦在秦琢和季秋中间，滑雪服遮住了她半张脸，却挡不住她生硬的语气："秦总，我带季秋滑就可以，您自己忙吧。"

蔡敏就是京中上流社会里典型的十八般武艺精通的人，从小爱玩会玩也是出了名，她说出这句话，秦琢实在没有办法反驳，见季秋不说话，他垂眸应了一声，为她们让开了一条路。

季秋调整好姿势，被蔡敏带着往下滑，经过秦琢身边的时候，余光瞥见他熟练地拉上滑雪服拉链，随意地挥动起滑雪杆。

然而总归是生疏的缘故，刚开始季秋还是摔了个跟头，但她好歹能记住诀窍,摔的时候还下意识调整了姿势,所以只是架势大,其实不大疼。

她还没怎么样,倒是把蔡敏吓了一跳,连忙急刹滑过来看她有没有扭寸劲儿。蔡敏把她扶起来的时候还数落她:"你看你都生疏成什么样了,幸好这会儿只有我在,不然得被笑话死。"

季秋在滑雪服下龇牙咧嘴:"我也不跟别人一起滑雪。"

蔡敏一边帮她拍着身上的雪,还想要说什么,却见不远处一道利落的身影犹如飞鸟一样在雪地掠过,在白茫且刺目的雪地里留下一道余痕。

雪场上的高手很多,但是能让人一眼就看出技术了得的只那一个。蔡敏看着远处流利的身影,撇撇嘴忍不住怀疑:"你真的是秦琢教出来的吗?"

季秋哭笑不得:"我好久没练了。"

蔡敏一直看着秦琢滑到视线范围外,才不情不愿地把目光收回。

哪怕她对秦琢有很多不满,也不得不承认受过专业训练的到底是和她们这些系统教育出来的不一样,在上流圈子里不管是学马术还是学滑雪,第一都是为了好看得体,其次才需要讲究技巧和质量,她们和秦琢一看就不在一个层次上。

蔡敏:"听说他们家都是请退役奥运冠军教的,这事儿是真的吗?"

季秋缓了一会儿才觉得骨头的疼痛感减轻,闻言点了点头:"可惜这个雪场不算大,他现在也是随便滑滑,之前他在圣莫里兹偶遇过一个退役职业选手,两人比了一次,也是不分胜负。"

可能都没有人知道,秦琢最擅长的其实是越野滑雪,他看似斯文冷峻,但骨子里却是倔强而不服输的性格,只有了解他的人才知道他其实是外冷内热的性子。

蔡敏酸溜溜地"哦"了一声。

蔡敏见她准备好了，准备陪她再慢慢往下滑一段。刚准备出发，就听见季秋说："不要针对他，没必要。"

蔡敏把腰重新挺起来："你还护着他？"

季秋摇头："不是护着。"她看着远处的人群，呢喃道，"其实我也不知道现在该怎么办，摔倒太多次，前进我害怕，后退……"

想退，他却堵在路上。

蔡敏撇撇嘴："你就是个傻姑娘。"

大概是蔡敏和季秋这样一个熟练得过分一个又带了点笨拙的组合显得尤其可爱，等她们滑到山下时，有两个高大的年轻人上前搭讪。

对方一个开朗一个腼腆，看相貌身段似乎是大学生，脱下护目镜后的脸意外有种昭和帅哥的气质。

日本人普遍不高，但这两位身高目测都超过了一米八，十分开朗的那位和蔡敏聊起来，才知道他们是中日英混血，还是一对表兄弟，来小樽是为了探亲。

蔡敏对这样年轻帅气的小弟弟很是喜欢，两人不知不觉就聊到一起去了，打算等会儿一起坐缆车上山顶。

身后那位比较腼腆的男孩悄悄地看了季秋好几眼，等前头两人隔了一段距离，才鼓起勇气上前搭话："你们去天狗神社看过吗？"

季秋也没觉得不好意思，对方在她看来年纪小，哪怕对她有意思，她也不会有任何感觉。她笑着摇头："还没有。"

"在那里许愿很灵，据说大部分人都能得偿所愿。"男孩放慢脚步配合季秋的步伐，遥遥看向山顶的方向，不知是出于感叹还是暗示邀请，"也有很多人选择在上面看夜景，那里有唯一能俯瞰这座城市的地方。"

季秋想象了一下那个画面，点头应道："肯定很美。"

大概是见季秋没有拒绝，对方的脸有些红，开口道："要是有时间……"

然而没等对方说完，身后就传来一个男人的声音——

"脚扭了？"

刚才和男孩聊天时季秋用的是日文，然而秦琢一句话就把聊得还不错的氛围给打断了。季秋感觉到后腰被扶了一把，秦琢走到她侧边低头观察她的脚踝，因为穿了滑雪服不好蹲下，秦琢干脆撤了一条腿单膝跪了下去。

说话被打断了的男孩目瞪口呆，有点惊讶地看着秦琢，很快认出来这是方才让整个雪场都惊艳的对象。

秦琢没有看男孩，他的护目镜提在手里，露出英俊的脸庞，自上往下俯视，鼻梁的弧度优秀得让人移不开目光。

秦琢摘了手套挽起季秋的裤脚，没肿起来，但是脚踝的地方有些发红。

季秋有点站不稳，单手撑在秦琢的肩头，手里还拿着板子，怕磕到他，努力维持平衡，说："没事，就刚刚扭到寸劲了，不过不严重。"

这会儿男孩已经反应过来他们彼此认识，而且看样子关系十分亲密。大概是误会了什么，男孩整张脸都涨红了，说了句抱歉就小跑赶上前面的同伴，局促得连头都没回。

等秦琢站起来后，两人之间有几秒的沉默。

秦琢扫了刚才男孩指的方向一眼，说："上山？"

季秋点头。

其实秦琢的确没有看错，她的脚踝扭得虽然不严重，但走起路来还是有点疼的，所以她一路都不着痕迹地把重心放在右脚，连蔡敏都没看出来。

秦琢十分自然地拿过她的东西，没有再搀扶她，只是走得很慢。

他们并肩而行很多年，早就适应了对方的步调，并且自然而然做出调整。

大概是因为刚才季秋说的那番话，蔡敏这次没有回头找秦琢的麻烦，等他们坐上缆车的时候蔡敏已经不见踪影了。

缆车出发后季秋对秦琢说："蔡敏说话直，别和她计较。"

秦琢睨她一眼："要是我计较呢？"

季秋无奈："那我就只能求情。"

谁都知道秦琢一向是有仇必报。

秦琢微微一笑，看视野越来越广阔："开玩笑的，我该谢她。"他沉默半晌，"没有她我也不会无意间听到你说起以前的事，她护短，应该我受的。"

要是别人让她吃了这么些苦，秦琢只会比蔡敏狠十倍百倍。

再说起这件事的时候，秦琢似乎已经没有那么强烈的情绪了。

于是季秋问："所以你在邹老家等了我一晚上？"

秦琢："不全是这个原因。"见季秋看向自己，他面无表情道，"只是听见你给别人买礼物，我吃醋了。"

雪场并不是很大，缆车不急不缓很快就到了山顶。秦琢先下车，把手递给季秋的下一秒，秦琢听见季秋说："是给自己买的。"

秦琢闻言收紧了力道，手臂稍微使劲，季秋稳稳落地。

接下来的时间秦琢陪着季秋半滑半歇，蔡敏早就被帅哥勾搭得没影了，人们只见方才滑得十分高调的男人后来安安静静地陪着身旁的人当起了教练，有他的帮助季秋的技术很快就捡回来了，多滑了两个来回就已经很熟练了。

等滑痛快了，两人回到山顶把器材还回去。

天色渐暗，雪场的人都在渐渐往回走，季秋举起手机正想问大伙儿都在哪儿，却被秦琢按住手腕。

"不是还有神社没逛？"

季秋观察着他的表情："你不是向来不爱逛这些。"

秦琢不信这些唯心的东西，他向来只信自己。

秦琢看着她："刚才那个人跟你说的时候，你没有拒绝。"

她不拒绝，就是有点心动。

季秋愣了愣，随后端详了他好几秒，确认他是认真的，便收回手机："走吧。"

她转头的时候嘴角露了一丝笑意，转瞬即逝。秦琢看到后莫名心口一疼，两步走到她身边，没再说话。

他明白她的笑是什么意思，这些年她几乎完全和他绑定，目光和脚步都追随着自己，不会主动对什么东西感兴趣，也不会想要在某个地方停留。因此他方才说出的那些话在她看来或许是陌生且感慨的，对于这种转变，他们双方都带着不易察觉的笨拙。

他的确不相信这些，也不曾有过信仰，到一个陌生的地方从不会特意去当地有名的景点，哪怕说法再多再好，那些被人主观套上美好祈愿的地方在他眼里和寻常的大街小巷没有任何不同。

但是现在他想陪她去更多地方、做更多事，只要是她感兴趣的，他便想知道，想参与其中。

哪怕是一些很小的事，很不起眼的地方。

天狗神社很小，从缆车后头绕上去有一条小径，此刻已经被白雪覆盖了，青石路因此变得更湿滑，路上三两个人结伴而行，都走得相当小心翼翼。

沿着小路走进去后能看见一排日本特有的神龛还有石雕，最里头的社屋很小却也干净，可能是有人定期过来扫雪，因此只有这里的地面浅浅铺了一层雪，独自守在天狗山不知道多少年岁。

白天里白雪反射阳光让四周亮得扎眼，但因为现在日头已经快落下去了，又有树枝挡着，这儿反倒显出几分清幽寂静来，人们的心情不知不觉变得十分平静，大家说话都变得轻声细语。

有几个女孩走到社屋前，小心翼翼地观察天狗的鼻子。据说抚摸天狗的鼻子能给人带来好运，但因为此时的氛围带了点神性，女孩们也没敢碰，并肩站在一起，双手合十低头祈祷。

秦琢看了她们一眼，随后目光落在季秋的身上。

她看着这些景致的模样是那么安静，不知道在想什么。

她没有许愿的意思，目光在天狗雕像的身上停留了几秒就滑开。

两人走到侧边，栏杆上的粗绳上有一串串打上结的许愿签，但看了眼发现附近并没有求签的地方。

签文上面结了一块块冰凌，也不知道签是由什么材质做成的，雪在上面覆盖又融化，纸也没有被冻坏。

除了打结的许愿签，上头还绑着一些私人物件，戒指、项链、手绳……发旧的程度不一样，甚至还挂着一条白色的真丝手帕，上面的字迹已经被浸染得模糊，写了不知道是谁的心愿。

"不许愿？"秦琢见她一动不动，问。

季秋摇摇头："其实我也不信这些东西。"

心愿这东西之所以叫心愿，就是因为它随机不可控。

要是许了就能实现，那心愿未免也太不值钱。

季秋曾经也有诉求，有期盼，后来认清了现实。

该来的人无论你做什么他都会来，想要的东西就自己伸手去拿，只是动动嘴皮子就什么都得不到。

然而世间也有很多事是你用尽全力都求不来的，既然自己都得不到，上天也只能爱莫能助。

秦琢静立半晌，听出来了她藏在这句话背后的意思。

他忽然抬起手腕，把手腕上从未取下过的那条红绳解下来。

季秋刚开始没反应过来，等回过神来脸色一变。

据说这红绳是他出生前老太太特意去求的，如今给红绳开光的老僧人也已经驾鹤，从出生起就被秦琢一直戴在身上。季秋知道这条红绳代表着什么。

她想都不想就去扣他手腕，却被秦琢避开了，他毫不犹豫地解了下来，然后抬起手挂在了面前的粗绳上，就在那条手帕的旁边，打了个死结。

季秋急了："你疯了吗？老太太知道了要怎么解释？"

"其实我也不信这些，戴着它只是因为习惯。它在我身上，既不能保证我一生顺遂，也不能让我得偿所愿。"秦琢看着被挂上后变得十分不起眼的手绳，经过接近三十年的磋磨，红绳被磨出了一层亮泽，在一片白色签文中更显神性。这里的一切都有种恰到好处的味道，让秦琢心里有了松动，"我这辈子没有许过愿，但这一次我是真的想要，所以靠天靠地靠自己，什么办法我都想试试。"

他明明没说想要什么，季秋却仿佛懂了。

她放下了手："……你不用这样，取下来吧。"

秦琢朝她微微一笑，还有心思开玩笑："那么紧张，怕被老太太骂？"

"……"

"没事，走吧，天要暗了。"

季秋看着他转身离开的背影，回头重新看向那条红绳。

她想过把它取下来，但她想到他刚才说那些话时的表情，最后还是什么都没做。

两人坐缆车下山。

天空瑰丽的颜色转瞬即逝，季秋望着山下的景色，怔忪间已到了平地。

自从酒店那夜之后，季秋没问夏佳楠之后如何了，秦琢也没提。

那是他们之间一个不好提起的坎，避过不谈可以平静一时，但季秋是清醒着，她不可能永远不面对。

回国的第二天季秋就收到了在小樽买的那幅画，彼时蔡敏正跷着腿坐在沙发上和那天勾搭的混血小哥哥聊天，他们很谈得来，对方的性格活泼而浪漫，是蔡敏喜欢的类型。

季秋把画拆出来，店家装裱得很用心，画一点都没有损坏，季秋在客厅挑了一个位置把画挂了起来。

看了眼时间，季秋准备出门。

这时候电话来了，季秋接起电话，蔡敏瞧见她换鞋，问："和谁出去啊？"

季秋回了一句"祈年"，电话那头顿了顿，秦琢说："要出门？"

季秋"嗯"了一声，又问："有事吗？"

她语气平静，没有解释的打算，秦琢沉默片刻后挂了电话。

季秋面不改色地换好鞋，出门。

今天是休息日，路上却早早就开始堵起来，幸亏季秋提前出门才没有迟到，然而祈年还是到得比她早。这是祈年找的一家新餐厅，他远比季秋更懂得享受生活。

见面后两人都没有多作寒暄，季秋把礼物递给他。包装盒里面是一个手工玻璃球，炫彩玻璃通过多层折射在夜里也能发光。

祈年爱不释手地把玩了一会儿，才十分珍惜地放回盒子里："谢谢，这很特别。"

季秋笑了笑："每次都是你请客，我总得回一份像样点的礼物。"

她一句话让祈年的笑意变淡了些。

等他们点了菜，服务员下去后祈年忽然开口："我猜你是来拒绝我的。"

对于他能猜到，季秋没有感到意外，"嗯"了一声。

祈年叹了口气，过了一会儿，问："让我猜猜……是他有回应了吗？"

季秋抬眸看了他一眼。

"这不奇怪，他看我的眼神从最初起就充满敌意，只是你没有发觉罢了。"祈年用着惋惜的语气说着，"那我是不是要恭喜你？你们已经在一起了吗？"

季秋说："没有。"

闻言，祈年侧头："你有顾虑？"

季秋看着酒杯的光滑面，祈年把提前醒好的红酒拿起来，为她倒了小半杯。

"从小我就是个不喜欢输的人。"

季秋端起来小酌一口。酒香浓厚，她含在舌里轻品，才像是讲故事一样继续："以前很倔，也很固执，为此栽了不少跟头，长大后看起来成熟了，但其实骨子里的东西很难改变。我走到现在，输得最多的就是这段感情。

"我现在走到一个进退两难的境地，要退，就是对自己认输，我对自己认输过一次，虽然自欺欺人，但我不甘心；要进，我又害怕未来我会输得更彻底，因为得到过的人总是会变得贪心，我想成为他毫不犹豫会选择的那个人，甚至不需要被放在天平上比较，为此我需要孤注一掷，不然就显得我现在的挣扎像个笑话。"

在祈年的注视下，季秋苦笑："因为我已经输了太多次，可能你们都不信，就算一个人再怎么骄傲，输多了也会怕的。"

她已经在选择里被丢掉太多次，下雪天给她的印象一直都很糟糕，第一次是她等待没有结果，第二次她不再等了，先一步逃走。

每一次都很狼狈。

祈年的眉眼在西餐厅的光线下显得柔和，他身上有一种老朋友一般的气场，让季秋能够畅所欲言。

他明白了季秋话里的意思，可也抓住了其中的矛盾点。他对季秋轻声说："可人一旦害怕，就代表输了。"

这是个无解的环节。

先投入喜欢的那个人注定站在这样的境地。

季秋却对他说："所以我只输给他。"

祈年明白了。

她放不过自己，干脆也不放过秦琛。

她不想输，却仍旧走在输的路上，哪怕最后一无所获，她也甘心只输给他一个，为了这最后一场的胜负她愿意倾尽所剩无几的勇气。那个人是回头了，但她这次需要十拿九稳，就像梭哈，绝地求生。

因为前面输得太多，所以结局才要赢得彻底。

她其实自己都没有察觉，她和秦琛在某些部分真的很相似，

171

那些共同成长的时光让他们的思考模式都变得相同，两个人都是外在冷淡理智，内心却如同一头狂躁的野兽在蛰伏，他们直奔自己的目标，眼里只有那个唯一，为了达到目的他们会给上十分的耐心以及炽烈的欲望。

这时候前菜上了，打破两人之间的沉默，祈年拿起刀叉，最后手顿在半空中，叹了一口气。

"虽然失恋让我难过，但我还是祝你能得偿所愿。"

他在灯光下抬头，直直地注视她，目光有释然，也有真切祝福："我认输了。其实我有想过答案，但总是想试试。"

是什么时候注意到她的？

或许是那一天，她站在他的画底下发呆引起了他的注意。

那会儿他作为学生挂名在老师的画室里，偶尔会有一两幅作品在角落里展示出售。画家都会对自己的作品敏感，那时候祈年明白自己的水平应该不至于让人在画前停留十分钟之久，因此他很快被季秋吸引了目光。

可等仔细观察才发现季秋并没有在看他的画。

那是个不容易让人注意的死角，当时的祈年顺着女孩的目光看过去，英俊的少年在和夏佳楠低头聊天。秦琢那会儿还不是如今这副沉稳的模样，但依然体现出一种超越年龄的成熟，他眉间情绪很淡，但低下头倾听夏佳楠的模样又是那么生动温柔。

等祈年再看向季秋，她正好偏过目光和他对视。

那一刻就连祈年也不得不感叹，她把情绪收得太快也太熟练，只是那些难受和不甘在那个瞬间没有逃离他的眼睛。

那一幕祈年记了很久。

之后他就习惯了默默观察，起初或许只是出于好奇心，他没少听老师在空闲时谈论这个女儿，但眼见的却和想象中有些不一样。

后来听说她跟着秦琢出国，祈年的心就慢慢放下了，他有预感他们能成，没有缘由的。

硬要找一个原因，那只能是因为少女克制而爱慕的目光太打动人，没有男人会不因那样的神情动容。

正如此刻。

祈年低下头，默默叹息。

他已经不想看到此刻的季秋，因为如今的她已比几年前更让人心动。

他们挨着靠窗的位置相对而坐，隔了一条马路，黑色商务车早已经熄了火。秦琢坐在驾驶座上，看着餐厅那头久久不动。

他看着他们在聊天，男人嘴角和季秋一样有笑意，刺得他的眼睛发胀发疼。

从出门开始他的脑子就昏昏胀胀，几乎是从她嘴里听到另一个男人的名字时脑子里浮现出来的首先是那条她曾经发过的朋友圈。那会儿他还不知道她对他的感情，带着复杂心思看着她和别的男人出去约会，气氛看起来好极了。

当时的他嗅到了危机感，却并未察觉自己是因为妒忌。

可这次他很明确地感受到了，以至于第二个念头冲上脑海的时候他下意识地握紧了方向盘，不知道用了多少力气才强忍住没有下车。

也是察觉到自己的心意后秦琢才后知后觉发现，他和季秋认识了那么多年，甚至连一次约会都没有过。

刚熟识起来的时候她已经察觉到了自己的感情，两人之间的联系只有在夏佳楠出现的画廊里。后来两人一起去了美国，他一股脑沉浸在商场厮杀中，她也是，仔细想想，两人居然连一次能勉强称得上是"约会"的经历也没有。

她的第一次约会给了别的男人，甚至第二次、第三次……也不属于他。

嫉妒越埋越深，挖空了心脏，随之而来的是浓浓苦涩，甚至没资格称作悔恨，是那一刻秦琢才知道自己太天真了。

他曾经希望她当初不会有现在的自己难受，但是当他一点点亲身体会过她的苦楚，他才明白那都是男人心里最自私的想法，他也和大多数男人一样爱自欺欺人，容易自我感动，结果被现实一次次打脸，因此他连下车把她强行带走的资格都没有，一道车门就把他锁死了。

他看祈年给她倒酒，灯光下两人气氛极好，他犹如自虐一般移不开目光。

等结过账，季秋和祈年并肩从餐厅里出来。

夜幕暗沉，却意外有星，两人很是默契，谁都没有先开口道别。

祈年看着远处深吸一口气，随即低头问："我们应该还算是朋友吧。"

季秋点头正色道："当然。"

她感谢这些年作为学生的他一直有把她父母照看得很好，不管是出于这份感激还是单纯对于他这个人，她都对祈年有很高的评价。

成年男女之间即便有过那一种关系，只要彼此足够豁达也能成为无话不谈的朋友，更何况祈年一直发乎情止于礼，对她不掺杂丝毫龌龊和复杂的情感，他既克制，又坦诚相待，季秋没有理由不和他继续做朋友。

祈年凝视她的目光仍是那么清澈，听到她的回答后微微笑了。

"过阵子我可能需要出国一趟，本来打算约上你一起，就当是去散散心，但现在你也不需要了，好歹是你感情的关键时期，就留着下次吧。"祈年的眉眼被路边的灯照耀着，有种莫名的绚丽，但季秋和他也算是相处了那么久，多多少少有点了解他，这会儿居然从他的笑容中读出了两分恶作剧的神色。

她察觉到不对的时候也并没有后退，是本能地出于对他的信任，因此祈年俯下身来在自己脸颊边轻轻贴过后季秋也只是感到少许的诧异，随即他的声音从耳边划过——

"临走之前送你一个小礼物……"

十秒……十五秒……

还没等季秋反应过来，忽然从身侧传来急促的脚步声，随即她的胳膊被一只大手牢牢握住，对方稍微一使力就让她和祈年拉开了距离。

熟悉的气息替代了祈年身上清爽的味道，季秋愣住，看着这个突然出现且面无表情的男人。

祈年站在原地直起身，越过男人高大的身影朝着季秋微微一笑，仿佛刚才小小的恶作剧只是季秋的错觉，一眨眼又是那副温润无害的模样。

"等我给你带礼物。"祈年举了举手里的袋子，"当作回礼。"

那只握着她的手猛地一紧。

祈年笑着转身离开。

留下原地两人一动不动。

这份沉默延续了出门前他挂掉的那通电话，季秋看着他的背影，余光一转，在不远处的路边看见了他的车。

以他的脾气，在挂电话的时候季秋就已经做好了他会有几天不联络自己的准备。

以前他对夏佳楠也这样，每当夏佳楠开他和别的女人玩笑或者有心撮合，他也会生闷气好几天不去关注她的消息，也不去见她。

季秋太了解他，所以她是故意这么说的。因为从日本回来后她需要时间整理心情，他的存在对她来说是最大的干扰。

可没想到他居然马上就追来了。

他……变得和以前不同了。

季秋原以为秦琢会说什么，可能会转身生更大的闷气，因为刚才那个贴面吻。

但过了一会儿秦琢松开了她的手，转过身来，开口时嗓子有点哑，低低地说："我送你回家。"说完转头就朝马路边走去。

季秋沉默地跟上。

等坐上副驾驶座，她摸到冰冷一片的皮座椅，心底细微地一颤。

若他是刚刚才过来，暖气开足的情况下车内的温度不可能那么低。

他来的时间比自己想象中要久，或许还打开了驾驶座的车窗，和在日本那晚一样，刚才他握着自己的手同样冰凉。

见她坐着低头不动，秦琢开足了暖气，越过中控，替她系上安全带。

可等插上安全扣，他却没有退开，呼吸打在她侧脖颈，带着酥麻的痒，她忍不住微微偏过头。

就是这一下，刺得秦琢再没忍住。

他在昏暗的车里，在她侧过头的背后彻底哑了嗓音，开口——

"我想把你就这样绑在我身边，让你眼里不要有除我以外的其他人……从半小时前看到你们就止不住这么想。"他抿紧唇，"我快要嫉妒疯了。"

季秋从他的语气中听出了受伤，或许更多是不安。他们的距离太近，季秋甚至能感觉到他胸膛传来的震动。

他几乎是把她拢在了自己的阴影下，男人的压迫感扑面而来，某个瞬间季秋以为他会做什么——

他也的确做了。

却只是在她肩头把头轻轻靠了下来，他带着无奈，也对自己生闷气，不知道该怎么办。

"这周六，我们去约会吧。"

季秋看着车窗外，任由他维持着这个姿势，听见他这么说。

她沉默了一会儿，才问："去哪儿？"

"哪儿都行……"秦琢闭着眼，过了会儿忽然说，"去看展吧。"

他依稀记得她和许助提过，她和祈年的第一次约会就是去看的什么展。

季秋也不知道记没记起来，总之在车子暖和起来之前，答应了。

公司刚组织过大型团建，各个部门回来之后就是各种赶工，秦琢和季秋自然也不例外。

两个人过完忙碌的一周，心照不宣地把周六的时间空了出来，满满的工作因此提前或推后，让各自的秘书和助理焦头烂额。

他们约在展馆门口见面。

最近刚好有个很出圈的装置艺术展，不仅经费充足，艺术家名单也相当华丽，由国际知名展会策划人全程负责，因为前期宣发做得好，前来拍照打卡的人非常多。

他们今天都穿得很休闲，走近对方的时候让季秋难得产生一种穿过时空的错觉。

这个展馆，她之前曾经来过很多次。那会儿她并没能和普通的女孩一样，兴致勃勃地约上心仪的男孩去看自己喜欢的作品，她不是没有幻想过，却从未如愿，后来和秦琢一起去不同的地方也只是为了工作，如今能像普通男女一样进行着心照不宣的约会，这是不久前的季秋从未想象过的画面。

秦琢其实在和季秋碰面之前从远处看了她许久，直到两人并肩走在一起，他才对这次"约会"有了实感。

他们分明认识和陪伴对方的时间比谁都长，八年时间，两千多个日夜几乎每天都在一起，可直到今天才第一次心无旁骛地只在意着对方，明明占据着对方最好的年岁，又像是从未拥有过。

秦琢其实和主办方是熟识，但他今天谁也没有惊动。

越到里面越拥挤，秦琢微微偏过身为季秋挡去有可能撞上来的人。人潮总是不由自主从他身边往两边散开，一来是他身高的缘故，二来是他那让人不敢靠近的气场，因此人们总是避免撞上他。

季秋在他身边看着这一切，感受着身侧那些若有若无的或打量或羡慕的目光。

这次的装置艺术展是世界巡回展出，之前季秋就有所耳闻，也有刷到过一些投放在网上的宣传海报，亲临现场看的确让人感到惊艳，这种大型艺术装置布得好的话，效果是很直观的。

季秋踩在那些绚烂的光影下，仿佛进入了另一个世界。

走着走着总会差点撞到同样被效果惊艳到的其他人，人们都不自觉地抬头，因此注意不到前方或转角的人有很多，这时候总有一只手把季秋轻轻往身边带。从进展馆开始，秦琢的气息就始终萦绕不去，比起看展，他的目光更多是在季秋身上。这样的保护是下意识的，被保护也是，季秋很放心地把自己的安全交给他。

等逛到一半，正好遇到前来巡场的主办方和策划人，他们见到秦琢时都有点惊喜，因为秦琢已经许多年没有出现在这些场合了。

搞这种大型装置的主办方、策划人基本在酒店业内和各家都有合作，除了秦琢相熟的几个，其他同行人对秦琢也不陌生，当然也不算太熟悉。

他们相互寒暄了几句，主办方负责人也认识季秋，以为她是作为下属陪同过来的，却没想到秦琢闻言特意解释了一句："私人行程，所以没有打扰你们。"

主办方人精似的，一听就察觉到了重点。只是同行者里面有一个设计师是外国人，脑筋很直，闻言感叹了一句："秦总的女朋友很漂亮啊！"

季秋没有说话，秦琢已经道："还不是。"

他平日出现在会议桌或者项目谈判桌上的时候总是自带威严，虽然比不过他大哥严肃，却也是疏离淡漠居多，如今说这句话的时候嘴角是轻轻勾起来的，眼神也浸染了明眼人都能看出的温柔，包括这个"还"字，让设计师意味深长地感叹了一声。

出于礼貌季秋没有避开目光，耳朵却悄悄红了一角，作为女士，面对这句话无法做出反驳，何况对象是他。

这时候有学生认出了策划人，一群年轻男女凑堆站在一起小声商量着，似乎想过来攀谈，毕竟在展会上能和主办方交流是一件很难得的事。

秦琢原本就没打算多留，见状便礼貌地和他们告别，离开的时候手自然地往后扶了扶季秋的肩膀，正好与那群学生擦肩而过。

他没有提起刚才那句让人忍不住深思的告白，低头继续他们之前的闲聊："我记得你说的那个展——大二的时候杉本博司的，是吗？"

季秋对于他还记得这件事感到有些意外。

因为当时在国内，日本艺术家中草间弥生占据主流，也更受年轻人喜爱，还有村上隆等知名艺术家当年都有到国内办展，但季秋都不大感兴趣。

相比起那些色彩鲜艳、具有丰富想象力的作品，季秋更喜欢看杉本博司，那种出于记叙的静默感，他灰白的镜头下带着让人不断去追溯、找寻以及深思的吸引力，当年上海特邀举办他的个人摄影展时，季秋还特意买了票和几个朋友飞去看。

那个时候她和秦琢处于刚熟识起来的阶段，他经常会以她朋友的名义到文灵雨的画廊"偶遇"夏佳楠。

那一次季秋难得请了五天假，一来是为了看展，二来也有点躲避的意思，她那会儿性子还没被磨过，哪怕再说服自己，也仍然会在这段暗恋中觉得委屈和难过，正好趁着看展的机会让自己出去透透气。

她刻意不去想她不在的那几天里秦琢会不会去画廊和夏佳楠见面，也不去想他们见面会说什么，和朋友看似很放肆地玩了五天。

只有她自己知道，每天晚上回到酒店，哪怕再疲惫，自己躺在床上却仍然无法入睡，闭上眼睛想的都是那个人。

在季秋发怔的时候，秦琢的手落在了她的肩上，带她躲过了几个被家长带进来凑热闹差点撞到人的小孩。

她的侧脸因惯性贴着他的胸膛，他的心跳沉稳有力，伴随着他的话语落在耳边——

"我记得那几天，因为你不在，我也没有再去画廊……我也是后来才明白，我当时的勇气基本都来源于你。"

秦琢对她倾诉着自己所有的想法，也是这段时间以来第一次和她聊起夏佳楠。

"刚认识夏佳楠的时候我年纪不大，当时的我确实很依赖她，因为是她陪伴着我走出母亲去世的阴霾，这份依赖后来成了喜欢，更慢慢变成了一种习惯。后来她和我大哥在一起，我才明白原来这种陪伴并不是出于对我，而是她深爱着大哥，因此也爱着对他来说很重要的人。

"我曾一度为这个认知感到痛苦，觉得自己背叛了家人，也为这份喜欢感到痛苦，但你告诉了我喜欢一个人并没有错，所以我在你身上得到了宽慰和勇气。

"我也不知道从什么时候开始……你在我身边变成了一件很理所当然的事，过去我不明白，也不曾去定义，你的存在对我来说究竟有着什么意义，可有一件事是我无法否认，也无法对自己撒谎的——"

秦琢看着前方，他的语气低沉而坚定：

"我明明对任何人都无法轻易敞开心扉，包括对我的家人，还有我所认为喜欢的人。母亲的离去告诉我，不管是多么亲近的人，都无法在我的生命中永远存在，离别才是人生的常态，因此我从不强求，也从心里抗拒对人交付真心与秘密……可就是这样的我，和你在一起八年，对你产生依赖和信赖，明明我是那么在乎距离感的人，却一次又一次让我们进入对方的生活，成为最了解彼此的人……对我来说，这就是答案。"

季秋的喉咙有些干涩，她在他的臂弯里听着他的自白，未曾想过他有一天会用这种方式告诉她——

他们一起经历的时间，还有那些点滴，都说明了他的心早已慢慢选择了她，在他们都不曾察觉的时候，在他们都认为对方不会开始的时候。

秦琢说这些只是想告诉她——她可以对他失望，感到委屈也好，不信任也罢，只要是她给予的他都能去追去赶，可如果她是对他的心意不安，对他的上一段感情还有解不开的心结，那么这八年的时光同样也是他的回答。

"这一次我不会再沉默地等，因为我很清楚，自己想和你共度余生。"

他希望她做好心理准备。

因为他没办法再像那天一样看着她和别的男人吃饭而什么都不做了。

/第九章/

诱哄

　　草长莺飞，今年的春天好像尤其短，都还没等季秋回过神来，夏天就到了。

　　今年是秦琢和季秋母校的百年校庆。

　　毕竟是享誉中外的名校，今年的校庆做得盛大却不铺张。

　　校庆从年初就开始紧锣密鼓地筹办，美其名曰"校庆年"，主要也是为了让大家在忙碌的学习生活中多添几分蓬勃朝气。

　　秦琢和季秋都是优秀校友，而且秦氏作为合作校企方，早在上一年年中秦琢就已经收到过帖子，只是那会儿两人刚回国，要忙的事情太多，如今才算腾出了时间。

　　季秋飞机刚落地就接到了秦琢的电话。她自从去了技术部，出差的次数就越来越多，而且不像以前都是跟着秦琢处理完要事就走，她作为主管部门需要实打实待在工厂盯着生产和研发线，其间还夹杂着许多大型装置展览的渠道开发。

　　秦氏今年有意开放更多展厅用于国内外大型展出，目前来看

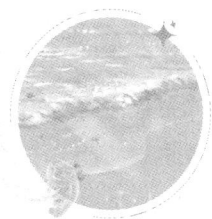

国内这一块的确称不上前端，但秦琢在这方面保持着一如既往的嗅觉，早在两年前在美国的时候他们已经在默默为这个领域做筹划。

如今 AI 智能用于商业地产取得的效果颇佳，秦氏想要在这块技术上继续当龙头企业掌握自主开发权，就得敏锐地嗅到时代的方向。秦琢和秦肃兄弟俩在这方面一直是佼佼者。

但自从秦肃受伤将公司权力下放后，媒体已经有好长一段时间没有捕捉到他的踪迹。

圈内有传言他去国外治疗情伤，也有人认为这是秦家父子三人早就定好的规划，秦琢回国后和秦肃进行权力轮换，逐步调整秦氏内部结构。

有一阵子圈内众说纷纭，只是始终不见正主现身。

关于秦肃和夏佳楠的事，季秋只大概听说秦肃带着夏佳楠出国了，可具体什么情况，她作为局外人无意打听。

这些平静的时光好像来之不易，那些为了感情伤心伤肺的日子似乎过去很久了，时间真的是个可怕的东西，人一旦释怀，过往种种就能逐渐化作云淡风轻，会情不自禁开始珍惜当下的生活。

季秋坐上秦琢派来的车，接起电话。

电话那头传来钢笔划过纸张利落的声音，下一秒秦琢开口："还顺利？"

季秋"嗯"了一声，松了松春装领口。

上午刚见完一批技术大拿，她衣服都没换就去赶飞机，直到飞机落地才有一种可以松一口气的感觉。

这次去见的几个是行业内高端人才，早些年从各国前沿技术领域退下来，每个人都揣着一颗爱国之心，有几个老师的年纪甚至快比季秋大一轮，季秋面对他们时的压力不是一般的大。

这一次也是做了许久的功课，甚至还把许文星带上了，两人一个对接技术层面一个对接实施落地层面，效果显著，已经有四个人确定下周报到。

秦琢："尽力就好，国内的不行还有国外的。"

季秋："两边都要争取最优。"

坐在办公室里的秦琢垂眸又签了一份文件。刚进来的许助看到这一幕顿了顿，很快从秦琢的眼神中分辨出来是和谁在打电话。

秦琢抬头瞥了许助一眼，许助低声提醒会议室那边准备好了，秦琢点头让他先出去。

门关上后，秦琢才停了笔，顿了顿，道："今晚一起吃个饭？"

他语气很轻，却让季秋心里一动，手指无意识地缩紧。

他最近好像习惯了这么对她说话，带着点诱哄，偏偏人还是一本正经，以前就从不会这样。

他完全做到了当初说的那样，像是一个礼貌追求的绅士。

但如今季秋也和以前不同了，她看着车窗外，嘴角不自觉带了点笑，或许连自己都没有察觉："刚下飞机，我现在只想好好睡个觉。"

秦琢提醒她："下周就是校庆年启动日了，你确定不需要提前准备？"

忙忘了。

季秋捂着额头，无声地笑。

她低咳两声："你想地方吧。"

秦琢说："会后发你，你先回家休息。"

等秦琢打完电话出了办公室，许助瞧见上司的嘴角微微扬起，似乎心情不错。

果不其然，刚进电梯，秦琢就对他说："订今晚六点半的Nobe，老三样，提前醒酒。"

许助低头在平板电脑上划拉了下："明白。"

自从秦琢开始明晃晃追人，许助的思绪每次都跟得很快。

上司心情好就给涨奖金，他现在可是巴不得自家老板早日抱得美人归。

今天会议时间十分紧凑，要解决的要紧事项不少，可临近下班，秦琢开始有意无意地看腕表，许助眼观鼻鼻观心，不好意思提醒自家老板不要太明显，然而底下个个都是人精，早就注意到了这一幕，渐渐地，在讨论的人都安静下来。

秦琢面不改色地回过神，把一心二用发挥到极致，在别人以为他根本没细听的时候果断做了决策，最后利落散会。

秦琢回到办公室做了简单的整理后就揣起车钥匙走了，连揪着下班的点打过来的陈铭的电话都懒得接。

等季秋准点进入餐厅的时候，秦琢已经先一步到了。

酒醒得刚好，他给两人各倒了一杯，也不需要多作铺垫，两人自然而然就出差的事做了一番交流，然后把话题引到即将到来的校庆开幕式上。

"我记得你那天要上台讲话？"

秦琢浅酌一口，放下酒杯："嗯，前面领导说完就轮到企业方。"

毕竟是京城名校，来客名单上商政及各界人士都有，甚至都可以想象当天会有多少大人物出现，这样一衬托，当天能被邀上台讲话可谓是十分难得的事，当然其中也有秦琢以秦氏的名义赞助了一大笔校庆资金的原因。

"就十分钟的简短发言，走个过场。"

季秋点头。喝了半杯红酒，她的脸染了点红，但也只是浅浅铺开一层，让她看起来气色好了许多。

秦琢一直注视着她，目光舍不得移开。

商量校庆只是一个幌子，他只是想见她了。

她这次出差几乎把春天都忙过去了，整整大半个月都扑在工厂里和技术工人对接，而后又先后拜访几位产品经理和高级工程师，他有时候晚上给她打电话她都未必有时间接。

她离了他越变越强大，也越发璀璨动人，他倒是心甘情愿留在了原地，等她什么时候想起了就回头给他点回应。

说实话，这种感觉不大好受，但秦琢又甘之如饴。

只是，有时候难免觉得有点寂寞。

"那天一起去吧，我去接你。"

闻言，季秋想了想："陈铭不是也要和你一起？"

想起下班时被自己无视掉的电话，秦琢面不改色地说："他自己会去。再说了，他也就走个过场，晚上也不一定出席宴会，而我需要一个女伴。"

反正当天自己也要去，季秋没拒绝，算是默许了。

两人一晚上喝掉一瓶红酒，都有点微醺，等司机快把车开到季秋家，秦琢还是没忍住轻轻握住了她的手。

季秋原本开了半边车窗吹风醒酒，突然手指被轻轻钩住，下一秒男人的大手轻柔地把她的手完全裹在掌心里，带了点小心翼翼的试探。

因为酒精而变得微软的心在这一秒渐渐收紧，季秋闭上眼，任由他牵着，两人都没说话。

等车停了，前头的司机低声提醒，季秋应了一声。

秦琢以为她要抽手离去，动作比脑子转得快，手心先一步攥紧了她。

司机察觉到气氛有点微妙，低声交代一声后就利落地开了车门下车，留给两人独处的空间。

季秋的心在路边蝉鸣声中越来越躁动。她没醉，只是微醺，理智尚清醒，却因为那份清醒而更清晰无比地察觉到自己的意动，也有对秦琢温水煮青蛙的方式带了点小小的不甘。

原本她没想过抽回手，可那份不甘渐渐驱散了依依不舍，她刚想把手抽回来，却再次被他握住。这一次带着醇香酒味的身躯从侧后方靠近，他炽热的气息喷在她的脖颈上，让她觉得自己半边耳朵都麻了。

"不想我吗？"

好不容易拉回一点的理智被这样的语气、这样的气息轰出了一条裂缝。

季秋偏过头。

四目相对，他的眸光在昏暗的车里显得无比深邃，眼里却装满了她。

她不想回答他这个问题，索性抿紧嘴唇不说话。殊不知在秦琢的视角来看，她脸颊红润、双眸带水的模样带着一种倔强的娇媚。

他喉结滑动两下，此刻手的温度烫得吓人。他用手指摩挲着她的手背，似乎想让她也热起来，低声说："不想回答也没事。"

他似乎在喃喃自语，然后在她的凝视中，牵起她的手，在葱白的指节上落下一个吻。

他分明已经无比克制，却让整个车厢的温度上升了八度。

"我很想你。"

她只要知道他的想法就可以了。

等司机把秦琢送到家门口，秦琢没有立刻下车。

他想起季秋离开前甩动的发尾，心里遗憾没看清她那一刻的反应，反倒是她手指的触感让他食髓知味，那一刻要是他再放肆一点，就能把她的指尖含进嘴里，甚至还想轻轻咬一口。男人的欲望蠢蠢欲动又得不到纾解，只能用这种方式表达急躁。

他对她说想念，不是夸张，也不是漂亮话。

她离开的这些天里，他午夜梦回都是她的身影，每每醒来都只想尽快把她拥在怀里好好疼爱，偏偏得不到。

她甚至一点都不想他，在外面乐不思蜀，不舍得回来。

他不知道自己还能忍多久，他明明很擅长忍耐。

这大概就是陈铭所说的"欲望"，若是放在几年前他不会相信自己会被这样浅薄的色欲给支配。

可如今他在这上面栽了跟头。

管家见他迟迟不下车，走近来打开车门，却瞧见秦琢闭着眼，单手撑在车窗上，低头喃喃了一句："快点吧……"

管家以为自己听错了，唤了秦琢一声，见他没理，以为是醉了，便回头让用人准备醒酒汤。

秦琢埋头在手臂里，过了一会儿在昏暗中睁开一双清醒的眼。

男人隐忍的欲望在黑夜中悄然露出了一角。

谁都没能窥见。

打电话秦琢不接，所以陈铭只能找上公司堵人。

他到办公室的时候秦琢正在给季秋选礼服，各品牌还未发布的新品投上屏幕，几个区域高级经理排成一队等待问话。陈铭瞥了屏幕一眼，烦躁地挠挠头："你谈个恋爱谈得都快成女人了。"

秦琢无视了他，仔细想她穿什么衣服最好看——是露肩的比较好还是 V 领，她锁骨形状很好看，皮肤白，穿浅色尤为动人，深色也惊艳……

就这样一项项考虑，他的手指划拉过一页又一页，神情是前所未有的认真。

陈铭坐在办公桌前面的沙发上，仰着头看着天花板："我想在校庆那天跟她求婚，就在我们在一起的那个草坪上。"

秦琢侧头，几个经理凑了上来，他点了点其中一件一字肩人鱼尾礼服，随后开始挑鞋子。

陈铭喃喃道："估计求完婚会被老爷子打断腿……你说我是挑人多的时候还是人少的时候？她一直喜欢高调的大排场，或者我等那谁上台的时候直接下跪，怎么样？"

秦琢抽空想象了一下那个画面："那你估计没机会给你老婆下半辈子幸福。"

花了快一个小时把一整套行头选下来，然后再花五分钟定了和裙子搭配的男装，秦琢低头对许助吩咐了几句，许助点头表示明白。

陈铭耳朵尖，听见了他们的对话，侧过头："你要把老太太的那套首饰给她？"

许助退了下去，顺便带走了几个品牌经理。秦琢松开胸前两颗扣子，不吭声。

陈铭："我看是你想被打断腿，好尽快了结下半生幸福，幸好秦肃是休养去了而不是退休了，否则我看你没命活到校庆周。"

秦琢："彼此彼此。"

陈铭："彼此什么彼此，我是一直作死惯了，你什么时候和我一样了？"

陈铭多少也听说了最近秦琢做的那些事，只觉得这几个月这个男人的变化不是一般的大。

然而秦琢只说了一句话就堵住了陈铭的嘴。

他说："要是这件事发生在沈月身上你就明白了。"

只是一个可能性，陈铭脸上的笑意就淡了。

过了半晌，陈铭呼出一口气，彻底摊在沙发上，抬手："行，你说服我了，随你怎么作。需要我帮忙直说。"

秦琢不领情："我的女人，我自己追。"

心里都揣着一个放在心尖上的人，陈铭怎么能不明白。

如果当年沈月也像当初的秦琢一样心里放着另一个喜欢的人，陈铭自认做不到像季秋一样能忍那么多年。

如果说暗恋是有苦有甜，那么明知是单恋的暗恋就是独自在黑夜里行走。

陈铭感慨："一把刀的刀锋很难越过，因此智者说得救之道是困难的。"

秦琢关上电脑："毛姆，《刀锋》。"

陈铭举起手，做了一个干杯的动作："祝你成功。"

秦琢点头，也不管他，往外走了。

校庆当天秦琢很早到了季秋家楼下，因为要上台讲话，所以他穿的是简单的黑色西装，没穿的外套搁在后座，白衬衣袖子捋到手肘，撑着方向盘看着季秋上车。

相较之下季秋就轻松多了，简单的T恤搭配黑色半身裙，一眼看去年轻得就像个大学生，让秦琢不由自主地回忆起过去尚青涩的她。

车缓缓开出去，秦琢又忍不住瞧了几眼，被季秋察觉了，她微微一笑："干什么？"

秦琢："好看。"

季秋有点难为情："有点装嫩。"

但今天在场的很多都是学生，她也不想穿得太成熟。

秦琢低声说："不会。"

她本来就显年轻。

皮肤还白，走在太阳底下像是会反光。

他们在路上的时间控制得刚好，把车停好后有负责带路的学生会成员上前询问，得知他们的姓名后把他们带到礼堂。

秦琢套上西装外套，等走到礼堂门口就要和季秋分开，这时候后面有搬运东西的学生，秦琢无比自然地轻揽过季秋的肩膀，顺势弯腰在她耳边低声嘱咐："结束后在这里等我。"

季秋点头，看着他转身走往嘉宾席。

上午的开幕式持续了三个多小时，由校长起头，再以那位一直出现在时政新闻里的大人物压轴，才算是结束了上午的演讲。会场内掌声整齐而热烈，意味着今年的校庆年正式启动。

离场时人流密集，大家都憋得有点受不了，季秋坐在原位看着前方那个在和其他嘉宾谈话的身影，直到人都走得差不多了才起身往外走。

秦琢余光一直注意着她的方向，见状也礼貌告辞。

他们在入口碰面，随后两人开始默契地逛起校园来。

经过草坪的时候秦琢看了看，季秋疑惑地看他。

秦琢淡淡道："陈铭说今天准备在这里求婚。"

季秋露出仿佛被噎住的表情。

"不过沈月不会陪他丢脸。"

季秋想想当年在校园里也算是大名鼎鼎的那位，心有余悸地点点头。

校庆年启动，学生们在操场组织了义卖活动，大多是学校内部设计研发的纪念品，还有一些纪念服装。

学生们有的化着精致的妆坐在摊位上玩手机，有的在跑道上三三两两闲逛，顶着晴日阳光，让行走在其中的季秋也不禁怀念起当年的日子。

这时候走到卖学校纪念服的摊子，白色的 T 恤上有从校徽上演变出来的艺术图案，还有大大的校园名称缩写。

见季秋停下，秦琢低头问："想要？"

此时秦琢已经把西装外套脱下，挂在臂弯里，里头的白衬衣笔挺清爽，惹得摊位附近的女生都红着脸张望。

秦琢也不看她们，伸手把领带轻轻扯松，拿出手机对摊位的女生说："两件。"

付钱之后季秋走到最近的一个洗手间，直接把 T 恤套在了外面。

衣服是宽松款的，因此套在身上显得毫无违和，季秋走出去的时候发现秦琢也换上了，外套和衬衫被他挂在手里。他身材比例好，把 T 恤下摆掖了一个角在西裤里，看上去身高腿长，居然也和走在路上的男大学生们相差无几。

他原本隔着栏杆看着操场，听见动静回头，目光澄澈犹如日光。

一路走来，她是离他最近的人。

就这一眼，季秋恍惚像看见了当初的少年。

如今已经长成了成熟英俊的男人。

不管她陪他走过多少时光，这个人总能随时让她觉得惊艳。

见她不走过来，秦琢走过去，用指尖轻轻撩开被风吹动挂在她睫毛上的头发，问："怎么了？"

那一刻，季秋突然觉得很多事情都不重要了，最起码在这里，她不想再让自己留有遗憾。

她摇摇头，最后抬头看着他笑了笑，学着他早晨的样子，说："好看。"

秦琢低头，视线落进了她眼里的微光之中，呼吸不由自主一滞，那一瞬间，有很强烈的想要亲吻她的冲动。

就在这校园里，在……承载着过去那些无法弥补的错误的地方，用力而虔诚地亲吻她。

最后他还是忍住了。

秦琢的喉结上下滚了滚，下一秒抬起手，绅士一般做出邀请："我能有幸和你一起重温校园吗？"

季秋这次大方地把手放在他手心里："走吧。"

夜晚直接出发去校庆晚宴的酒店，这一场虽说名为过场，但来的宾客都不是一般人，除了那位大人物提前退场，其他商政名流基本都在。

秦琢把季秋带到早就准备好的酒店化妆间，许助指挥人把裙子拿上来，还有一套从国外银行储藏柜里紧急空运过来的珠宝，这是当年荷兰王室拿出来拍卖的两套珠宝之一。

两套珠宝当年都被秦家老太爷拿下赠给了妻子，也就是如今的老太太，后来经手两代人，一套给了秦肃，一套在秦琢手里。

这套珠宝因为上面镶嵌的一颗重达三十克拉的宝石而有了一个浪漫的名字，叫"玫瑰之心"。

珠宝的来源最早可追溯到十九世纪，由项链、耳坠、手镯和一柄权杖组成,权杖已在当年拍卖下来的同时以个人名义捐赠给了博物馆,但剩下的随便单拎出一件都价值连城。以前还曾有一个古老的祝福——有资格拥有它的人,也能拥有世界。

季秋用手指轻轻抚摸,许助仔细观察着季秋的表情,低声解释:"秦总后来还让人特意去做了加嵌,最后增加了四克拉多,刚拿到就空运过来了。"

然而不管运输的过程中是如何小心翼翼,送到她面前来的这一套玫瑰之心仅仅只是用一个天鹅绒盒子装着,仿佛在说——随你喜欢,任凭处置。

就连许助也在心里吐槽了一下老板的大方。

秦琢握住她滑过珠宝的手指,缓缓摩挲至微微发热。

这时候造型师进来了,秦琢深深地看了她一眼,放下她的手出去了。

季秋的脸微微发热,轻轻用手背一碰,和指尖的温度一模一样。

他明明什么也没说,她却像是什么都明白了——

不要在意别的。

只看着他就好。

他的指尖,他的目光,都是这么说的。

甚至连她碰别的东西都能让他感觉到微微的嫉妒。

化妆师全程小心翼翼,动作利索。她们也算是见识多的,但仍然觉得今天季秋这身行头过于贵重,生怕磕到一星半点,最后取出"玫瑰之心"为季秋戴上的时候甚至戴上了手套。

珠宝微凉的触感贴在锁骨引起一阵战栗,季秋看着镜中的自己,只觉熟悉又陌生。

脖颈上的重量很真实,只是自己没有想象中那般紧张,反而看到他离去前的眼神，季秋感到莫名安心。

　　季秋走出化妆间的时候，秦琢正迎面走来，他今天这一身是同一个高定系列的配套男装，没有选以往低调单一的款式，黑色戗驳领外套上有精细纹路，搭配双排扣马甲和帝国领，整一身既显英俊，又带了琢玉内敛的古典气质，领针袖扣是"玫瑰之心"同色宝石，某些角度折射出顶灯的光芒，如同深藏的刀锋，不小心就有可能被划伤。

　　往常的秦家二少低调内敛，可今日是他代管秦氏首次出席有这么多重量级人物的场合，不需要收敛，他早已懂得适时崭露锋芒。

　　今日的季秋也比往常要艳光四射，光是脖子和耳垂的宝石就让人不自觉注视，连近距离看过那套首饰的许助在秦琢身后也忍不住多看了几眼。然而秦琢却只是微微扫过，然后站定在季秋面前伸出手："很美。"

　　那些身外之物于他而言并无特别，他唯独想要珍藏的宝石在他手心里。

　　季秋被他的眼神看热了，伸出手去，挽住他的臂弯。

　　笔挺的西装料子摸上去比想象中柔软，一把刀最安全的地方在刀柄处，他早已把自己交给了她。

　　今晚在场的名流数不胜数，哪怕有几位提前离场也无伤大雅，随便找一位都是名利场上被追逐的角儿，推杯换盏间又是不动声色的试探和考量。

　　今晚秦琢无疑是大家重点留意观察的对象，这是他回国以来首次以主人公身份出席这样的场所，往常出现在这里的都是秦肃。

　　比起秦琢，大家更熟悉秦肃的风格，如今大家对秦琢更多是观察和比较，他是否有底气代替兄长坐上这个位置，今夜过后人们都会在心里做出评价。

这无疑也是秦家对他的考核。

然而秦琢却丝毫没有怯场，举手投足间足以看出他应对这样的场合游刃有余，交谈时话术清晰，进退有度，不一会儿就和某位领导交谈起来。

对方是近十年为数不多的实干派，一直走访基层，甚至促成了许多政企合作，成绩可观，也颇有声望。对方的年纪比秦琢的父亲还要年长些，和他交流的时候，秦琢会微微低头，不管是倾听还是交流，表情都十分认真。

季秋作为女伴跟在身边受到了不少关照，在得知她是秦氏技术部产品工程师的时候，众人投来了不少赞叹的目光，因为众所周知秦氏如今锋芒最盛的正是这个版块，不仅在国内，甚至在国外也是一路领先的水平，秦琢如今能坐稳这个位置靠的就是身后带领的技术开发团队。

因为是校庆晚宴，现场的商业气氛并未过于浓厚，商场的人精们起了个头，互换了名片，点到即止就散了，各自的话题渐渐从试探回到了社交舒适圈。

和秦琢交谈的那位渐渐收住了话头，秦琢见状十分自然地接住了他的话，和对方聊起最近的地方趣闻，态度并没有因为对方的身份就显得过分谦卑，反倒引来长者的感叹。对方和秦琢道别时拍了拍他的肩膀，说了一句"后生可畏"。

应酬了一圈后秦琢带季秋到一边休息，随手拿了两杯香槟和一些小糕点。角落里的沙发空着，他牵着她去一旁坐下，说："先吃点东西。"

他没问她累不累，这些年他们共同出席过太多这类场合，进退的节奏都是相同的，甚至于只要有人细品就能发现方才在应对四面八方的交谈中他们的节奏都是一松一紧，搭配得完美无瑕。

在这方面他们都是进攻型，习惯把交谈的节奏把控在自己手里，看似有来有回，实则以退为进，把握全局。

他们低声交谈间，远在门口的记者在对着这边狂拍，许助这时候凑过来低声询问，秦琢示意不用管，和季秋保持着原先的距离。

许助明白了，又退开，不打扰他们说话。

"那位最近手上有京基的项目，正在找合适的投资和实施方，看刚才他话里的意思是想给你机会。"

季秋轻轻扫过那边的记者几眼，继续低声讨论刚才的话题。

秦琢靠在沙发上，姿态略显放松。他一只手习惯性放在大腿上，另一只手搭放在沙发靠背，正好像是拢在了季秋背后，手指稍微一动仿佛就能摸到她发尾下洁白如瓷的肩颈。可季秋对这样的距离已经习惯了，并没有察觉。

秦琢一边睨着自己的指尖，一边漫不经心地回她的话："就算给机会也是给投标的机会，项目越重要把控得越严谨，各方都要靠真本事。"

季秋摇晃着香槟杯，道："可是技术方面我们有很大优势。"

秦琢笑她："这些别人花钱也能引进。"

季秋对自己亲手把关的团队有自信："那就各凭本事。"

不知道想起什么，季秋忽然浅浅一笑："也不急，过阵子博览会就要开了，其中有装置艺术家联名展。这一次有我母亲帮忙，大部分人我都已经联系好了，技术这一块他们都很满意，还差走个流程。本来想着过几天也要找你签字，因为校庆这事儿忙忘了。"

季秋自从去技术部之后一直在想这事儿，手里握着东西要怎么展示出去是个值得思考的问题，轻拿轻放肯定不行，太郑重的场合拿来试水也过不了股东那关。公司不是秦琢说了算，层层递上去，阻碍只会越来越多，怎么样用性价比最高的方式把他们花费心血做出的这一块研发结果彻底推出去，为此季秋绞尽脑汁。

可没想到在家住了几天，机会就来了。

过往秦琢和季秋也一直有关注国内外的许多大型装置艺术展，却忽略了如今装置艺术其实已经十分活泛了，如今国内也有许多既被国际主流市场认可，主题上也十分有新意的展博会，面向的是年轻人，规模不算大，热度却相当高。

季秋从母亲的嘴里得知这些国内的展博会如今在技术支持这一块是比较头疼的，毕竟国内很多相应技术并不成熟。

以往一直是从国外把机器搬运过来，但维护和运输成本就变得相当高，哪怕是和国内一些新兴机构合作，艺术家们也都会抱有怀疑态度，一两次合作下来反而引起很多矛盾，让双方都不愉快。

所谓醍醐灌顶也不过如此，季秋仿佛一下子就找到了方向，随后经过母亲的帮忙联系上了几位参展艺术家，他们都是国际装置艺术这一块的天才，在国外有自己组建的成熟团队。

这些艺术家原本在这次博览会打算自给自足，但看在文灵雨的面子上愿意和季秋坐在一起，了解秦氏原创研发的仅在商业空间使用过的技术，并考量这些是否能被用于艺术性展览上。

季秋的交际风格坦率而大方，她虽然是秦琢带出来的，但言谈举止间不会像他那样充满攻击性，层层逼近压得人喘不过气，相反因为她出身这样文化氛围浓厚的家庭，十分理解这些艺术家的文人傲气，因此这次见面从头到尾分寸都把握得很好，让几位艺术家愿意静下心来倾听。

他们几位原本对国内的技术都不抱太大信心，因为之前曾经合作过一些针对线下展出策划的公司，可最后出来的结果总是较为一般，显得比上不足比下有余。

出于诚意，季秋把即将要投入实际使用未经公开的灯光装置技术做了一次全方面展示，并承诺这次博览会如果大家有需要，将会首次进行内部投放，并由她全程督工完成这次展览的布置。

展示的结果让艺术家们相当惊艳。

其实技术这一块有很多原理都是共通的，只是市场细分下许多人都只会在固有市场下寻找支持。

秦氏在商业地产上的技术创新是数一数二的，如今愿意投放到其他领域，某种程度上也是一种双赢的局面，为他们之后开发更多类型的设计师酒店延伸出了多种可能性，未来的酒店趋势便是多领域的结合。

这事儿在进行到中间的时候季秋就曾递交过报告，秦琢当时是第一时间看的，但面对面听她说这些，看着她眼里那份满满的自信，秦琢喉头微滚，手指情不自禁地搭在她的后颈上，轻轻捏了捏。

"回去就给你批资金，放手去做。"

季秋觉得后颈一紧，随后迅速起了一阵战栗，也不知道他能不能感觉到。战栗之后骨头变得酥软了，她整个人都像是被他拿捏在手心里。

喝了酒，她双眸水润，回头一瞥他，秦琢几乎也是立刻觉得胸口一紧。

多日的压制，还有午夜梦回那些旖旎的梦，她大概不知道，在那之后她就成了他梦中的常客。

他常梦到她像今天这样靠在自己臂弯里，但不是在谈公事，而是慵懒地撒娇，像天下所有爱侣会做的那样，他会情难自禁地亲吻她的肩头，她放任他对自己为所欲为，揪着他的头发轻声喘息，还有一些更过分的画面，他是那么想欺负她，又想好好珍惜她。

他难得有这么放肆的念头，又因为心里的怜爱给压下去，她现在终于不会回避他，这比起之前的疏远简直让他如蒙大赦。

如今的季秋就像一只微醺的猫，放开了怀抱，让他小心翼翼地使坏。

秦琢不忍破坏这样的进度，他是个攀山人，也是追赶的一方，这么多年他学会最多的其实是隐忍，也是蓄势待发，他每次克制图的都是长远的以后。

不过秦琢承认自己对她也有着使坏的心思，在这段关系中他如今是进攻的一方，哪怕满足于此，偶尔也会生出试探她底线的念头，尤其是当她用那样的眼神看着他，仿佛就是一种明知故犯的纵容。

趁着她微醺后反应迟缓，秦琢俯首，背对着众人，十分隐秘地在别人看来他们在亲密耳语的角度里吮住了她的耳垂。"玫瑰之心"冰凉的耳坠贴在两人之间，那小小的白玉般的软肉被他仔细吮磨，最后秦琢在她肩头都涌上绯色时才放开了她，哑声对她说："不要这么看我。"

幸好有妆容支撑，季秋偏过头，不让别人看出这一角落里男人突然放肆的举措，还有自己无法遮掩的羞赧。

季秋的半边身子都因为他方才做的事变得酥软，男人炽热的气息以及目光让她的皮肤起了一片战栗。她在别人看不到的角度里瞪他，仿佛在说自己明明什么也没做。

秦琢低声轻笑，在她的眼神中不合时宜地感觉到了愉悦，最后才是真正的耳语："总之现在不行。"

以后，她想怎么看就怎么看。

虽说秦琢善于忍耐，但是从他的眼神还有偶尔出格的举动中，季秋还是能清晰感觉到他的进攻性。

　　这份紧迫感不是突如其来的，而是很聪明地以秦琢的方式步步为营，让季秋一点点接受，继而卸下心防。

　　然而他们那头还没有等来更多进展，反而是季秋先等来了秦家老太太的邀请。

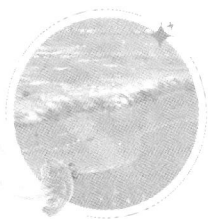

/第十章/
我爱你

秦家老太太在四九城中是稳坐了多年尊荣的老人，哪方人物见了她都要礼让三分，她婚后相夫教子，很少参与应酬，然而秦家老爷子去世后却把家业全交给了妻子而非几个儿子，这在当时几乎让所有人都瞠目结舌。

可当时的老太太从深闺后院走到人前，竟也展现出了足以成为一家之主的气魄。她以不输给丈夫的手段和魄力稳住了秦家，在一片质疑声中带着秦家渡过一个又一个难关。

她无疑是一个传奇的女人，能让秦家这样的大家族团结一致，教育出的两代人没有出过任何龃龉，如今也在各领域成为不可动摇的存在。丈夫的爱重、儿孙的孝奉、外人的赞颂，秦家老太太这一生可以说是享尽所有女人都羡慕的东西，直到孙子在秦氏坐稳位置，她才再次从人前退下来，鲜再与外界打交道。

这份邀请还是秦家老宅的管家亲自送过来的，对方是秦家老爷子的心腹，比老太太年纪还大些，季秋也认识。

老管家这些年把外宅事务处理得井井有条，院内的琐事则是秦姨主要负责打理，近十几年来秦家没有出过较大的乱子，足可见老太太虽低调隐居，可作为秦家的主心骨仍旧是秦家安稳的重要因素。

对方没有久留，把老太太的话转述后便朝她微微躬身，转身进了黑色轿车，分寸把握得极好，却给人无形的压迫感。

但季秋并没有太紧张，甚至于她感觉老太太的邀请来得有点迟了，像是一直在打量。

受邀日当天，老太太在玻璃花房喝茶，还没等来季秋，先等来了自家的二孙子。

秦琢今日穿着常服，因为不用去公司，直接从家里过来了。他走进花房的时候身上披着外头的日光，金色光斑洒在他身上，被他不留意地掠去。

他侧头的角度很像年轻时候的老伴，纵使老太太不想见他也忍不住多看了几眼，随后在他走过来之前移开了头，继续照料自己的花。

秦琢到了老太太身后，也不出声，看了一会儿老太太的手法，看不出门道，倒像是想起什么，说了句："家里的白扦最近看着有点虫蛀。"

听到这话，老太太果然不得不搭理，停下了手上的剪子："怎么不早说？我让人去看看。"她瞥了他一眼，"那是从山西老家迁过来的，岁数大，你让你手底下的人看好了，它要是没了我就找你。"

那棵树的确有很多年头了，比爷爷的爷爷年纪还要大，当年他们两口子把家迁到这边顺便也捎上了它，秦老爷子去世前有一阵特别喜欢在树荫底下看书，后来也是在树下离开的，据说走的时候他就是坐在树下的躺椅上，手上的书页隔了十分钟也没动，还是老太太第一个发现的。

那会儿秦琢还很小，被父母从学校牵回家时看见老太太抱着已经合眼的老爷子，最后为他盖好披肩，什么也没有说。

老太太是在那几年后搬走的，她似乎不想再留在那座充满了回忆的宅子里，看见那棵白扦也会触景生情，便干脆找了个清净地儿搬了出去，但每年都会询问树的情况，越是年岁大，养护起来越麻烦，老太太定期会派人过去做专门的维护，光费用就是能让人瞠目结舌的金额，可见她的重视。

老太太说完也不等秦琢回应，回头跟候在一边的秦姨嘱咐了几句，十分上心。

秦姨听完马上就出去安排了，离去前含笑看了秦琢一眼。

秦琢见老太太开口了，才转身在一旁的椅子上坐了下来。

老太太一开始就落了被动，脸色不改，擦了擦手也跟着坐了下来，问："今天没请你，你来干什么？"

秦琢看着她，直接说："奶奶想了解什么，找我更快。"

老太太冷哼一声："敢情什么事情都要我主动查，早些天你怎么不来呢？"

秦琢知道老太太不满，主动认错："孙儿有错，但也是因为之前没有把握，所以没有事先让您知道。"

这几天陆陆续续有一些消息送上来，老太太知晓个大概，当然包括自己这孙子追人追得有多辛苦，有多张扬，包括前阵子的晚会照片还在她手里压着呢，在那样的场合举止亲密，是嫌知道的人不够多吗？

越想越没好气，老太太喝了一口茶压火。

秦琢沉默了半晌，才对她说："过去几年没有珍惜眼前人，季秋……她跟着我不好过，现在我追得很辛苦，奶奶，求您不要为难她。"

老太太这才仔细端详起孙子的表情。

他一贯高傲，当时出国也是偏着一口气，不解释，惹得她不痛快，才让他出国之后走得比别人要难太多。

不然以他的身份出国是踩在比别人高的台阶上，根本不会被人处处为难。

但纵然这样他都没有为自己的处境向家里妥协，也难得见他为谁低头。

如今一比较更不是滋味，老太太冷哼一声："你以为我要怎么着她？她老子是季夏！她家老爷子是季怀新，现在还在呢！不要以为人家不是干实业的就不把他们当一回事，更何况季家那群文绉绉的老一派还未必看得上咱们一身铜臭。"

秦家祖籍在山西，就算这几辈在这边扎了根，看上去家大业大，但硬要比家底，也比不过血缘、出身都在这里的季家，那才是真正的"本地人"，甚至历代都有族人入仕，在京中关系盘根错节，也就一群年轻没眼界的会觉得这样的家族放到今天不足为惧。

季夏舞弄笔墨，看着做一些不着调的东西，但他是季家正统嫡孙，也是季家近三代以来唯一一个天才，当年季夏被抽出家门时季怀新都没舍得和他断绝关系，足以可见他的地位在季家是不同的。

而且老太太说得没错，季怀新出身清贵，自诩高门，是现在众人眼里的老古董，还真看不上秦家这些商贾之流。

秦琢闻言，眼睛一抬："那您找季秋过来是干什么？"

老太太翻白眼，说："我要看一眼孙子的心上人不行吗？你们两兄弟没有一个让我省心！两个都护着自己媳妇儿，是怕我吃人吗？"

秦琢："夏佳楠见了您之后就跟大哥提了分手。"

这番含沙射影气得老太太手抖，指着他恨不得把他撵出去："你这说的什么话？我那是赶她走吗？他们小两口把事情闹得那么难看，我再不出面秦肃才是真的要丢媳妇儿！"

而且现在也没分啊，不是出国治疗好好的吗？医生还是托她老人家的面子才请到的，他们两兄弟还敢怪她？

秦琢见老太太气得捂胸口，给她添了茶。老太太却不买账，挥挥手赶他："你给我滚。"

秦琢岿然不动："那不行，我的人我得自己看着。"

现在人还不是他的，难保老太太不心疼人，说话指不定哪儿重了。

季秋的家里人是家里人，天高皇帝远，哪怕事后可以撑腰，现成的委屈抛了就得挨着，到时候他找谁去？最后难上加难的还是他。

秦琢是生意人，做不来那么高风险又低收益的事。

季秋到的时候压根儿没想到秦琢会在。

她和秦家的关系一直都不算太差，年少时也曾来做客，只是次数不多。

毕竟他们两家也没有什么生意可以来往，她的那点交情都来源于秦家两兄弟。

多年没见老太太，老太太精神依旧很好，一个人的精气神从眼睛就能看出来，虽然身体伛偻，但双眼仍旧有神，乍一看仿佛没有老过。

"来了。"

老太太还在料理那些花花草草，余光扫到孙子的表情，心里哼了一声，嘴上招呼着。

季秋应了一声，扫了秦琢一眼，秦琢自她出现就一直看着她。

今天她穿得很清爽，淡绿色泡泡袖上衣，下身浅色牛仔裤，把腰间到小腿的弧度勾了出来，站在花园里显得干净又温柔。

玻璃房内花香袅袅，秦姨上了自己亲制的花茶，季秋坐下后跟秦姨礼貌道谢。等秦姨离开后，她才看向秦琢，用眼神询问他为什么会在这里。

秦琢喝了一口，避而不答："自己坐车过来的？"

季秋顿了顿："不是。"

秦琢从她这个停顿察觉到什么，盯着她："谁送你？"

季秋看了眼不远处不知道能不能听到他们说话的老太太，低声说："祈年路过北京，会待两天，我顺便跟他聊了聊办展的一些注意事项。"

秦琢放下茶杯，嘴边的笑意都没了。

季秋直觉自己没必要心虚，好不容易端住了表情，片刻后听见他说："辛苦他做顾问了，秦氏会记下这一笔。"

这话说得，硬是要把今天他们吃饭的性质归为"公事"。

不远处的老太太闻言，心底啐了一声。

这孙子不要脸也是隔代传的。

季秋大概没想到他会突然这么说，愣了一下，随后视线落在老太太的背影上，不理他了。

秦琢："……"

喝完一杯茶，季秋也不想和秦琢这样干坐着，便走过去帮老太太的忙。

这个花圃里的所有植物老太太每天都要亲自打理，一天下来全部时间基本都耗在了上面，季秋走近的时候她没有不同意，但怕季秋剪坏自己的花，只让她浇水施肥。

季秋戴上秦姨递上的手套，拿起水壶浇水。她因为照顾过兰花，因此对养护也有了解，浇水施肥都做得很熟练。

偶尔她们会低声说话，老太太没有询问其他，只是问了问公司的事，她调往技术部，老太太也知道。聊完这些后，老太太便像普通长辈一样，问季秋这几年有没有看对眼的人。

话音刚落，秦琢就下意识看向季秋，季秋却像是察觉不到他的视线，摇头说没有。

秦琢捏着茶杯的手指微微收紧。

老太太淡淡道："那肯定有追你的吧。"

季秋温和地笑笑，没有否认："有的。"

"是刚才送你过来的那个吧？"

闻言，秦琢起身就出去了。

玻璃花房一下子安静下来，秦姨看着离开的二少爷，笑着摇摇头，关上了门。

季秋表情始终没变过，依旧安静地做着手上的事，目光专注。阳光透过玻璃洒在她身上，影影绰绰，亭亭玉立。

"终归是长大了，有点男人的样子了。"老太太淡淡道，手上的剪子有条不紊地动着。

季秋应了一声。

"他那个性子，想要些什么，都不是一件容易的事，不管这些年发生了什么，孩子，奶奶都谢谢你。"

除了这句，再没有多余的话。

季秋不去猜这话里有什么深意，她现在走的每一步都随遇而安，这些年让她明白最深的便是感情很难被强求，也很难被外物左右，她爱了那个人那么多年，走到今天，对旁人的所思所想已经全然不在意，她只需要追随自己的心就够了。

季秋陪老太太待了许久，但没有聊很多，大多时候都是照顾花草，再坐下一起歇息。

天色渐晚，太阳快下山了，光色被云雾削薄，四周万籁俱寂，季秋礼貌地向老太太告辞。

其间秦琢没回来过，季秋以为他离开了。

可没想到她刚出玻璃花房，就看见他靠在一边的柱子上，似乎在等她。

季秋没理他，越过他想要出去。

秦琢在她经过自己面前时伸手拽住她纤细的手腕，轻轻用力。惯性使然，季秋往后跟跄了两步，另一只手不可控制地压在他胸口保持平衡。

秦琢低头看她，说了句："骗子。"

季秋抬头，不答话。

她知道他是什么意思。

但秦琢却没再往下说。

他眼里像是压了一团火，因为她的那句否认，而后却在她的目光下慢慢偃旗息鼓。

他不敢往下说。

因为怕她回自己一句"曾经喜欢过"。

他总是很容易在她面前陷入狼狈，当初他让她有多委屈难过，如今立场调转，她成了他的命门。

他为了自己了解她而自得，她又何尝不是比自己更了解他？

而且，她本就是自由的，不属于他，也不属于任何人。

最后秦琢还是压下了心里的火，再开口的时候满嘴都是苦的："时间还早，去我家吃饭？"

顿了顿，秦琢抿了抿唇："我给你做。"

在他们把一切都说开后，季秋就几乎没再去过秦琢家。

如今身份和心境都转变后，这样的说法就显得和以前不一样了，那是一个男人对女人的邀请，他们对此心知肚明。

季秋也不知道在想什么，她微微抬头看着秦琢注视自己的目光。他的脸色虽然没怎么变化，但嘴唇微抿，泄露出一丝苦涩。两人目光相对的时候，他的视线专注，看得人心头发烫。

季秋点头同意。

秦琢这才松开她，下一秒牵起她的手。

季秋没有挣脱。

一路上两人没怎么说话，心里都有事，只是牵着的手几乎没松开过。

快到家的时候秦琢给家里打了个电话，让管家把食物按照他说的方法稍微处理一下。

秦琢报出的菜名是他会的为数不多的几道，是以前他们在国外的时候他自己看着菜谱学会的，为了应付两个工作狂，有时候季秋来不及做，他便自己下厨做两人份。

说起来季秋也有好久没吃过他做的饭了，她还记得当时的自己对于他能学会做饭这件事挺诧异的。

到家的时候是下午五点多，两人进屋的时候季秋不经意间看向窗台，随后不着痕迹地顿了顿，目光所及处那盆红柱兰不见了，换上了一个眼熟的摆件，好像是有一年某个合作方送的，当时秦琢转头说送给她，她没要，后来就不知道被收到哪里去了。

季秋猜想或许是盆红柱兰的状态不错，被他重新拿上楼了，也就没有问。

秦琢进门后直接去了厨房。

别墅的厨房很大很开阔，所有智能设备都是顶级配置。

因为他们回来得早，家里的用人还在做清洁，秦琢没让她们离开，他需要一些人打下手。

他把袖扣解开，然后把两边袖子捋起来，露出线条流畅的小臂，一边检查肉的状态，一边低声跟管家说了什么。管家点头，去吩咐用人准备酱料。

季秋坐在餐厅，稍微能看见厨房的情景。周围的用人做事小心翼翼的，几乎没有发出一点声音，季秋在这样的环境下渐渐有些昏昏欲睡。

肉要腌渍半个小时，把所有食材都准备好后，秦琢准备上楼换套家居服，结果刚出来就看见季秋趴在餐桌上睡着了，他停住了脚步，转而走上前去。

身后的管家见状，使眼色让周围的人都先退出去，然后上楼给秦琢准备替换的衣服。

秦琢静静地走到她身边坐下，此时窗外还有余晖，暖黄的斜阳透过巨大的玻璃窗洒在她脸上。

她不再是当年脸上还有一点婴儿肉，肌肤也清透可弹的年纪了，但皮肤状态仍旧很好，白皙无瑕，几乎看不见毛孔，加上化了淡妆，若有似无地散发着女人味。

秦琢注视着她，忍不住想要伸手触碰，最后什么也没做。他安静地看了一会儿，转身离去。

他上楼洗了个澡，其间管家一直站在衣帽间外安静等待，直到秦琢换好家居服，一边整理领口，一边头也不抬地问："有事？"

管家欲言又止，直到秦琢看过来，他才说："今天收到夏小姐那边寄过来的生日邀请函，下个月13号要在美国办派对，大公子那边不知道是什么原因，还没有给我答复。"

这邀请函着实让管家有点难办，要搁以前也不至于，但如今秦肃和夏佳楠的关系有点复杂，说是出国治疗，但其实是夏佳楠在接受治疗，陪行的只有她的经纪人。

秦肃虽然也去了美国，但两人不知是出于什么原因，始终没有见面。

这邀请函是寄到秦家来的，上面写着兄弟两人的名字，管家猜不出来这是出于私人意向还是礼貌性的邀请，询问了秦肃那边也没有得到答复，最后只能交给秦琢做决定。

秦琢整理的动作慢了下来。

他已经很久没有去关注秦肃和夏佳楠之间的事了，只大概知道老太太私下为夏佳楠安排了最好的医疗团队，并且在夏佳楠去美国后没多久秦肃也跟着去了，只是两人不住在一起，看不出来是否和好。

夏佳楠是一个骄傲的人，秦肃又何尝不是，只要提出分开，这道疤痕在他们之间就永远存在。不过那是他们之间的事，秦琢自然不会去干预，他在这一块吃过亏，以后不会重蹈覆辙。

秦琢猜这次的生日邀请是夏佳楠对秦肃的一次示弱，加上她在出国前受了自己的关照，为了表达感谢，所以才寄到秦家。

但秦琢没想过要去，那是季秋心里还没过去的坎儿，光凭这一点秦琢就不会去见她。

然而这思考的间隙在旁人看来就像是秦琢为了夏佳楠的事在走神，自从秦琢回国后，管家多多少少能感觉到一些秦琢对夏佳楠态度微妙的地方，何况夏佳楠喜欢兰花是众人皆知的事。

但他做了管家很多年，多余的话他不会说，而且如今秦琢眼里只有季秋，这个他还是看得相当明白的。虽然没搞明白状况，但岁数和阅历摆在那儿，因此只要是事关季秋和夏佳楠，管家更是不敢擅作主张。

秦琢下楼到餐厅的时候顿了顿，他不着痕迹地皱眉，随后到客厅去，只见两个用人在打扫。

用人回头见到秦琢的脸色，面面相觑。半晌，听见他问："人呢？"

她们知道他在问季秋，但同时脸上也闪过几秒疑惑，其中有一个回答道："刚才季小姐醒了后上楼找您，少爷没见到吗？"

在玄关的一个用人闻言，连忙走过来说："刚才季小姐说出去走走，应该还没走远。"

管家刚想对秦琢说让他别着急，秦琢已经转身跑了出去。

白扦树最近情况不大好，冷木的味道淡了许多，以往季秋来家里的时候身上总是会浸染上这种木香，闻着和自己身上是一样的味道，让他们之间有种无形的亲密。

然而秦琢此刻却被这若有若无的气味勒得呼吸困难，那变淡的香气仿佛在昭示着什么，让他惧怕起她的离去。秦琢脚踩油门，把车开了出去。

秦琢不知道她方才上楼听到了多少，误会了多少，只是想到之前那次她隔着电话也是一样，不是出声询问，而是一声不响地挂了电话，那次他知道自己让她很难过，没想到这次阴错阳差，还是这样。

不能让她离开。

秦琢开车的时候脑子里只有这个念头。

然而往外绕了一圈都没有看见季秋的身影，按理说从别墅到主干道的路很长，他追出来的速度很快，人应该还没走远，可就是没有找到，这让秦琢越发感到焦躁不安。

很快管家就给他来了电话，电话那头不知道说了什么，秦琢把车停在路边，久久没动。

过了一会儿，他把车往回开。到院子的时候停了下来，他下车，往后院走去。

人果然还在，随着他逐渐走近，那道身影便越发清晰。

季秋背对着他，和白扦树并排站在一起。从这里能俯瞰山脚的别墅区，还有远处清晰可见的群山，那头还没被开发，立着两座高塔。

她安静地站在那里，不知道看了多久，也不知道在想些什么。

秦琢没有再走上前，看着她的背影，眼底不知不觉涌出一股温热的感觉，却舍不得眨眼。

她好像一直都是这样，永远都不会离开，这些年在他不知道的时候受了伤，就自己找个离他不远的角落舔舐伤口，她或许习惯了这样。

这么多年，她没有一次去尝试留住他，明明愿意为他做任何事，却从没想过要彰显存在感。

她其实与自己同样骄傲，这些年待在他身边就已经把她的力气用尽了。

在最后一抹余晖消失前，秦琢突然快步走上去，从背后抱紧她。

这时候气温已经悄悄降下来，风也变大了。

季秋原本已经准备回去，然而还没等她回身，她就已经被一双有力的胳膊紧紧抱住，浑身动弹不得。

秦琢把头埋在了她的后颈，似乎是不想让她看见自己此刻的表情，开口的时候嗓子很哑。

"季秋。"

他叫她的名字。

季秋想要回头，他却不让，又低低地叫了她好几声。

他嚼着这个名字，简单的两个字让他心动又心痛，他知道自己这辈子再也不会遇到一个女人像她一样，能在他心里烙下那么多痕迹，夏佳楠也不能。

"我爱你。"

周围很安静，只有风声混杂着树叶摩擦的声响，季秋以为自己听错了，怔怔地看着前方。

她的发丝被他压着，只有一些碎发在动，秦琢稍微把脸抬起来，在她耳边低声说："你要跑没关系，因为不管你跑多少次我都会追出去，不管你去了哪里，我都会找到你，不会再让你偷偷难过。"

最后一丝阳光也消失殆尽，他们就这样站在昏暗中。季秋眼眶有些湿润，她闭上眼深吸一口气，冷风灌进胸腔，让她足够清醒。

她忽然转身，双手捧着他的脸，不顾一切地吻上去。

秦琢觉得自己这辈子都不会忘记这个瞬间，似乎有什么东西撞在了自己胸口，"哐当"一声，砸得他动弹不得。

她的嘴唇冰凉，却很柔软，带着一丝义无反顾，让这个傍晚一下子就热了起来。

也让男人的心一下一下缩紧，像是被勒了一根绳索，牵动绳索的那头被她攥在手里，让他不自觉地颤抖起来。

秦琢重重地闭上双眼，反身把她压在树干上。白扦的树皮厚且硬，他用手垫在她的后脑勺和树干之间，手背被压出一片印子也不管，另一只手把她的腰紧紧压在自己身前，恨不得让彼此之间不留一丝缝隙，好让两颗剧烈的心能融合在一起。

这是她最后的孤注一掷，秦琢明白，这个认知让他心疼到难以呼吸。

男人的吻带着浓烈的掠夺意味，很快深入牙关，卷走她的呼吸，他感觉到她把手心贴上他的脸颊，就是这么一个动作让秦琢的心一下子就软了下来，张嘴的时候泄露出一丝颤抖。

他吻得那么深，把她抱得那样紧，就像迷途的人对待失而复得的宝藏。

不知道别墅里的其他人是什么时候离开的，他们跌跌撞撞地上楼，没有遇到任何人。进门的时候季秋被绊了一下，差点摔倒。

一路上她被吻得有些缺氧，意识都变得模糊，只能感觉到身体被对方抱住，让她勉强保持平衡，直到打开房门，眼睛才稍微适应了黑暗，然后她就看清了秦琢的表情，男人的双眼发红，里面含着炽烈的情绪，犹如一头困兽。

她的手轻轻抚上去，被他拉住低头亲吻手心。

他们没有询问对方是否要继续，因为他们浪费了太多时间，他们早该是彼此的，幸好现在还不算晚。

房间里没有开灯，外头的月色便显得更清晰，然而季秋根本无暇看别的地方，她凝视着秦琢，眼里除了他，什么也装不下。

她看着他好不容易从细密的亲吻中抽离出来，跪在床上直起身，解开熨帖的衬衣，然后单手解开皮带。

季秋从不知道男人做这个动作会如此性感，黑暗中她察觉到自己的喘息声太大了，往后倒在床上，单手盖住双眼，艰难地深呼吸。

随后耳边响起皮带落地的声音，紧接着是窸窣几声布料摩擦声……很快她的嘴唇再次被吻住，盖着双眼的手被轻轻拉开。

他们对视一眼，他眼底似乎有太多话想对她说，看得季秋眼睛也慢慢热了起来，可最终他们谁也没有开口，她看着他低头，吻住她心口的位置。

季秋从未在这个角度看过他，他在她面前匍匐，亲吻得虔诚且动情。

她眼眶终于彻底湿润了，在一波波快感下，泪浸湿了床单，季秋在某个瞬间把他抱在怀里，好像终于彻底拥有了他，感受到了他完完全全属于自己。

他亦把她紧紧抱住，粗喘着亲吻她的发端、汗湿的额角，以及每一道跳动的脉搏，直到筋疲力尽，也不曾松开。

醒来的时候，满目昏暗，厚重的窗帘里三层外三层地拉着，让人分不清现在到底是白天还是黑夜。

空气中的气味，腰间的手，让季秋一瞬间分不清梦与现实。

昨晚放肆的记忆有如潮水般涌来，季秋维持着姿势一动不动，等脸上的热度降下去，头脑也清醒了，才稍微回过头，看到男人沉睡的正脸。

他把鼻子埋进她的后颈，又把她整个人裹在怀里，手霸道地禁锢住腰部让她身子往后贴。

季秋的眼睛有点酸胀，是哭太多的后遗症。

她伸手找到床头的遥控，按了一下，电动窗帘慢慢打开，有日光透了进来。她下意识朝熟悉的角落看去，顿时整个人都愣住，窗台干干净净，什么也没有。

季秋小心拨开腰间的手，缓慢爬起来。她看到地上一片狼藉，揉了揉额头，放弃了把衣服捡起来穿上的念头，站起来往窗边走。

不是梦。

她看着那块空白的地方发怔。

他把所有关于过去的痕迹都清理了，只留下了一片日光。

季秋晃神间，身后的人不知道什么时候醒了，背部贴上炽热的胸膛。秦琢闭着眼，神色还困顿着，但双手却像是本能一样抱牢了她，和昨晚相差无几的力道，让人能感觉到不容忽视的珍视。

"在想什么？"困倦的嗓音低哑又性感，他在她颈间轻蹭，享受着这份亲密。

季秋心里也不知道什么意味，半晌才说："你不用这样的。"

其实她对于这些外物并不在意。

从始至终，她不过是希望自己能被他放在最重要的位置。

她其实已经想通了，昨晚他追出来，她心里就知道自己已经不会再回头。

可是秦琢却亲了亲她的脖子，说："我知道，但我愿意。"

季秋没有接话。

得不到回应，秦琢也不恼，他把她横抱起来，回到床上，身子覆上去细细密密地吻，要让她脑子里只有自己。

季秋被亲得满脸通红，被疼爱过的眼神变得诱人而不自知，她揪着他的头发试图阻止他一大清早就放肆，嘴唇被含住还坚持断断续续地说："今天……有跨国会议……"

"那是下午。"秦琢吻得比方才更投入，也更动情。

"我梦到过很多次。"

季秋听他在耳边低喃。

"是你让我如愿以偿了。"

他们就这样荒唐掉一个上午，直到楼下传来用人小心翼翼打扫的声音，两人才勉强收拾妥当。

季秋习惯了照顾他，但今天反被秦琢照顾着洗漱和换衣服。

秦琢笑得十分愉悦，低沉的笑声从衣帽间传来。管家在房间门口站了一会儿，笑着转身下楼，没有惊扰他们。

再出门的时候衣冠整齐，但两人的心境和昨天都大不相同了，司机载着两人驶出花园，秦琢让季秋靠在自己肩头休息，手攥着她的手放到嘴边自然地碰了碰。

自打他回国后就没人见过他这么情绪外露的样子，司机在后视镜偶尔瞥一眼，心里都忍不住啧啧称奇。

到公司停车场之后，季秋拨开了他的手，秦琢表情没怎么变，一双眼凝视着她。季秋哪能不懂，凑上前亲了亲他高挺的鼻梁做安抚，然后说："现在不是好时机，在公司别腻歪。"

现在虽然是秦琢在管理公司，但实际上还没真正得到公司几个大股东的认可，这是一场很长远的仗。

在这样的关头传出办公室恋情多多少少会给他带来影响，对她接下来要进行的工作安排也没有丝毫好处。

季秋想了很多。

"而且我最近在忙着筹备开展，你别让我分心。"

季秋以为秦琢不回应是心里在斟酌，其实秦琢是听着她用女朋友那种略带强硬的语气和他说话，一边觉得很是受用，一边放在心里反复细品。

肉体关系是很浅薄，但简单有效，他喜欢她对着他的这份放肆，当然也乐得惯着。

他见她皱起眉观察他的反应，才故作妥协地点头，最后把她的口红亲花了。

腻歪了十分钟，两人收拾好后分头下车，上电梯后也默契地保持着以往的距离，不近不远，开始讨论工作的事。

以许助对秦琢的了解，他早就猜出来他们发生了什么事，尤其是今天秦琢一看心情就非常不错。

他们直接到会议室碰面，出了电梯后秦琢直接走进去，季秋看着许助的表情，以为他有什么事，停了停。

谁知道许助看着她，双眼微亮，随即低声用只有两人能听见的声音说："恭喜。"

季秋微微一笑。

许助抿唇，又添了一句："秦总很不容易。"

秦琢的难受虽然从不说，但许助作为这段时间尚且算是离他最近的人，能清楚感受到。

季秋点头："我知道。"

然后她走进会议室。

他们来得比定下的会议时间提前了不少，其他人还没到。

季秋进去的时候秦琢正好把西装外套脱了挂在椅背上，坐下来后看她一眼，问："说什么了？"

季秋："说恭喜我们。"

秦琢似乎勾了一下唇角，拿起许助放在桌上的文件翻开，半晌道："是该恭喜。"

然后等许助端着咖啡进来后，他三两句话便把今天公司下午茶全包了。

季秋无奈，但也没辙，随他去了，开始拿起平板电脑跟他汇报展厅大型装置的最新情况。

虽然有些累，可下午开完会，季秋还是跑了一趟展博会的现场。
那里如今已经清场得差不多了，正准备为下一次的展出做改建和
加固。

设计师在一旁量尺，她便和技术总监讨论到时候装置的运输、
搬运以及安装问题。

技术总监是她千挑万选出来信得过的老人，做酒店装置也有
二三十年，在技术这一块不说顶尖但胜在稳妥，基本不出错。

他给了季秋一些建议，让季秋落实到工厂，季秋让身后的秘
书记了下来。

时间很快过去，就在设计师也准备离开的时候季秋接到秦琢
的电话，他应该是已经结束了工作回到办公室："结束了吗？我
去接你？"

季秋向设计师点头告别，然后往外走去："刚结束，但我想
回趟家。"

昨晚没回家，蔡敏在手机里问了一晚。

秦琢的手指轻轻敲着桌面，没有说什么。

季秋不知为何无声地笑了笑，补充了一句："换套衣服来陪
你吃饭。"

秦琢这才低低地"嗯"了一声，挂了电话。

季秋摇摇头，让秘书先回去，自己开车回家。

到家的时候蔡敏正坐在沙发上玩手机，见她回来，上下打量
了她一眼，啧啧有声。

季秋放下包，边换鞋子边问："怎么？"

蔡敏趴在沙发扶手上，眯起一对火眼金睛："你昨天出门穿

的不是这件吧？芬迪的连衣裙……不是你的风格。"

这条裙子是管家临时准备的，芬迪的今季成衣新款，宝蓝色及膝裙，精致的蕾丝领口把纤细的脖颈轻轻束住，耳环是同色碎钻珍珠耳扣。

蔡敏从小混这个圈子，对季秋一贯的喜好和穿衣习惯也摸得分明，看到季秋这一身打扮，她就笑得一脸意味深长。

季秋抿唇瞥她一眼，然后走到沙发上坐下，把身上的饰品一个个摘下来。

虽然还有点舍不得……想起对方给自己戴耳坠时习惯性摩挲耳垂的画面，季秋轻咳一声。

蔡敏用肩膀轻顶她，明知故问道："你，和秦琢？"

季秋点头。

她也没想过瞒蔡敏。

蔡敏盯着她的表情，看见她眉眼含笑，一副不自觉陷入热恋的模样，举手投足散发出来的美丽让人看了羡慕，忽然扑上去抱住她。

季秋差点被蔡敏扑了个仰倒，哭笑不得地回抱她："干什么？"

蔡敏："没，就是替你高兴。"

季秋垂下眼帘，半晌安抚地拍了拍她的肩膀："谢谢。"

姐妹俩多余的话不需要说，季秋换下衣服去洗了个澡，现场灰尘太大，她觉得嗓子里都堵了一层灰，闷得让人难受。

秦琢就像是在她身上安了监控一样，她刚化好淡妆，他的电话就来了。

她看到名字接起之前走到窗边，撩开了窗帘往下看了一眼，果然在停靠区看见一辆眼熟的迈巴赫，低调的黑色，若不是太熟悉，季秋也不会发现。

蔡敏也跑过来往下看，顺着她的目光找到了那辆迈巴赫，顿时又"啧"了一声。

季秋接起电话："现在就下去。"

秦琢猜到她往下看了，笑着"嗯"了一声。

蔡敏在旁边忽然说了一句："秦总不请顿闺蜜饭吗？"

季秋瞥了蔡敏一眼，蔡敏笑嘻嘻地晃晃脑袋。手机那头的秦琢低笑一声，随即说："下次吧。"

季秋问："晚上有工作？"

秦琢："没有。"

他回答得很快，之后顿了下，下一秒像是不让人听见，低声说了句话。

季秋的脸肉眼可见地涌上红潮。

蔡敏虽然不知道秦琢说了什么，但看到季秋的脸，大呼着"受不了了""不去当电灯泡"，然后钻回房间化妆，打算出门自力更生。

季秋挂了电话，敲了敲蔡敏的房门："真不去？"

她心里还烫着，偏偏做出一副若无其事的模样。

蔡敏："不去！不去！"

季秋无奈地笑了："那下次。"

蔡敏："你放心，这顿饭他以为能跑得掉吗？"

季秋换鞋下楼。

刚上车就被男人的手扣住后颈拉到跟前，季秋身子不自觉往前倾，脸却努力往后仰，承受着男人霸道的亲吻。

口红又白涂了。季秋轻喘着气，露出了脆弱的脖颈而不自知。

果然秦琢很快放开了她的唇，沾了口红的唇瓣往下吮去，贴着她的锁骨轻吻。

"你跟蔡敏说了我们的事？"

季秋嘀咕："没有，她看我换的衣服，猜出来的。"

看她郁闷的模样，秦琢贴着她的脖子，低声笑了。

北京眨眼间迎来了冬天。

在季秋有条不紊的准备下，新组建的团队已经初步磨砺成型，博览会十分出圈。

这次不管是主题还是布展质量都是近年来最优秀的一次。

这些让人惊艳的作品和装置好几天都是热门话题，加上秦氏的一系列联动营销，和几位艺术家合作的秦氏旗下的餐厅与商场都举行了和这次博览会相关的主题联动，迅速成为不少人朋友圈中的热门打卡点。

每次季秋去巡场都看到现场被挤得水泄不通。

网络上对这次的展出和联动赞不绝口，季秋也因此在公司高层会议中崭露锋芒。

原本人们对季秋的印象更多是和秦琢绑定的，然而当会议上季秋首度上台做这次展会的各项汇报时，所有人的目光都多添了几分审视和赞叹，看这个女人曾经被质疑也不骄不躁，最后一步一步用成绩让自己站稳脚跟。

秦琢在长桌的末端看着荧幕前的她，喉头微动，手指无意识地在台面摩挲。

最后总结发言的时候，季秋直视着台下所有人，她的眼里没有丝毫与他相处时的缱绻，而是独立、坚韧且铿锵有力。

这一路来她不依靠任何人，那样骄傲绽放的姿态让秦琢心潮澎湃，也让他觉得骄傲。

散会后，秦琢让季秋和技术部负责人留了下来。两人汇报了收尾事项和技术合同的概要，大概半小时后结束，技术主管率先起身告退。

季秋没有走，在收拾桌上的文件，两人神色如常。

直到许助轻轻关上门，秦琢站起身握住她的手腕，下一秒季秋被拽上台面，秦琢伏在她身上，头埋下去，重重亲吻她。

到了这一刻，季秋的眼神才彻底柔软下来，变成了私下里那个温柔又顺从的她。

季秋上半身躺在白色台面上，新烫的波浪卷柔柔地散开，又被秦琢用一只手拢起来，他按住她的后脑勺，让她仰起头更贴近自己。

这时候的季秋不再是刚才汇报时的季秋，她把身上的淡然卸了下来，抬起双臂环住男人的脖颈，每一寸肢体语言都透露着纵容。

秦琢在她耳边轻轻地说："博览会结束了，你是不是要兑现承诺？"

季秋有点受不了，身上的热度让她无法思考，便仰起头，想要稍稍往上挪一下，却被秦琢不满地掐住腰重新按了下来，两边贴得比刚才还要紧密。

他知道这有点卑鄙，但谈判需要讲究手段，他承认自己有故意的成分。

季秋在他的气息包围中有些呼吸不畅："你……想清楚了，真的要我搬过来住？"

同居这个提议秦琢已经想了很久，上次提出来的时候季秋说等博览会结束后再考虑，他软磨硬泡了好久，才让她疲惫不堪地点头，算是迷迷糊糊地同意了。

季秋原以为只是说说罢了，可没想到他那么认真，越来越觉得自己是掉进了坑里，此刻磨磨蹭蹭，就是不给个痛快。

秦琢却非要今天把这事给定下来，高挺的鼻翼磨着她的颈侧，闭着眼睛诱惑道："搬过来不好吗？"

季秋缩着脖子，咬着下唇轻笑："距离产生美。"

她这话说得一点都不像是热恋中的情侣，秦琢惩罚地轻咬她的肩头："我想抱着你睡。

"每天早上一起起床，一起洗漱，一起上班……我还能给你做早饭……"

季秋闭着眼睛靠在他肩头，低声和他比较着两人到底是谁做早饭比较多。

秦琢任她靠着，手掌顺着她的后背抚摸，两人带着亲密后的慵懒："以后我做给你吃。"

次数比不过，他只能用承诺打动。

季秋叹了口气，沉默半晌，才缓缓道："轮流做吧。"

秦琢一愣，把她捞起来："你同意了？"

季秋还是闭着眼，无意识地抬起头去找他的唇。

秦琢的心顿时柔软得一塌糊涂，低下头让她亲，在她张唇的时候听见她呢喃："其实有人做……"

说得好像平时他们会自己做早饭一样。

秦琢低笑抱紧了她："以后只要你想吃，我就给你做。"

最后好不容易如愿以偿的秦总差点没控制好自己，但两人也知道在会议室不合适，像两只猫一样缠绵了一会儿，秦琢就把人放了下去。

下班后，秦琢直接载着季秋搬家。

季秋哭笑不得，觉得没必要这么着急，但秦琢已经安排好了，挂了电话后一只手握着方向盘，然后倾身去吻她："你不知道我等了多久。"

季秋无奈，只能妥协。

对她搬家这事，蔡敏倒是一点都不诧异，反倒每次季秋去秦琢那儿过夜，秦琢还能把人放回来才更让蔡敏觉得惊奇。

热恋期的情侣，二人世界哪容得下别人，之前蔡敏还担心自己会不会被秦琢穿小鞋，这下好了，以后都没这顾虑。

秦琢进门后十分自然地去了季秋的房间，季秋给他倒水进来的时候看他一个大少爷亲自在给自己收拾贴身衣物，当即红了脸。她把杯子递给他，小声说："你还是出去吧，我自己来。"

秦琢腾不出手，抬了抬下巴，季秋无奈地把水杯递到他嘴边喂他喝。

"你以前不也总给我收拾衣服。"

虽然以前也有助理，但是秦琢有洁癖，很多时候都是季秋帮忙收拾。

他一开始觉得没必要，但后来两人对此都习惯了。

他都这么说了，季秋只能随他去了。

眼不见为净，季秋去了客厅，蔡敏看着她还是有些红的脸颊，啧啧有声，下一秒把她拉过来，故意用不大不小的声量对季秋说："房间我还替你留着，不管啥时候都可以回来。"

这意思就是——以后要是吵架了，闹掰了，没关系，这儿永远都是你的退路。

季秋笑着点头。

半晌，秦琢提着个小行李箱出来，牵起季秋的手，眼神冷冷地看着蔡敏："不会有这么一天。"

蔡敏可不怕他，她现在可是季秋的"娘家人"："谁知道呢。"

她耸耸肩。

这两人不知道为什么，从一开始就不怎么对付。

季秋安抚地捏了捏秦琢的手："那我们先走了。"

蔡敏还不怕死，点点头："走吧走吧，就拿点贴身衣物得了，省得到时候回来还要拿那么多东西，麻烦。"

季秋终于忍不住笑出声，在秦琢拉下黑脸前把人拉走了。

带那么点东西就足够的另外一个原因，是早在季秋第一次在秦家过夜后，秦琢就已经吩咐管家空出了另外一边的衣帽间，又把楼下的两间客房打通了做扩建。

从前秦琢家里只进高定男装，如今添了女主人，闻讯而来的品牌商也陆陆续续送来了不少下季度新品。管家按照季秋的尺码和平时的穿衣风格挑了许多让人送了过来，很快就填满了几大衣柜。

其实李秋自己本身就是品牌方的高级客户，但比起秦家多少还是差点。

秦家什么都不缺，这次搬家除了取一些贴身衣物，主要还是为了拿一些在家工作的笔记本和资料罢了。

到家后，秦琢把行李箱给了管家，季秋牵着他的手，看到他的表情，忍不住笑："还生气？"

秦琢没那么小气，他当然知道蔡敏对他的态度都是因为季秋，所以出了门脸色就恢复如常了，也知道季秋在故意逗他。

"蔡敏的性格和你很不同。"

季秋笑着，说："嗯，都说恋人和朋友都是互补才能相处得比较久。"

秦琢瞥了她一眼："我俩不是。"

季秋歪着头问他："哪里不是？"

秦琢凝视着她，片刻后手轻轻捧上她的脸颊，在初冬的风中低语："我们同样骄傲，你是我带出来的，我懂你就像你懂我一样。"

表面看似他坚韧，她柔软。

但彼此都心知肚明，他们本质就像世界上另一个自己。

只有自己最懂自己在想什么。

所以她才能在他眼皮底下瞒了他那么多年。

秦琢这辈子唯一的失误就是看不懂她爱着他这件事，但当他明白过来之后，也迅速地懂得了她的痛。

其实直到现在，秦琢都不敢肯定她是不是已经完全把自己托付给了他，因为他明白，她已经和以前不同了，虽然季秋仍然爱他，但这种爱再也不会像当年一样奋不顾身，爱他胜过爱自己。

自从拥有她，看着她的种种变化，看着她在商场中找到了自己的位置并越发耀眼，秦琢明白了一件事——在她曾下定决心放过自己的那刻起，她已经学会了先爱自己。

这与爱的深浅无关。

但他很庆幸，她能学会爱自己。

夜晚自然也是无尽缠绵，今夜秦琢比平时还要激动，缠了季秋好几次，最后季秋实在受不了了，颤颤巍巍地说："你再这样我就回去了……"

房里关了灯，他们借着月色亲昵，月光下男人的眼沉醉又痴迷。他深吸一口气，把她拥得更紧——

"都到这儿了，你还想往哪儿逃呢。"

季秋短促地呜咽一声，最后一丝抗议也被他完全盖住。

往后余生，他会一点一点地爱她，重新拥有她。

曾经她离他只有一步，他一回头她就是他的。

但他差点就把她弄丢了。

因此这次换他来慢慢追，他们未来有很多时间，她可以一点点琢磨。

"星火人间，我想陪你一起看。"

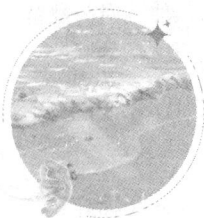

/番外一/
圆满

　　祈年办了一个为期两年的巡回画展，初始站在上海，之后辗转了国内几个城市，随后往欧洲方向出发，终点站定在北京。

　　他出发前和季秋见过一回，就在季秋和秦老太太见面的那天，还替她解决了一些展会上的难题。

　　两年后他终于舍得从国外回来，第一时间就联系了季秋。时间在一个艺术家身上沉淀的气质最为明显，因为他们都是如此感性，光是从电话里听到他的语调，季秋就觉得他变化颇大，变得比过去还要肆意豁达。

　　通话的时候两边有时差，祈年当时大概是在某个草场上，和风在比谁说话声音大，喊完还觉得有趣，和身边的人大声欢笑起来。

　　那笑声带着感染人情绪的力量，引得季秋也忍不住陪他一起笑。

　　挂了电话后，她被一只手搂进怀里。

　　季秋握住他的手，拇指轻蹭。

　　秦琢坐在床上看着笔记本电脑，偶尔敲击下键盘，过了半晌见她不说话，才问："祈年？"

房间很安静，祈年说话的声音又大，秦琢不可能听不到。季秋好笑地贴在他肩膀上，也不戳穿他，一边看他一心二用地写英文邮件，一边说："嗯，他后天回国，刚好也是他画展最后一站，我们打算聚聚。"

秦琢不语。

敲击键盘的声音有条不紊。

季秋继续说："他临走前给我们解决了大难题，还替我们邀请了张思老师做闭展嘉宾，于情于理我都要去谢谢他。"

两年前的博览会结束得风光又体面，其中祈年可谓是功不可没。

听到季秋说"我们"，秦琢脸色稍霁。他默念了一遍邮件确认无误，点了发送，盖上笔记本电脑，亲了亲她的额头："我也去。"

季秋挑眉："……你确定？"

秦琢面无表情道："他也是替公司办事，于情于理我也得当面谢谢他。"

季秋忍不住笑出声。

秦琢眯起眼，先把笔记本电脑放到床头柜上，随后反身把她按在被窝里，手往被子里头探进去："好笑吗？"

"不好笑……嗯……别……"

"嗯？"

秦琢的呼吸有些乱了，把人按得更用力，直接留下了印子。

季秋笑得双颊通红，她洗过澡，穿着奶白色缎面睡裙，整个人躺在深色被褥里像一块丝滑的奶糕，成熟而娇媚。

秦琢喜欢看她这样，有着千金的矜持，也有对爱人放纵的一面。女人随着年龄增长而深入骨髓的妩媚连带她性格本身吸引人的部分，在她身上形成一种勾人的美丽。她在被他滋养，他们都知道。

他太坏了。

夜里他们总是喜欢纠缠在一起，仿佛要弥补过去不曾亲密的时间，可今晚他尤其过分。

一直到去画展那天，季秋都对秦琢爱答不理，在公司里公事公办，午饭也不一起吃了，几乎中午一下班就和秘书去工厂盯进度，在家任凭秦琢怎么哄，也不怎么搭话。

画展当日，两人检票入内。因为是画展首日，人很多，秦琢牵起季秋的手。

他们在这两年的相处中养成了很多以前没有的小习惯，落实到每一个细枝末节，都表现出了对彼此的珍视。

他们进去后没多久，不远处就传来熟悉的声音，有人在人群中喊了她的名字："季秋！"

身边的年轻人有些骚动，季秋朝发声的方向转头，只见不远处祈年正朝他们展开笑颜。

他的头发已经长到脖子的位置，被一根橡皮筋简单地扎起来，衬得脸越发俊秀斯文，引得旁边的年轻女孩都红着脸看他。

祈年和身旁的人说了声"失陪"，越过人群走到他们面前。这一幕让季秋想起当年第一次去他画展的那次，他变了，又像没变。

季秋抽回自己的手，和祈年拥抱。

季秋对祈年说："欢迎回来。"

祈年也大方地回抱了她："谢谢。"他闭眼拍拍她的肩膀，很快就松开，然后转身也抱了抱秦琢。

秦琢："……"

季秋看了觉得好笑，上下打量了祈年一番，说："你变化好大。"

不仅是外在，他的笑容也和两年前不同了。

"或许这才是最本真的我。"祈年笑着，"况且，时间会让人改变很多，这两年我走过不少地方，也看了很多故事，它们都多多少少影响了我。"

季秋感觉到自己的手被重新牵了起来，但她没特意去看，对祈年说："晚上一起吃饭，我定了餐厅。"

"当然。"祈年看了看腕表，"逛一个多小时正好，那你们慢慢看，我还有一些别的朋友要招呼。"

祈年离开后，秦琢默不作声地牵着她往里走。

他这样子倒不像在生气，季秋也没有问他在想什么。

两人循着长廊边看边往前走，季秋看着那些被展出的画，它们有的被裱起来，有的以另一种更开放的形式展出。祈年这次展览比起两年前要多了许多自己做的装置艺术画，还多了一些摄影作品，一个人走过的世界有多广阔，唯独照片是不会骗人的。

这两年里，好似所有人都在往前走，那些介怀的，放不下的，都在慢慢释怀。

等他们结束参观，在门口与祈年集合，三人一同出发前往季秋订好的餐厅。

两位男士之间的气氛并没有季秋想象中的尴尬，相反，他们聊起来居然还相当投机。季秋如今在开发的艺术品领域与祈年所擅长的有共通之处，秦琢又是其中主持大局的人，在行业未来发展方面目光长远，大局观强，几句聊下来，发现许多观点都与祈年不谋而合。

饭吃到一半，季秋擦擦嘴，去洗手间。

几乎是她一离开包厢，饭桌上就安静了下来。今天他们都开了车，两人都没有喝酒，反倒是季秋小酌了几杯，让包厢里弥漫着一股清淡的桂花香。

一阵寂静后，祈年打量着秦琢："说实话我是没想到秦总今天能来。"

秦琢放下茶杯，回以注视："为什么不？"

祈年笑了笑，只是那笑容有点坏，带了点意味深长："你应该知道，当年她是存了重新开始的心思。"

而祈年是她放弃后愿意去尝试开始的人。

失而复得的人最忌说过往，毕竟那是双方都曾痛苦过的阶段，会下意识避开，也会害怕。一样都是男人，祈年花了两年时间释怀，是因为他放下了，但秦琢是重新拾起来的人，也能放下吗？

祈年只是单纯感到好奇。

秦琢垂眸去看杯中的茶水，半晌，才淡淡道："我知道，所以如今坐在这里，看到你就会想起过去，想到她曾经打算放弃我的样子。"

那种滋味很不好受，只是一通电话就能让他失了分寸。

看到他们见面，秦琢脑子里总能想起当年他们相处的画面，那些他不知道的电话、短信和朋友圈，还有那个拥抱，都让他始终在意。

她与别人或许曾经有过亲密的联系，光是有这个念头，他就恨不得把她锁在身边，谁都不许看。

她曾说过放弃爱他，那是秦琢这辈子最大的伤口。如若不是他拼了命想要她回头，或许两年后的今天所有的一切都会变得不一样，这样的想法也让他后怕。

这两年季秋不是没有过追求者，这样优秀的女人少了他的遮挡，光芒更盛，接触的优秀男人也更多，更何况如今的季秋已然不会把爱情放在首位。他不是不欣慰，但也会紧张，会有危机感。

男人都有劣根性，失去过才懂珍惜，可女人并非男人或者爱情里的附庸品，想要牢牢抓住只能凭靠努力和真心。

可他不觉得委屈，因为……

"可她能受得，我也能受得。"

秦琢看着祈年，一字一句地说。

他如今的紧张和后怕，和她那些年的独自承受相比不值一提，他如今尝到的苦涩，当年她也尽数尝过。以前的她能全部受着，如今的他也可以。

季秋回来后，两人便没有再继续这个话题。

不知是今夜兴致来了，还是店长酿的桂花酒实在让人回味，季秋喝了不少，最后喝得有点醉了，被秦琢抱着到车里，他帮她把安全带系好，关上车门。

这时候祈年盖上自己的后备厢，手里拿着一幅被包裹好的画走过来。

"这是我以前画的，本来打算自己收藏。"祈年把画递给秦琢，"现在，我觉得可以把它送给你们了。"

秦琢接过。

祈年没有说更多，摆摆手，转身走了。

回家的车上，季秋眼睛闭着，头靠在椅背上微微侧过去，像是睡着了。

到家后，管家迎了上来，秦琢朝他做了一个嘘声的手势，绕到另外一边把季秋抱下车。

管家替他把那幅画从车里拿下来，跟着他上楼，把画放在一边就出去了。

秦琢把人放在床上，正想去浴室给她洗条毛巾擦脸，季秋就睁开了眼。酒意氤氲的双瞳像含着水，莹润透亮，她注视着他，好久不说话。

两人渐渐呼吸纠缠，秦琢用手轻轻摩挲她的脸颊，拇指在她眼角处蹭过，她的眼睫细微地颤动，这一刻他们眼里似乎都有千言万语，也似乎什么都不必说，他们都明白。

季秋轻声说："你不需要受着什么，你没有对不起我，感情没有对错，只有合不合适。如果你见祈年会不高兴，以后就不要再见了。"

她听到了他们讲话。

却想着他会不会委屈。

"当年……"起了个头，秦琢的嗓子就哑了，可最后他还是问了出口，仿佛自虐一般，他想知道答案，"你对他，有动过心吗？"

在试图放弃自己的时候，她有对别人……动心过吗？

季秋抬起手，握在他的手背上。

秦琢一动不动："不管有没有，我都接受。"

"没有。"季秋安静地回答他，"动心也好，懵懂的喜欢也好，爱也罢，这些都只给过你。"

她是想过重新开始，也想过放弃，却都下不了狠心，也来不及。

那么不像样的爱，除了自己，无人窥见，无人理解，也无人可体贴，它曾经死过，但它也复燃了，哪怕它再不如从前那般热烈无畏，但如今能得到他全心的回应，也被好好珍惜，她很满足。

就是那么短的一句话，让秦琢的眼眶热了起来。

他俯下身紧紧地抱住她，把脸埋在她颈窝，深吸一口气："这就足够了。"

他们睡前把祈年送的那幅画给拆了。

那是一幅手绘油画，景占的比重很大，人物小小一个看不真切，那是一个雪白的偏厅，女孩被油画簇拥着，然而她哪幅都没看，反倒将脸转至无人知晓的角落，让人不禁好奇她在看什么。

他们都认出来了，那是当年文灵雨的画室。

油画背面贴着一张便笺纸，上面写着一行流畅优雅的手写字——

爱是最智慧的疯狂，哽喉的苦味，吃不到嘴的蜜糖。

秦琢看着那行字，看了很久。

久到季秋吻上他的眼帘，他闭上眼，把她抱在怀里。

并不是所有暗恋的故事都能有一个好的结局，有人爱得热烈，有人爱得克制，因此每一段感情的走向都会有所不同。

所幸，他们是幸运的，结局也会是圆满的。

过去的她，如今的她，他都好好抱在怀里。

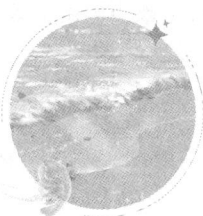

/ 番外二 /
十六年

在秦琢三十五岁那一年，秦肃和夏佳楠回国了。

彼时海外分公司的规模被秦肃扩大了一倍不止，然而回国后还没等休息几天，秦琢交还 CEO 职位的调任申请就已经摆上了秦肃的办公桌。秦琢称自己几年前就制订了和季秋出国旅行的计划，如果不是因为秦肃言而无信把回国的事一拖再拖，自己也不至于如此不近人情，让他喘口气的时间都没有。

"你是对季秋沉迷工作感到不满，少拿我当借口。"秦肃坐在老太太家的摇椅上这么说。

秦琢当时正在和季秋埋头在平板电脑里挑地方，季秋闻言不露痕迹地笑了笑，秦琢瞧见后瞥了他大哥一眼："当时说好的，我把技术部做好你就回来接手，什么时候你也习惯不认账了。"

"出息。"老太太从厨房出来听见这话，啐了一声，"没大没小。"

秦姨笑着递过毛巾给老太太擦手。老太太今年都快八十了，身子骨还是那么硬朗，声音中气十足。

她擦了手后回到沙发上，扫了角落里腻歪的两人一眼，忽然问道："你俩是准备熬死我？出去玩个一年两年，是准备什么时候结婚？"

原本这个话题由老太太提起来，他们或多或少都会感受到不小的压力，可惜这几年类似的话题已经被提过许多次，也被秦琢插科打诨了许多次，对他们而言也再没有当初那么强的威慑力。

季秋对结婚这件事倒是没什么反对的想法，顺其自然就可以，意外的是秦琢那边一直没有松口。他头也不抬地点进摩洛哥的旅行宣传页面，对老太太说："不急。"

不急，又是不急！老太太恨铁不成钢，转头看向自己的大孙子。

秦肃都没来得及说话，秦琢又补上一句："大哥都没结婚，您急什么？"

秦肃轻咳一声，这次倒是站在了老太太这边："我们这次回国就是为了来年做准备，大可不必又拿我当挡箭牌。"

这个"又"字说得像在翻旧账，秦琢假装没听见，反倒是季秋听了抬起头看向秦肃，笑着说了句"恭喜"。

秦肃和夏佳楠能走到今天也属于好事多磨。

他们年少相识，某种意义上说，夏佳楠是秦家为他千挑万选出的最佳人选，可他们双方都没有抗拒这样的开始，反而如长辈们期望那般相爱了，不是出于利益关系，而是相知相伴后的选择。

然而就是因为太过熟悉对方，认为自己对彼此足够了解，他们习惯了很多事都憋在心里，甚至在某些方面选择了单方面做出决定，不让对方为难。

他们骨子里是一样的性格，内在强硬坚定，也十分骄傲，因此在这段感情中总是以对方作为优先考虑，一个自以为是地保护着对方，一个也自以为是地离开对方。

当年的分别对他们而言并非只有坏处，反倒使他们比以前更能向对方敞开心扉，这几年里他们重新审视两人的关系，在为夏佳楠治疗的同时，学会了沟通，也重新慢慢学会了恋爱。

秦肃有他的傲气，他用实际行动告诉夏佳楠，自己并不在乎是否能有孩子，他是顶着很多压力，只是比起那些外在的事物，对她的爱更占据他的本能，他被她的不信任和擅自决定伤过，可也同时反省了自己，为何会让她感到不安。

当一个人会把自己放在爱的人心中比较的天平下时，其实就已经输了，双方都是，倘若真的深爱一个人，任何事物都不足以拿来与之比较。

有时候人往往最容易忽略身边最亲近的人的想法，秦琢明白这个道理，因为他也曾经犯过相似的错误，钻进过死胡同里反而差点错失更重要的人。

正如简媜的《烟波蓝》里曾经写过——

　　人的一生大多以缺憾为主轴，在时光中延展、牵连而形成乱麻。常常，我们愈渴慕、企求之人事，愈不可得。

　　年轻时，我们自以为有大气力与本领搜罗奇花异卉，饱经风霜后才懂得舍，专心护持自己院子里的树种，至于花团锦簇、莺啼燕啭，那是别人花园里的事，不必过问。

秦琢后来释怀，不是因为得不到，而是渐渐明白了在自己的生命中到底是谁更为重要，也最不能被割舍。

他不着急和季秋绑定所谓的未来，因为经历了漫长的相处，他明白了比起所谓的"确认关系"，在对方身边时能好好珍视对方反而更重要。

她曾喜欢过他如此漫长的年月，这世上有谁能真正爱一个人八年从未动摇，可季秋就能做到。

他们如今才刚踏进相爱的第七个年头，比她讳莫如深地喜欢他的时间还要少，秦琢想要尽量去填平那些时光，让她得到无关其他的心无旁骛的爱，这是他仅有的坚持。

不过老太太这几年也摸出了秦琢的态度，倒是没有逼得很紧，何况今年秦肃和夏佳楠也算是正式定下来了，好事将近，老太太最后轻斥几句便放过了他。

秦肃没久待，到点就起身准备去接夏佳楠。

夏佳楠回国后就开始忙回归画展的事。这一次展出地点直接定在了秦氏即将落成的设计师酒店，也是秦氏近年来第三家与艺术家联名的星级酒店，还未正式开放就被预约到了半年以后。

如今作为 CTO（首席技术官）的季秋已经把很多落地工作交给了自己的团队，秦氏如今是国内唯一一个拥有高端 AI 技术及有着极大规模技术部门的地产企业，并且每一年都在往这个领域进行攻克与突破，在国际上也受到了不少权威机构的赞誉与认可。

组建这个部门是秦琢当年承诺给父兄的事，季秋在这个成果里面占了极大的功劳，因为她就是团队最初的参与人之一，在只有他们两个提出这个猜想时，她便注定要陪他走到最后，在这方面他们都是天生的实践派，设计师酒店这个企划也是因为有了季秋才能够成为秦氏如今酒店分支中的一个亮点，后来者亦步亦趋模仿，却从未有人能超越。

这次负责对接夏佳楠画展项目的是秦氏如今的 CAO（首席行

政官）潘瑜，在设计师酒店这个系列项目上季秋和她合作最多，这一次两个部门也会进行很多交流辅助，争取让展会完美落地。

秦肃离开以后，秦琢和季秋陪老太太吃了晚饭才起身告辞。

路上季秋坐在副驾驶座，低头处理工作。秦琢提起下午的建议，季秋闻言抽出空想了想，觉得可行："摩洛哥不错，我记得蔡敏跟我提过 9 月和 10 月是去那里的好时候。"

他们以前其实去过马拉喀什，只是那一次是夏天去的，为了谈一次技术合作，差点没被当时的高温击倒。

等他们回来后蔡敏得知此事，狠狠地嘲笑了他们一番。蔡敏在很小的时候就把飞机当日常交通工具，自然知道夏天的摩洛哥有多让人绝望，她当时发给季秋一堆旅行攻略，只是他们也没有机会再去一次。

这次定下环球旅行不是临时起意，而是因为他们即将进入交往的第八年。

秦琢想要重新带季秋出去走走，不是工作，也不是短暂的匆忙旅行，早在当年在小樽时秦琢就有了这个想法，如今就是最好的时机。

为此季秋提前一年就早早开始做项目的收尾和交接工作，她倒不会有什么放心不下的感觉，因为当初和秦琢提出的设想如今已经被他们一一实现。

如今的技术部门早已经是秦氏的一支王牌队伍，主管级别以上都由她亲自挑选和培养，哪怕她出去两三年，对团队运作也不会有什么实质性的影响。

她和秦琢的关系如今在公司内部也算是大家心照不宣的秘密，部门里的人都以为他们是去提前度蜜月，对此完全没有提出异议。

他们和季秋相处时间最长，对两位上司的这段感情当然充满祝福，在所有人看来，他们早已是世间最适合彼此的那一个。

他们定好在 9 月出发，秦肃和夏佳楠的婚礼则定在来年年初，正好是他们回国过年的时候。

直到上飞机的时候季秋还在感叹，两人这几年一直很忙，除了每一年的团建，他们几乎没有过可以不考虑任何工作的旅行。

两年前邹老突然病倒，他们前去小樽探望，那是唯一一次两人私下出行，幸好当时检查出来邹老的身体情况没什么大碍，只是人消瘦下去许多，秦琢便雇了人定期陪同邹老到医院做检查，平日也帮忙打下手。邹老年纪越发大了，尤其是病后显得更加力不从心，便没有拒绝秦琢的好意。

他们相伴的时间越长，身边的人也会越来越多地离他们远去，所谓的失去虽然悲伤，却也让他们懂得更珍惜当下。

为了避开旺季，他们第一站去的不是卡萨布兰卡或者马拉喀什，而是先去了梅克内斯，选了一家最高级别的星级酒店入住，同时也让酒店为他们安排了一辆吉普车，方便这些天的旅行。

摩洛哥人说的基本都是阿拉伯语或法语，在语言方面秦琢是精通的，两人也没找翻译和向导，由职业经理人安排好住行，其余的都是自己来。

秋天的摩洛哥果然气候舒适，他们落地后休息了两天，就开始驾车四处游玩。

有一天他们穿着短袖，牵着手行走在断壁残垣的罗马遗址，这里离他们住的地方开车大概三十公里，到的时候人不多，恰好遇见一位画家在远处架着画板作画，他们隔着草野不经意间对视，对方朝他们笑了笑，继续安静地挥动着油画笔。

等他们慢慢逛完这块充满了时间与战争痕迹的地方，那位画家已经收起了画箱，见他们出来，把画赠予了他们。

季秋看着那幅画，黄白的墙砖被他加上了不同的绿色，对方把这些残缺的一砖一瓦化作了带着缺憾的美丽，色彩斑斓又天马行空。

季秋想要对他表示感谢，邀请他共进晚餐，然而对方摇摇头，指了指喉咙，拿出了纸笔。

他竟然不会说话。

对方在纸上写了什么，秦琢低头看，翻译道："我还在找寻'自我'，还有自己存在的意义，因此不方便停留。如果未来有机会的话，请再来摩洛哥。"

对方收拾好东西后很快就离开了，佝偻的身形，背着一个厚重而老旧的画具箱，好像还在赶路，要去很多地方。对方虽说在找寻，离去的背影却又透露出几分肆意与自由。

秦琢也凝视着对方离去的方向，忽然说："无论在何种困顿中，唯有内心的自由馈赠我们真正的未来。"

有的人以为自己很清醒，却一辈子都在被数不清的事物束缚，稀里糊涂地活着，而有的人自觉一生都在找寻，其实永远在旅行的途中不计较目的地前行，这或许才是真正的自由。

"可我觉得，能做与他们道别的人也不错。"

季秋看着手里色彩鲜艳的画作，想起父亲也对她说过相似的话语，他们总是会羡仰这些内心真正自由的人，可同时又心甘情愿成为被爱束缚的俗人。

季秋回到城镇后找了一家店把这幅画装裱了起来，放在他们的车后座上，陪他们一路旅行。

他们后来辗转去了菲斯，也去了沙漠。在黄沙中一前一后骑着骆驼，因为风沙太大而滞留，两人靠在一起披着同一条披风紧紧拥抱。

后来又去了马拉喀什，入住了当年的酒店。这家酒店在摩洛哥有着悠长的历史，他们在酒店里的柑橘树下接吻，甚至还偶遇了酒店厨师在花园餐厅寻找新鲜食材，所有人对待客人都十分热情。

季秋在这次旅行中渐渐显露了过去秦琢很少能看见的放任而自由的一面，她像是被这个国家的气氛感染了，回到了那个无忧无惧的时期。蔡敏说得没错，见过这样的季秋就很难忘记，她本就是那么有魅力，只是在他身边那些年甘愿成为影子和助力，而后又在与他相爱后重新找回过去的那份自如。

他们还一起参加了夜晚的摩洛哥派对，在混乱以及挤着不同肤色人群的小酒馆里像是两个背包客一样随意。季秋穿着背心长裙在灯下跳舞，她晒黑了一点，肤色变得健康均匀，在拒绝了第二个搭讪者后就被秦琢搂在了怀里宣誓所有权，借着众人歌唱和高呼的氛围，和这里的所有情侣一样热烈拥吻。

他们还是不习惯两人都喝醉，秦琢看她喝得肆意，自己喝到微醺就停了下来，见她按捺不住要去和别人跳舞，他便在一旁的吧台前坐着看。

有酒保过来搭话，笑着问那边美丽的东方女人是不是他的情人或伴侣，因为他看着对方的眼神实在太过深情专注，深深迷倒了不远处一群当地女性熟客。

秦琢在吧台昏暗的烛光旁笑着摇头，用法语解释了一句"Voice ma femme（那是我的妻子）"，酒保起哄了一声，对他竖起了大拇指，对秦琢表达了自己的羡慕，顺便也让在旁偷听的一群女人当场心碎。

后来季秋醉得走不出一条直线，秦琢把她抱回酒店，进门后两人跌落在床上，侧边的棕色窗帘上有着复杂的摩洛哥花纹，连灯映照出来投射在墙上都变得多彩而绚烂。

这个夜是那么让人沉醉，他们好像已经完全忘记了第一次到这里来的艰辛，顶着四十摄氏度的高温和烈日和甲方在海边谈生意，以后说起摩洛哥他们能记住的只有舒适的暖风、热情的歌声以及快乐的心上人。

秦琢俯首看着季秋醉得通红的脸颊，低声问她要不要洗澡，季秋摇头，双手抬起抱住他的脖子，问他"你喜欢我吗""你爱我吗"。

秦琢用手摩挲她的脸颊，低声一遍遍不知厌倦地重复"我爱你"。

这些话她从没有说过，只是藏在心里许多年，后来他毫不吝啬地复述给她，一次又一次，不管是在她清醒着还是醉了的时候，他都给了她肯定的回应。

抵着月光下缠绵的两人无忧无虑，在一遍遍吐息中倾诉爱意，在这几十平方米的房间里，他们都觉得自己的世界被对方装满了。

他们在摩洛哥游玩了一个多月，才终于舍得出发去下一个城市。

临近过年，经理人发邮件询问他们何时回国，他们原本定了这周，然而还没等坐上飞机，小樽那边雇的看护就给秦琢的私人手机发了短信，表示邹老情况很不好。于是他们紧急更改行程，在今年快结束的时候改道小樽。

到医院的时候邹老还在昏迷中，是突发性脑溢血，经过抢救如今还在危险观察期，可医生表示这是脑动脉瘤引起的蛛网膜下腔出血。在邹老这个年纪发生这种事，死亡率相当高，手术治疗风险也极高。

闻言秦琢皱眉："上次检查不是说没有什么大问题？"

医生还是当年的那一个，他站在病床前，此刻脸上多了几分歉疚："因为邹老不让我们说，病人对自己的病情隐私有决定性权利，我们只能同意。"

季秋下了飞机后就马不停蹄到了这里，此时脸色十分疲惫。秦琢扶住她的肩膀，想先让她回酒店休息。

季秋摇摇头，看着医生问："能醒过来吗？"

医生回答："不确定，只能看病人的求生意志。"

这是听天由命的意思，季秋不说话了。

秦琢看她表情难过，低声哄着："你先去睡一觉，我想想办法。"

他如今能有什么办法？季秋明白秦琢在担心自己，此刻她的确很疲惫，这种情况下他们也不能做些什么，季秋只能答应先回酒店。

秦琢让人先送季秋回去，自己则去了一趟邹老的宅子，取回来几样东西。

秦琢在酒店陪护，季秋一整晚都没有睡踏实，第二天早早醒来，买了早饭到医院，一进病房就愣住了。

因为是单独病房，所以秦琢把不少邹老爱看的书带了过来，病床的茶几上还放着一盏他做到一半没来得及做完的丁香小盏，玻璃拼合到一半，露出了里面拼接的内胆，像是一颗破碎的心脏。季秋把早饭放到床头柜上，轻轻拿起那个被邹老日日擦拭的相框，看着看着眼角有些湿润。

秦琢说："医生说把他在意的东西放在这里，和他聊他喜欢的事，刺激神经，或许有希望醒过来。"

季秋微微笑着说："你把他夫人的照片拿来，万一他更不想醒了怎么办？"

邹老这辈子唯一深爱的只有自己的妻子，爱到愿意为她远渡重洋，在一个陌生的城市扎根入户。他没有子女，朋友很少，家人也渐渐失去了联系，身边剩下的几乎都是左邻右舍那些说不上陌生也谈不上亲近的人。

他后半辈子几乎孑然一身，哪怕病倒在床前，也无人能代替他决定任何事。

他早就知道自己的身体情况，却没有和任何人说过，活着的时候倔强又安静，如今想就这么无牵无挂地走。

秦琢看着床上的老人，想起多年前他们还在一个茶室聊天，明明对他们的事心知肚明，却揣着明白装糊涂，任由他们自己去痛，去猜，明明和他们没有血缘关系，彼此交往也没有多亲近，却知道他们的很多秘密，也能让他们信任和交心。

"哪怕醒不来，走的时候有心爱的人在身边，也是一件幸福的事。"秦琢看着季秋，伸手轻轻抹去她脸上的泪水，"他不告诉我们，或许就是希望我们明白，离别本身其实不全是代表悲伤，他能对自己的人生做主。"

他们无法因为自己的不舍而去剥夺别人的意愿，能拥有这段缘分已经要比大部分人幸运，他们因为一段旅途结交，最后有机会来为他送别，这是多少亲人之间或许都无法做到的事，因此他们只需要尽人事听天命，生老病死本就是人无法强求的。

他们了解邹老，就像邹老同样了解他们。

秦琢昨晚去宅子里取东西的时候在相框旁边发现一个信封，草木纸上仅仅写着"展信安"三个字，就像是确信了解他的人会过来取走他最看重的东西。秦琢当时把信收了下来，没有立即打开。

他明白了那封信的含义。倘若他们没有来，那么他便一个人安安静静地走；倘若他们来送别，他便像老朋友般与他们郑重告别。这或许并非出于豁达，而是出于对这段忘年交情的重视，希望能在最后礼节周全地与他们好好道别。

离过年还有一个月，国内如今忙着秦肃和夏佳楠的婚礼，他们也回不去帮忙，接下来的时间几乎都守在病床前。

邹老是半个月后走的。

那天傍晚小樽的天空清澈晴朗，难得没下雪，有朵盛开的云，缓缓划过山顶，随风飘向天边。当最后一抹光亮消失在远处的群山时，邹老的呼吸机发出了警报，他们看着显示器上的心跳数字突然变大，随后医生和护士们赶到，他们被请出病房。

秦琢牢牢牵着季秋冰凉的手，放在嘴边给她轻轻哈着气。季秋努力睁大双眼，让自己不要去在意房间里的动静。秦琢抱住她的肩膀，那么坚固而牢靠，对她说："不要害怕。"

这是季秋第一次面对真正的离别。

走廊里安静至极，季秋忍不住轻声问道："你母亲走的时候……你也这么害怕吗？"

秦琢抱着她，轻轻拍着她的肩膀："怕。"

他第一次对她说出这个词。

"当时我还很小，突然就明白了对每个人来说，失去或许才是人生的常态。"

当时他的父亲与兄长都在外地，赶不回来，他当时对家人有过埋怨，可后来才慢慢想通，这世上许多人都没有办法好好地与心爱的人道别，而他是如此幸运的一个。

"我当时因为独自面对母亲的离开而害怕'失去'本身，后来……觉得痛苦也是因为自认为的失去，我不想留住任何人，让自己变得沉静淡薄，是因为我还无法面对离别本身，可后来是你改变了我。"

季秋："我？"

"嗯。"秦琢亲吻她的额头，"就在你准备放弃我的时候，我察觉到一件对我而言更重要的事，就是比起'失去'你，无法拥有你才更让我感到害怕和痛苦，和你在一起后我希望你每天都快乐，能做自己想做的事，事实上你的确做到了，这样的你因为属于我，所以哪怕未来我们终究会面对离别，我也变得能慢慢接受。"

舍与得就是一个天平，他比较之下觉得自己得到更多，所以就能坦然面对失去的部分。

季秋眨眨眼，眼眶又湿了，秦琢为她轻轻擦干净。

"除了死亡，我们不会分离的。"季秋低声道，像在呢喃，"而且你比我年纪大，怎么看也是我面对'失去'的概率比较高，如果你真的爱我，就应该努力一点。"

秦琢笑了笑："这样的事我没有办法向你承诺，但是我会努力让你变得不再像今天这样害怕，不管面对多少离别，只要我还在，就会陪着你面对。"

病房里的动静渐渐停了下来，短暂的安静后，门从里面打开，主治医生走出来，对他们摇摇头，表示节哀。

他们最终请了懂这边葬礼流程的人士为邹老办理后面的一系列手续。

当晚他们拆开了那封信，里面有一份邹老名下所有房产的不动产权登记识别文件，一份遗嘱，还有一张草木信纸。

信中，邹老仔细交代了自己的后事，表示直接火葬即可，他没有亲人眷侣，因此不需要举行当地繁重的仪式，墓地也早已安排妥当，就在自己妻子的墓地旁边，届时他们凭借遗嘱证明就能把一切办妥。

而后他把小樽的两套房子赠送给他们二人，包括书房里的器械和书，还有街上的一家琉璃灯店铺。邹老称要变卖或保留都随他们，如果实在懒得打理，亦可转赠，总而言之就是一切交由他们做主。

最后才是对他们的告别，寥寥三言两语，感谢缘分使他们相识，望他们珍惜彼此，白头偕老。

　　一切安好。

这是信中最后一句话，简单四个字，满含长辈的慈爱之心。

邹老在信上说他对离去并不觉哀伤，可离别的伤怀都是留给后人的，季秋在这几天里总是忍不住流泪，不全是因为伤心难过，也有感慨与追忆。

他们把一切都处理妥当。后来两人商量后决定把书房里的书全部捐给当地图书馆，仅留下几本，后来被他们带回国留作纪念。

房子他们打算先留着，和店铺一样，找了专门的人打理，或许未来会遇到有缘人，届时再转让不迟。

在这点上，他们的观点达成了一致。

逝去的人就是永远离开，留下的旧物除了让人伤怀，没有任何意义，邹老是一个豁达利落的老人，他们不想让他失望，不管是作为晚辈或是挚友，都希望站在他的角度去处理和他有关的事，就像他同样珍惜着和他们的关系一样，感情是相互回报的。

处理好一切事务后他们赶上了回国过年。

秦肃和夏佳楠的婚期定在年初十，等他们回来后一切都准备得差不多了，年三十当天季秋在秦家吃年夜饭，他们9月出国后没多久，文灵雨和季夏也出国游玩了，美其名曰文化交流，其实就是夫妻俩的纪念旅行。

这是季秋第一次在秦家过年。

听说了邹老的事，秦琢的父亲秦安海也觉得有些遗憾："需要帮忙吗？"

秦琢摇头表示："不用。"

最大的工作量就是处理书房里的书，邹老的藏书太多，很多是绝版、初版，这些书有些已经有价无市，就连图书馆都要慎重处理，国外手续也繁杂，因此短期内没有那么快能处理好。

邹老的财产他们一分没动，打算作为之后新启动的公益资金的第一笔投入，用于扶持手工艺人，具体还要等秦琢安排专业的人去跟进。

听完秦琢的安排，秦肃点点头："也不要太难过，季秋这副样子可没法好好过年了，前几天没什么事，陪她散散心。"

秦家每一年过年都有很多应酬，说出这些话是秦肃对弟妹的体贴，季秋领情，却也拒绝了："我没事的，其实这几天已经好多了。"

就是因为前阵子哭得太多，眼睛肉眼可见地肿着，但她如今心情的确已经平复不少，已经慢慢接受了。

秦老太太在饭桌上没说什么，吃完饭，按例老太太要一个个发红包。轮到夏佳楠的时候，老太太给了一个大红包："这是我给你进门前的最后一封红包，以后拿的可不是这一份了。"

夏佳楠从十八岁起一直受着秦家长辈的关照，闻言笑着点点头。

轮到季秋的时候秦老太太解下了手里的玉镯子。

秦琢还没说什么，季秋已经蹲了下去，叫了一声"老太太"，是预想不到的语气，带着些受宠若惊。

老太太却拍了拍她的手，替她把镯子戴上。镯子在季秋的腕上有些松，老太太苍老的手抚摸着还带着体温的玉，对季秋说："我们总有一天要先你们离去，每一次都这么哭怎么受得了？傻孩子。"

说完，老太太又淡淡添上一句："不过如果不是傻，也不会糊里糊涂地跟着某些人十几年也不腻。你是个好孩子，等哪天你进门了，我把剩下一个也给你，如果你们最后走不到一起，这个就当给你留个纪念。"

秦琢在一旁听了，说："大过年的，您能说点好的吗？"

老太太无视了他，做完这些就起身上楼歇息了。秦安海没多久也离开了，留下他们这些小辈该守岁的守岁，该休息的休息。

这是季秋第一次在秦家过夜，有些不习惯。这里什么也不缺，只是心境上让她觉得更奇妙和复杂。

看出了她的躁动，秦琢低头问她："如果你不喜欢住这儿，我们就回家住。"

"胡闹。"季秋用眼神警告他。

秦琢轻笑，转头对秦肃说："我们出去走走。"

秦肃和夏佳楠也准备回房了，闻言点点头："去吧。"

他们穿好大衣外套，秦琢替季秋取下围巾，给她慢慢裹好，最后把她的手揣进自己的口袋里，两人出门沿着小路慢慢散步。

京城今年就下了两场雪，两场他们都错过了，如今路上一片干净，路灯一直延伸到远处，因为远离其他住宅，周围一点声音都没有，让本该热闹的年夜显出一种不同寻常的安静氛围。

　　每年在秦家过年都是如此，秦琢习惯了，倒是季秋有些不适应。她走了会儿，把手伸出来打量那只镯子。从她很小的时候第一次见老太太时这只镯子就在老太太腕上戴着了，她知道这镯子一定十分贵重，只是没想到老太太在今夜把镯子给了她。

　　她不懂这有什么含义，便问秦琢。秦琢看了眼玉色温润的镯子，说："这是我名字的由来。"

　　言念君子，温其如玉。

　　良玉不琢，美言不文。

　　"镯子是我爷爷送的，那个时期可以找到的最好的老坑玻璃种，最后只做出来这么一对镯子，算是我奶奶当年的聘礼之一，虽然不是里面最名贵的，可从老太太婚后就一直没有取下来过。"秦琢仿佛在讲着别人的故事，语气平缓淡然，"我哥名字的由来是'鸿雁于飞，肃肃其羽'，因为那会儿父亲刚接手秦氏，家里对他抱有很大期望，轮到我的时候老爷子身体开始变得不好，大概是他也有了一些预兆，心境发生了变化，便以这块玉为我命名。"

　　很多人都说不管是性格还是相貌，他都是最像老爷子的一个。

　　其实秦琢对老爷子的印象不深，对方在他很小的时候就去世了，可他能读懂老太太看他时的眼神，自然也明白两位长辈在他身上寄予了什么样的感情与盼望。

　　走着走着，他们不知不觉已经快走到入园的路口。随着时间推移，夜晚便越发寒冷，听完故事后，季秋心里已经平静了许多，她忽然感叹道："明年是第十六年了。"

　　秦琢看了她一眼，明白她是什么意思。

　　从他们相遇至今，十五年相识相伴，七年相守相爱，接下来马上就要进入他们陪伴在彼此身边的第十六年，也是他们相爱的第八个年头。

他们已经定好了未来准备去哪里，秦肃和夏佳楠的婚礼结束后就出发，紧接着就是一年漫无目的地旅行，直到他们累了，再次回到日复一日的寻常生活中。

秦琢忽然拉了拉她的手，问："第十六年，要结婚吗？"

这样毫无预兆地问出来，季秋却一点都没有觉得意外，她笑出声，晃晃手上的镯子："你是因为我收下了这个才问的？"

秦琢说："本来最晚来年也要问的。"

他牵起她戴着手镯的手："只是收也收了，你也没有回头路了。"

"老太太说如果我们走不到一起，这只镯子就送给我。"

"可那套'玫瑰之心'你也收下了，那是我母亲的嫁妆，你能退给她的话就当我没说。"

秦琢难得要赖，季秋乐得眯起眼。

她忽然埋在他怀里，头顶着他的胸膛确认："真的要娶我？"

秦琢把大衣外套拉开，把她包在怀里："除了你，我这辈子还能娶别人吗？"

他在她头顶轻蹭，低声道："爱你已经花掉我全部力气了，我也没有再一个十五年去爱上别的什么人。"

季秋说："我也是。"

她用了八年时间爱他，又用了接近八年时间爱他的同时爱着自己，一切顺其自然，交给岁月赠予她答案。

她如今再也不会有任何不安与怀疑，他用了漫长的时间填补了过去的窟窿，让她尝到快乐有人分享，面对悲伤难过也有他陪伴的滋味，他在前行的路上教会她许多，譬如舍得失去，譬如面对离别，譬如去爱与被爱。

年少时的心愿，他已经在不知不觉间为她全部实现。

季秋深吸一口气，再呼出来白蒙蒙一片。她说："结婚吧。"

说完他们同时笑了。

季秋又重复了一遍，双眼润泽明亮，仿佛盛着天上月，眼里只有心上人："秦琢，我们结婚吧。"

他们紧紧地抱在一起，像是比谁更用力，愉悦让夜也变得炽热起来。

世间无人见证他们的爱情，可他们不会在意。

他们遇见了，错过了，相爱了。

而后未来他们也会一直在一起，不惧怕别离。

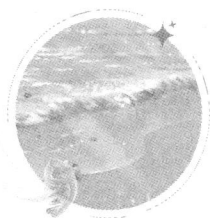

/ 番外三 /
交汇

　　秦氏今年在战略目标上调整了方向，更换了代言人。

　　之所以选对方，是因为这位影后前两年到阿拉斯加旅游，入住的就是当地秦氏的高奢酒店，随后她在网上发了从酒店房间往外看的照片，引起了一阵话题和讨论热度。

　　照片很快就被网友扒出来所在地，秦氏的公关和宣发跟进得很快，借着这波热度做了一次跟进营销。

　　没多久这位影后所在的酒店马上被预约满，当天晚上甚至还上了热搜，词条挂的是"论粉丝购买力"。

　　这位影后当年公开恋情曾经引起服务器瘫痪，后来一直处于感情低调又稳定的状态。

　　那一次出行也被分析是和爱人出去游玩，因为伴侣那段时间刚好也在业务空闲的档期，推了几个线下签售会，众人对于这两位的私生活充满好奇。

　　之后没多久秦氏的会议上就此展开了讨论，原定于一年后落成的全智能化酒店项目如今恰好在甄选代言人阶段，有人提出是否要顺势询问对方档期。

秦琢对明星了解不多，只是这位实力派影后的国民度的确高，粉丝平均年龄较高且购买力强，连他都有看过不少她的作品。

但秦琢没有马上同意，而是让底下的人去做一份详细的报告评估。季秋得知此事后，又去做了一番资料调查，觉得可行，才最终决定派人去接洽。

周璇从四十岁开始几乎只接国际大牌代言，倒不是因为忙，她现在比以前更挑本子，如今几乎一年只拍一部戏。

可说她闲，她又经常到爱人公司串场，搞起了业余配音这一套，只是哪怕是业余，她的配音技术仍然相当优秀，毕竟对象就是国内知名配导，好友又是主要做IP（知识产权）衍生，在这方面耳濡目染，足以媲美专业的配音演员。

如今周璇的粉丝十分爱做的事就是从男方公司出品的配音作品里寻找由周璇配音的龙套角色。

这一度成为圈子里十分风靡的一件事，真情侣永远最好嗑，甚至连他们以前合作过的影视剧项目都被粉丝挖出来嗑糖，CP（配对）剪辑中大部分都是声音合作这件事在娱乐圈里也就他们这一对了，娱乐圈双金影后和配音导演，简直像是小说情节出现在现实。

季秋趴在床上用平板电脑大概了解了一下两人的故事，觉得挺"有爱"的。她对一旁的秦琢说："我们之前说给 AI 替换配音的事情最后定下来了吗？"

这种事情一般是底下的人挑选完最后由秦琢过目，秦琢想了想，说："好像定了一个。"他记不住名字，只记得项目经理说是一个播音专业出身的电台主持，以前也有秦氏相关的业务往来。

他余光扫到季秋手上的平板电脑，明白了她的意思，问："你想用他？"

页面上是如今主流的一个粉色视频软件，有人把周璇与她爱人的合作配音作品剪辑出来做路人"安利"。季秋点开给秦琢听，说："这位叫萧则的老师真的很专业，声音也很打动人，我们当时为人工智能选择声音的时候倒是没有往这方面想过，好像也忽略了现在的年轻群体对于主流的接受度。"

季秋这几年埋头做技术研发，对于市场调研的方向更多是在使用意愿和反馈上，可她以前跟着秦琢做项目，关注的是更总体的方向。

刚才看完一圈下来她发现如今配音圈的流量竟然比自己想象中要大很多，这是如今许多年轻人都喜爱的文化，而这些人同时也是酒店的目标受众，他们在做设计师酒店的同时也是希望能让秦氏的星级酒店能被更多具有一定经济条件的年轻人所优先选择，这或许就是一个很好的切入口。

在主流宣传上他们可以启用具有国民度的周璇，周璇这些年的代言路线以及粉丝群体都符合他们地产未来的战略规划，而在酒店落成的细节处，若是以萧则的配音以及这对伴侣合作作为营销路线之一，想必也能成为新的亮点，更何况萧则的专业水平的确不输给任何人，她相信入住的客人会喜欢。

秦琢听了一会儿视频里的声音，觉得她说得没错。然而她夸别人的时候双眼亮而有神，在夜晚暗戳戳地勾动着男人的胜负欲。

季秋手里的平板电脑被抽走，她来不及抗议，就被秦琢压在被褥间亲吻住了。

也不知道是周璇对这个项目企划感兴趣还是出于秦氏的地产定位符合她对代言的要求，总而言之，秦氏在后来对接周璇时相当顺利，合同很快敲定，周璇也不忙，档期方面很好协调，尽量都配合他们来。

拍摄物料当天，季秋作为技术指导带着团队也在现场，这一次秦氏推出的全智能化星级酒店是他们来年的重中之重，投入的技术成本相当高，周璇作为首次体验代言人直接在套房酒店拍摄，她换上一身休闲白色长裙，短发精致利落地梳得妥帖，一边勾起来露出耳朵，使得浓艳的五官更加出色。

她坐在床上补妆，随手点着床头的智能总控制界面玩，点到首页时，房间内的环绕音箱出现一道低沉温润的嗓音，说着："欢迎入住 Selene，希望您能拥有一次愉快的体验，从进入房间起，将由我为您提供一切服务。"

这还是一次试音，却已经足够完美，干音经过一定处理后变得和整个空间都贴合起来，加上说话人的音色，让在场的人不会感到一点不适与突兀，更没有私人空间被冒犯的感觉。季秋看着坐在床上的周璇缓缓笑了起来，她身边的化妆师也笑着说："萧老师的声音真的太优秀了，谁舍得静音啊？"

季秋走近，为周璇解说房间里的智能化按钮。这里的一切为了方便所有人使用，都被设计得简洁易懂，甚至还有小孩子也能看明白的图案说明。

季秋做了一个简单的示范，对着空气说了一句"能看电视吗"，音响里相同的人声出现与她对话："想看点什么？"

季秋说："连手机蓝牙。"

"请稍等。"

片刻后，电视打开，开了蓝牙的手机显示连上液晶电视，出现了季秋的手机页面。

周璇对此也感到赞叹："我之前在东京住过类似的智能化酒店，互动似乎没有这里流畅，按钮的设计很有趣。"

她笑了笑，说："当然，人工智能的声音也是最好的。"

周围明白这句话的人都笑了起来，这样自卖自夸也就只有周璇能面不改色地做到。

季秋也跟着笑了，对她说："是的，萧老师在专业上无可挑剔，当时我们在现场也受了萧老师很多照顾，他跟我们聊了很多配音方面的事，让我受益匪浅。"

周璇笑起来很好看，不是那种灿烂或得意的笑，而是若有似无，笑意却浸透在眉眼末梢，说到爱人的时候有几分骄傲，更多则留给自己细细品味。

他们的感情大概比网上猜测的还要好，季秋看着周璇这样想着。

其实当时在录音棚见到萧老师的时候，季秋就明白了为何他们能如此相配。周璇热烈得就像一团火，明艳得嚣张夺目，丝毫不在乎世人目光地活着，能把"孤独"读作"自由"；而萧则更像黑夜、月亮或海，沉静地包容着身边所有人的光芒——内向而不呆滞，寂静而有力量，平波水面，狂澜暗藏。

他们都是能在潜移默化被改变着的世界里少数能保持自己的人，也是最不惧孤独的少数人，他们外在看来是这么不同，性格、为人处世没有一点相像的地方，可实则又如此相似，但凡了解过他们，都会感到羡慕和向往。

很快短片开拍，这次的分镜采用一镜到底拍摄。

摄像机从周璇的身后一路跟随她进入房间，她走到落地窗前掏出了手机，对着窗外拍摄了一张照片，随后勾起头发，随意地回身，露出正脸。

镜头下的女人慵懒地对着空气下达着指令，随即出现一道温和的男声与她互动，很快就为她放好了规定温度的热水，打开了浴室的除湿与排雾系统。

紧接着画面推前到第一视角，跟随女人的手来到床头，音乐不知何时响起，画面一转，周璇往浴室走去，其间白裙落在地上，镜头只能拍摄到脚踝，浴室门随声关上。

这个短片只拍摄了两分半钟，却每一处都透露着信息与亮点，导演喊着一遍过，笑着和走到摄影机前看回放的周璇说了什么，然后开始拍一些宣传前预热用的单独镜头。

他们当天定好的拍摄时间是下午四个小时，没有浪费一分一秒，周璇十分专业，几乎每条都是一遍过。

结束后，项目负责人与拍摄团队道别，季秋也在其中，把周璇和她的助理送到门口，却没想到遇到一位熟人。

萧则坐在驾驶座，也不知道来了多久。见他们出来了，他笑着朝他们点点头。周璇的助理们见怪不怪地上了后面的保姆车，而经纪人离开前则拉住了周璇交代一些事。季秋让秘书留在原地，自己上前几步和萧则打招呼："萧老师。"

萧则说："季小姐。"

他看了一眼在车子旁边说话的周璇，问："今天拍摄顺利吗？"

"顺利的。"

此刻不是在工作场合，萧则聊天的语气中透露出一股随和，让季秋也没有第一次见面时那般客套："酒店落成的时候欢迎萧老师过来体验，我们这里的温泉和餐厅都十分不错。"

"谢谢。"萧则说，"当时我们去阿拉斯加旅行，入住的那一家环境就很不错，她也很喜欢。"

这时候周璇和经纪人聊完走过来，问："聊什么？"

季秋绕到另一边为她打开车门，萧则边向季秋点头表达感谢，边对周璇笑着说："智能系统使用起来如何？"

"比我体验过的任何一家都好。"周璇上了车，也没有矫情，和替她关上车门的季秋说，"季小姐，替我问候秦总安好，有机会的话我们四人可以私下聚餐，今天体验下来，我对你们的想法和智能酒店都很感兴趣，期待接下来的合作。"

季秋笑着点头："好的，我会转达的。"

萧则也在另一头向她告别。

送走两人后秘书才上前来询问季秋接下来的安排，季秋看了眼时间，正想给某人打电话，仿佛心有灵犀般，对方就打了过来。

"拍摄顺利吗？"秦琢那边也刚结束工作，"我给你带饭？"

"不用，已经结束了，我送下拍摄团队，很快就能走。"

"好，那我现在过来。"

他们的婚期定在了来年年中，然而此刻两人都还在忙着各自的工作，把很多事情都交给了专业人士打理，自己只负责高效地决策，没有太为婚礼的事情纠结。

家人们戏称他们是两个工作狂结合，婚礼都不怎么上心。

可他们知道并非如此，只是他们对于婚姻这个形式并不在意，不管如何，他们都陪伴着对方，事业也好生活也罢，总是有彼此参与的痕迹。

秦琢来的时候很低调，没有惊动公司的人，季秋和秘书们道别，走到路边的停车位上车，之后秦琢挂挡踩油门，往家的方向开去。

"今天碰见萧老师了，周老师说有机会一起吃个饭，我帮你答应了。”

她一口一个“老师”，秦琢觉得有趣，说：“你倒是对他们很有好感。”

娱乐圈就是一缸浑水，秦氏虽然每年都有在这一块做投资，但那也是营销策略，他本人对此并不感冒，身边也没有人与这个圈子里的人有多少往来。

季秋也是差不多的性子，很少主动结交朋友，这还是近几年秦琢第一次见她对哪一个人表达如此明显的好感，便更好奇对方到底是什么人物，的确值得抽出时间见一面。

季秋回味了一遍方才他们两人同框的感觉，觉得自己当时的确有些嗑CP的心态。她对秦琢说：“大概是他们的确有这个魅力，而且他们站在一起就很相配，既互补，又相似，那种感觉形容不出来。”

她话语间透露出羡慕，秦琢忍不住腾出手攥了攥她的手：“你那么喜欢，就找一天一起吃个饭，毕竟后面还有一系列合作，了解一下也不是坏事。”

季秋看他的表情，明白了什么似的，笑了笑：“我的确有点羡慕他们，不过是出于看到美好关系的正常反应，就像我们都欣赏美一样。”

这种羡慕和向往无关，因为每个人都有每个人追求的浪漫，季秋在爱情里不会向往成为其他人，哪怕她的爱情并不是一路坦途，但她相信每一对爱人都是如此，因为爱原本就是一件晦涩难懂的事，需要亲身经历，不停摔倒，才能找到最适合自己的一个。

秋虽然来，冬虽然来，而此后接着还是春。

他们会永远在不断轮换的四季中相爱。